grafit

Christian Ude: Outdoorbiking?
Aus: Stadtradeln (Kleine Philosophie der Passionen).

Erik Ode: Der Kommissar und ich.
Aus: Der Kommissar und ich.

Chemnitzer Str. 31, D-44139 Dortmund

Internet: http://www.grafit.de
E-Mail: info@grafit.de

Umschlaggestaltung und -illustration: Peter Bucker
Druck und Bindearbeiten: GGP Media GmbH, Pößneck
ISBN 3-89425-299-5
1. 2. 3. 4. 5. / 2007 2006 2005

Angela Eßer (Hrsg.)

Tatort Bayern

Kriminalstorys

grafit

Inhalt

Vorwort

Leben und leben lassen, sagt sich der Bayer und so etwas ist schlecht fürs Verbrechen. Jawohl, wir sind ein friedliches, ein sensitives Volk. Unser *law and order* heißt ›Gmiat‹ und ›Gfui‹ – weswegen auch im Maßkruggriff Kerben sind, dass der Henkel abbricht, wenn er zu stark auf dem Kopf auftrifft – dass ja kein Mord passiert. Wahrlich kein Biotop fürs Kriminelle.

Es fehlt ja schon am Motiv. Solches haben lediglich Brauereien und CSU. Die hauen sich in virtueller Körperverletzung das schöne Bayern in Gestalt von Plakatwänden um ihre Schlitzohren, wobei aber immer beide gut überleben – untauglicher Versuch!

Alles ist eben noch immer wie in der guten, alten, schönen Zeit, wo unser Amtsrichter auch nie einen auf die Guillotine gebracht hat. Und immer wenn der bayerische Kriminaler an die Arbeit geht, trifft er auf eine schier unüberwindliche Phalanx notorischer Kriminalhelden. Alle von der vox populi längst freigesprochen: der Kneißl, der Jennerwein und der Berger Theo, vulgo der Al Capone vom Donaumoos.

Manche meinen gar, organisiertes Verbrechen bestünde bei uns darin, dass im Fasching viele als Panzerknacker gingen.

Na gut, bisweilen gibt's bayerische Grenzland-Bürgermeister, die doppellebhaft im tschechischen Puff zu Tode amüsiert werden. Hie und da tummelt sich ein ehemaliger Landtagspräsident, der mit 25-Prozent-Renditen arglose Anleger ködern will – aber was soll's, das Einzige, was am Tatort Bayern als Wirtschaftsverbrechen durchgeht, ist schlecht Einschenken.

Doch mit Bayerns heiler Welt ist jetzt endlich Schluss. Hier haben sich endlich kriminell gute Autoren zusammengetan, die das Idyll auf den Prüfstand stellen und herausfinden werden, dass gerade das Idyll die Mutter allen Verbrechens ist: Bad Tölz ist überall!!

Liebe Leserin, lieber Leser, tauchen Sie ein in den Tatort Bayern und lassen Sie sich hineinfallen in die criminalitas Bavariae.

Ottfried Fischer
im Frühjahr 2005

Robert Hültner

Die Himmeltrager vom Chiemgau

Es wird Unruhe geben, ich fühle es. Ganz deutlich. Es gibt kein Dorf ohne Geheimnisse, ohne Dinge in der Vergangenheit, an denen keiner rühren möchte. Aus Angst, eine Lawine loszutreten und von ihr begraben zu werden.

Ich hätte mich auf die Sache nicht einlassen dürfen. Aber mir fehlt oft Härte und ich bin zu nachgiebig. Etwas Neugierde war natürlich auch dabei. Wann wird man schon mal von der Polizei darum gebeten, bei der Aufklärung eines Falles mitzuhelfen?

Aber, verdammt, ich hätte ablehnen sollen. Seltsam erschöpft fühle ich mich seither. Im Kopf habe ich sonderbare Gedanken und keine Kraft mehr, sie zu verscheuchen. Hat alles damit zu tun, was vor einigen Tagen im Dorf geschehen ist? Hat mich der Tod dieses Mädchens doch mehr berührt, als ich mir zugestehen will?

Ich zittere. Ich hätte mich wärmer anziehen sollen.

Jedenfalls war es klug von mir gewesen, Jo vorzuschlagen, uns außerhalb des Ortes zu treffen. Hier, an der alten Unterstandshütte über der Weißbachschlucht. Niemand wird uns hier belauschen. Die Touristensaison ist zu Ende, auch für Liebespaare sind die Abende bereits zu kühl. Wir werden allein sein.

Es wird dunkel. Jo müsste längst hier sein. Ob er den Weg überhaupt noch findet? Wir waren schließlich noch sehr jung, als wir uns an dieser Stelle immer mit den Mädchen trafen. Wir gaben uns sehr überlegen, dabei hatten wir Angst, dass die Mädchen das Klopfen unserer Herzen bemerken würden. Wir nämlich hörten es, wir spürten das Pochen bis an die Kehle und die Mädchen waren uns ein Geheimnis.

Aber war Jo eigentlich so oft dabei? Ich bin mir nicht mehr sicher. Ich kann mich nur noch an den Abend erinnern, als er sich von uns verabschiedete, um seine Ausbildung in München anzutreten. Später hat man nur noch selten von ihm gehört. Nur dass er Polizist geworden ist, längere Zeit in irgendeiner Stadt an der Donau Dienst getan hatte und man ihn vor einem Jahr in unsere Kreisstadt versetzte.

Wo er nur so lange bleibt? Ich gehe an den Rand des kleinen Plateaus. Tief unter mir röhrt der Fluss durch die Schlucht. Auf dem schwarzen Wasser tanzt Schaum.

Da! Etwas hat sich am Eingang zur Schlucht bewegt. Es ist Jo. Er hat noch immer den breiten, bedächtig gesetzten Schritt, noch immer den nach vorn gebeugten Oberkörper. Ein Ringer, der sich seinem Gegner nähert.

Als er vorgestern auf dem Dorfplatz aus seinem Wagen stieg, hat ihn niemand außer mir erkannt.

Ich habe nur kurz nachgedacht. Und bin auf ihn zugegangen. »Ja, gibt's das denn? Jo! Du?«

Er dreht sich erstaunt um.

»Sind's mir nicht bös, Herr …?«

»Entschuldigung!«, sage ich und lache. »Ich hätt wohl sagen müssen: Herr Kommissar Josef Schwaiger!«

»Stimmt schon, aber …?«

»Mittelschule Dornstein! – Na, dämmert's noch immer nicht? Leitner, Toni!«

Er schlägt sich mit der Hand auf die Stirn.

»Das gibt's doch nicht! Der Toni!«

Na endlich. Das alte Lächeln. Wir schütteln uns die Hände.

»Na hör mal«, beschwere ich mich, »das hat aber ziemlich lang gedauert.«

»Sei mir nicht bös, Toni. Hätt dich fast nimmer erkannt. Ist schließlich schon über zwanzig Jahre her, wenn nicht länger.«

Ich winke lachend ab. »Schon recht. Wär ja auch schlimm, wenn ich noch derselbe wär wie damals.« Ich schau an ihm herunter und wieder zurück. »Gut schaust aus, Jo! Respekt.«

»Das geht retour, Toni«, sagt er, und dass mir das Gesetzte gut anstehe. Ich box ihn in die Seite: Gar so deutlich bräucht er mir auch nicht unter die Nase reiben, dass ich zugelegt hab.

Wir lachen.

»Hat sich übrigens durchaus rumgesprochen im Dorf, dass du es zu was gebracht hast, Jo.«

Das Lob ist ihm unangenehm. Er sieht auf die Uhr und will wissen, wo die Pension *Alpenblick* sei. Ich erkläre ihm, dass das frühere Mooseder-Häusl sich jetzt so nennen würde. Ich gehe ein Stück des Weges mit ihm.

»Du bist bestimmt wegen der Gruber-Agathe da, hm?«

Aus meinem Schulfreund wird wieder der Kripo-Kommissar. Er nickt ernst.

»Furchtbar, die Sache«, sage ich. »Stürzt die einfach ab. Du erinnerst dich doch noch an sie?«

»Schwach.«

»Aber, sag, wieso schickt man da gleich einen leibhaftigen Kommissar zu uns? Es ist doch ein Unglücksfall gewesen. So was passiert doch im Gebirge öfter.«

»Routine, Toni. Ist Vorschrift, verstehst?«

Wir sind am Gartentor vom Mooseder angekommen. Jo greift nach der Klinke. Das Tor ist geschlossen.

»Du musst läuten«, sage ich. »Ist nimmer wie früher.«

Er tut es.

»Aber sag, Jo, du glaubst doch nicht wirklich, dass …«

Er weicht meinem Blick aus.

»Glauben tu ich gar nichts«, gibt er zurück. »Aber ich hab mir sagen lassen, dass an der Stelle unter dem Kogelgipfel, an der das Mädchen abgestürzt ist, seit ewigen Zeiten keiner mehr ausgerutscht ist. Weder ein Sandalentourist, geschweige denn ein Jäger oder eine Sennerin.«

»Das ist wahr«, räume ich ein. »Aber so ohne ist der Steig auch wieder nicht. So junge Dinger sind manchmal unvorsichtig.«

»Kann sein.«

Das Schloss schnarrt. Ich habe den Eindruck, als sei Jo in Eile. Er gibt es zu. Ja, für den Nachmittag seien erste Vernehmungen vorgesehen. Aber gerne würde er sich zum Abendessen mit mir treffen. In letzter Zeit denke er nämlich öfters an früher.

Ich hatte ihm den Wirtsgarten der *Post* vorgeschlagen. Er war einverstanden gewesen.

Ich komme etwas früher, es ist wenig Betrieb, ich finde einen Tisch am Rand des Biergartens, von dem aus man einen Blick auf das Dorf hat. Die Sonne ist eben untergegangen und über dem westlichen Horizont löst sich ein Band schlieriger Wolken auf, als ich Jo sehe, seinen breiten, bedächtigen Schritt, den Gang eines Ringers, der die Matte betritt, den Gegner im Visier, wissend um seinen Sieg. Er hat sich wirklich kaum verändert.

Das Essen ist noch gar nicht auf dem Tisch, da ist er bereits aufgetaut. Wir träumen von alten Zeiten. Nicht nur ein gemeinsames Erlebnis gibt es, bei dem uns scheint, als sei es erst gestern geschehen.

Wir lachen viel an diesem Abend. Die Luft ist lau.

Jo lehnt sich zurück und sieht verträumt umher. Schön sei es hier, seufzt er.

»Ist doch anders als in der Stadt, hm?«

Jo nickt. Wir heben die Gläser.

»Prost, Jo«, sage ich, trinke und setze das Glas wieder ab. »Ja. Es ist schön bei uns. Jedenfalls von Weitem.«

»Von der Nähe auch.«

»Ach, Jo. Wenn du wüsstest …«

Jo stützt die Ellbogen auf die Tischplatte. Er sieht mich aufmerksam an.

Er fragt: »Warum auf einmal so ein Weltschmerz-Gesicht, Toni?«

Es ist kühl geworden. Ich zittere leicht.

»Soll ich dir mal was erzählen?«, sage ich leise und beuge mich ihm entgegen. »Da drüben zum Beispiel. Schau einmal hin – nein, dahin! Nicht so auffällig!«

»Was soll da sein?«

»Ich möcht dir bloß ein Beispiel geben, wie anders alles

ausschaut, wenn man's genauer betrachtet. Drum pass auf: Den du da siehst, das ist der Wirt.«

»Hab ich mir schon gedacht. Und?«

»Und die schräg hinter ihm am Buffet steht, das ist die Dragica. – Ist nicht schlecht gebaut, hm?«

»Schon. Aber was ist mit den zweien?«

Niemand kann uns hören. Ich beuge mich noch näher zu ihm. »Der Wirt, der ausschaut, als wär er die bayerische Gemütlichkeit in Person – der hat was mit der Dragica gehabt.«

»Na ja«, meint er. »Soll vorkommen.«

»Klar, Jo, klar. Aber das ist auch nicht alles. Vor einiger Zeit nämlich muss er sie wohl angebrütet haben. Die dumme Kuh! Verstehst du, Jo? Der Wirt – verheiratet! Im Gemeinderat vorne dran! Vorstand auch im Sportverein und im Pfarrgemeinderat! Himmeltrager an Fronleichnam auch noch! Und ein Kind von seiner Angestellten!«

Jo schmunzelt. »Tja. Wozu hat der Mensch ein Hirn? Um sich das vorher zu überlegen, tät ich sagen.«

»Geht noch weiter, Jo. Die Dragica jedenfalls wollt ihren Bankert nicht wegmachen lassen. Man weiß nicht, ob sie sich eingebildet hat, er würde sich scheiden lassen und sie heiraten. Da hat er sie dermaßen verdroschen, dass sie einen Abgang gekriegt hat. Die ganze Gemeinde hat sie schreien hören.«

Jo schmunzelt nicht mehr. Auf seiner Stirn haben sich Falten gebildet.

»Hat sie ihn nicht angezeigt? Vor allem: Wieso ist sie dann immer noch bei ihm?«

»Wo soll sie denn hin? Kommt von irgendwo her aus Jugoslawien, hat daheim nichts mehr. – Und jetzt, da drüben – ja, da ...«

»Das wird die Wirtin sein, nehm ich an.«

»Richtig. Die Burgi. Siehst du der was an?«

»Was soll ich der ansehen? Sympathisch wirkt sie. Erinnert mich irgendwie an eine Schauspielerin vom Komödienstadel im Fernsehen.«

»Haha. Komödienstadel ist ein gutes Stichwort, Jo. Weil:

In Wirklichkeit nämlich kommt sie jedes Jahr in die Nervenheilanstalt. Hat schon ein paar Mal probiert, sich umzubringen. Immer im Herbst. Wird bald wieder so weit sein.«

Jo fühlt sich unbehaglich.

»Toni, jetzt hörst mir auf damit, ja? Willst mir alles versauen?«

»Es war bloß, weil du gar so geschwärmt hast.«

»Hab ich das?«

»Außerdem ... Weißt, Jo, bei uns findet man nicht so leicht einen, mit dem man reden kann.«

Er kippt den letzten Schluck, stellt das Glas ab und sieht mir direkt ins Gesicht. »Täusch ich mich oder drückt dich was? Wenn ja, dann raus damit.«

»Ach was. Ich wollt bloß sagen, dass hier bei uns ... «

»Tu nicht rumschwafeln, Toni«, unterbricht er mich. »Ist was mit deinem Betrieb? Mit daheim?«

Er nickt mir aufmunternd zu und sagt: »Dann red.«

»Bleibt's auch unter uns, Jo?«

»Wenn's nicht um was ... «

»... Kriminelles geht? Um Gottes willen, Jo. Nein!«

»Dann rück endlich damit raus.«

»Wie fang ich's an ... Sag, meine Frau, die Fanni ... Sie war zwei Klassen unter uns, du wirst dich nicht mehr an sie erinnern können. Sie ist vom Schreyer aus Wiesbach.«

»Schreyer? Das war doch ein Großer?«

»Stimmt. Er ist noch immer einer der reichsten Bauern bei uns, Jo. Aber nicht, dass du meinst, dass es da je was gegeben hätt bei uns, von wegen: Ich sei der Falsche für die Fanni, weil sie bei mir daheim bloß einfache Kleine-Häusler-Leute gewesen sind. Es ist lange Zeit gut gegangen mit uns. Ich hab meinen Meister gemacht, hab das Geschäft aufgebaut, dann sind die Kinder gekommen. Heut bin ich im Gemeinderat, bei den Schützen und im Sportverein und ...«

»Himmeltrager auch?«

Das kam ein bisschen spöttisch. Egal.

»Neulich ist gar angefragt worden, ob ich mir vorstellen könnte, mich bei der Kommunalwahl aufstellen zu lassen.«

»Okay«, sagt Jo. »Aber jetzt red endlich deutsch mit mir. Da kommt ja jeder Gauner im Verhör schneller auf den Punkt.«

»Jo …«

Er lässt die Schultern fallen, zieht eine Braue hoch.

Ich muss es loswerden. Ich sage schnell: »Bist du verheiratet, Jo?«

Er sieht mich erstaunt an. »Ich war es«, sagt er. »Warum fragst du?«

»Kennst du das, wenn du fast zwanzig Jahre mit derselben Frau zusammen bist? Wenn du jung geheiratet hast? Zu jung? Du davor kaum was vom Leben mitgekriegt hast?«

»Jetzt untertreib nicht, Toni. Ich kann mich erinnern, dass du nie zu kurz gekommen bist. Richtig neidisch bin ich manchmal auf dich gewesen.«

»Neidisch? Haha! Wärst halt nicht allweil so phlegmatisch gewesen, Jo! Aber Scherz beiseite. Unser viertes Kind, das ist eine harte Geburt gewesen. Von der hat sich die Fanni nicht mehr fangen können, gesundheitlich, mein ich. Nervlich, ums genau zu sagen. Seit ein paar Jahren hockt sie bloß noch trüb herum, sagt kaum was, jammert, erbarmt sich selber …«

Ich sehe, dass er ahnt, was jetzt kommen wird. Spuck's schon aus, sagt seine Miene.

»… dir ist doch nichts fremd, Jo. Oder? Um es kurz zu machen: Wie der Blitz hat's mich getroffen!«

»Eine aus dem Dorf?«

Ich bestätige es. »Und auch verheiratet, wie's der Teufel so will. Sie tät sich sogar für mich scheiden lassen, hat sie gemeint, aber … «

»Wie macht ihr denn das? Ihr könnt euch doch im Dorf nicht miteinander sehen lassen?«

»Wie man's halt macht. Wir sind immer nach München gefahren, wenn wir uns treffen wollten. Ich hab daheim von irgendwelchen Geschäften erzählt. Sie hat ihre ›Tante besucht‹.«

Er nickt höflich. Es interessiert ihn nicht übermäßig.

»Und? Geht das schon lang so?«

»Ein gutes Jahr, Jo. Ein gutes Jahr, Himmel. Aber jetzt ...«

»... wird's zur Hölle, was?«

»Woher ...?«

»Ich seh's an deinem geschmerzten Gesicht, Toni.«

»Es stimmt. Seit ein paar Wochen kommt's mir so vor, als hätt die Fanni was gerochen. Von Tag zu Tag geht's ihr schlechter. Neulich hab ich sie ins Krankenhaus bringen müssen. Sie haben sie mit Spritzen voll gepumpt. Seitdem liegt's bloß noch im Bett. Der Doktor ist ratlos.«

»Und was wirst jetzt tun?«

»Was kann ich schon machen? Eine kranke Frau im Stich lassen, das würd mir hier keiner verzeihen. Niemals. Aus wär's! Ich könnt mein Geschäft zusperren. Und nichts mehr wär mit Gemeinderat, Schützenverein, Kandidatur.«

Jo wiegt nachdenklich den Kopf.

»Ich fürcht, das kann ich dir nicht abnehmen, Toni. Du wirst dich entscheiden müssen.«

»Weiß ich doch, Jo. Es reicht mir ja schon, wenn ich an einen hinreden kann. Und ich hab mich ja schon entschieden. Vor zwei Tagen haben wir uns ein letztes Mal gesehen. In München, in einem Hotel am Viktualienmarkt. Dort, wo wir uns immer getroffen haben. Du kannst dir gar nicht vorstellen, wie schwer mir das alles gefallen ist! Ich ...« Ich höre, wie meine Stimme zu kippen beginnt. »... ich hab sie doch geliebt. Es war, als ... als müsst es mich zerreißen.«

Er nickt sehr ernst. Dann sagt er leise: »Ich kann's mir vorstellen. Aber helfen, Toni, das kann ich dir dabei nicht.«

Ich sage leise: »Klar. Aber ... jetzt ist mir schon leichter. Ich hab's bloß loswerden müssen. Ich dank dir.« Ich schnäuze mich. »Und drum reden wir jetzt von etwas anderem, okay? Von dir.«

Er ist erleichtert. »Von mir? Mit so aufregenden Geschichten kann ich leider nicht aufwarten.«

»Dann erzähl wenigstens, wie es dir mit deiner Arbeit geht. Gibt's denn schon was Neues bei diesem Fall? War eigentlich schon Obduktion?«

»Morgen hab ich das Ergebnis.«

»Wird was anderes dabei rauskommen, als dass es ein Unglücksfall war?«

Er zuckt die Schultern, zögert kurz mit einer Antwort. »Kann man noch nicht sagen, Toni.«

»Aber was soll es sonst gewesen sein?«

»Dazu bin ich ja da, um das herauszufinden. Ich hab mir heute Nachmittag noch die Stelle angeschaut, an der das Mädchen abgestürzt ist. Der Steig dort ist gute eineinhalb Meter breit. Nur ein Besoffener kommt da vom Weg ab. Besoffen aber, das weiß man schon jetzt, war die Gruber-Agathe auf keinen Fall.«

»Selbstmord vielleicht?«

»Möglich ist alles, Toni.«

»Alles? Auch ...! Ach was! Mord? Blödsinn! Wer sollte denn so was tun und warum?«

»Ja, warum? Denk mal nach, Toni – wer könnte dafür infrage kommen? Du kennst die Leute besser als ich.«

»Das stimmt. Und deswegen sag ich dir, dass es kompletter Blödsinn ist, was du dir da aus den Fingern saugst! Niemand im Dorf hätte einen Grund gehabt, die Kleine umzubringen! Es war kein Mord, Jo! Sie war beliebt, glaub's mir.«

Er runzelt die Stirn und sieht mich wieder nachdenklich an. Ich sehe, dass er müde ist. »Beliebt ... hm ...«

Ich nicke nachdrücklich. Er atmet seufzend aus. Dann, als hätte er einen plötzlichen Entschluss gefasst, berührt er mich am Ärmel.

»Toni, du könntest mir helfen!« Er beugt sich zu mir und senkt die Stimme. »Die Leute bei euch tun sich schwer damit, einem Fremden gegenüber offen zu sein – auch wenn derjenige früher einmal unter ihnen gelebt hat. Für die Leute hier bin ich jetzt der Kommissar aus der Stadt.« Sein Griff wird drängender. »Du tätst mir einen Haufen Fragerei ersparen, wenn du rauskriegen könntest, ob es da nicht irgendeine Geschichte mit einem Liebhaber oder Verehrer gegeben hat.«

Ich winde mich aus seinem Griff.

»Vertane Zeit, Jo. Glaub's mir. Bestenfalls war sie schwermütig und hat sich selbst umgebracht, ein bisserl verdreht im Kopf war sie ja. Aber dann frag ich dich, ob das jetzt noch aufgerührt werden muss. Weißt doch, wie das ist auf dem Dorf! Hinterher macht der Pfarrer gar noch ein Geschiss mit der Beerdigung! Die Eltern haben doch wirklich Verdruss genug. Und dann wär's auch noch ich, der dabei mitgeholfen hat? Du, so gut geht mein Laden auch wieder nicht, als dass ich's mir leisten könnte, mir die Leute zu vergrätzen.«

»Ich versprech dir, dass keiner was davon erfährt.«

»Jo! Ich wüsst doch gar nicht, wo ich da anfangen sollt zu fragen!«

»Eltern und Geschwister sind meine Sache, Toni. Aber was ist mit ihrem Freundes- und Bekanntenkreis? Was wird da geredet?«

»Du nervst, Jo. Echt!«

Es kümmert ihn nicht. Er ist nicht mehr müde. Sein Blick ruht auf mir. Ich fühle mich unwohl. Ich stöhne leise.

»Na gut. Aber es wird nichts herauskommen.« Doch plötzlich fällt mir etwas ein: »Höchstens ... Ich hab neulich gehört, dass es bei uns einen, wie sag ich es, eine Art religiösen Geheimbund geben soll.«

»Eine Sekte, meinst du?«

»Sind wohl eher ein Haufen Verrückter. Sie treffen sich bei der alten Kapelle im Kar oben. Sie tönen überall herum, dass die Welt bald untergehen wird.«

»Hat die Agathe was mit dieser Sekte zu tun gehabt?«

Ich muss einen Augenblick überlegen. »Auf dem Weg auf die Alm, wo sie Sennerin war, hat sie jedenfalls immer an dieser Kapelle vorbeigehen müssen. Wär kein Wunder, wenn sie sich da nicht das eine oder andere Mal mit diesen Spinnern getroffen hätte. Und nachdem sie ja nicht besonders hell im Oberstüberl gewesen ist ...«

»Was heißt das eigentlich genauer? War sie bloß ein bisschen naiv oder geistig behindert?«

»Das heißt, dass sie einen ordentlichen Schatten gehabt hat, seit sie als Kind einmal von der Kirchweihschaukel gefallen ist. Aber sie war immerhin noch so klar, dass sie eine gute Sennerin geworden ist. Die Gruberischen waren froh um sie.«

Jo schürzt nachdenklich die Lippen. »Hm. Du meinst also, dass es möglich wär, dass ihr Tod etwas mit diesen Fanatikern zu tun haben könnte?«

»Ich mein gar nichts, Jo. Ich hab mir nur überlegt, dass das Agerl das alles vielleicht ein bisserl zu ernst genommen hat. Verstehst du? Weltuntergang! Feuer, das vom Himmel fällt! Ewige Verderbnis und Höllenglut dafür, dass sie sich vielleicht einmal von einem Buben hat drücken lassen. Vielleicht hat sie das alles so verwirrt, dass sie ...«

Er sieht an mir vorbei und nickt. »Das wär immerhin eine Erklärung.«

»Und wenn's so wäre – was hast du davon? Den Spinnern da oben kann man deswegen kaum einen Prozess machen!«

»Ich hab davon, dass ich mit dieser möglichen Erklärung andere Dinge ausschließen kann, die ich jetzt noch nicht ausschließe. Kapierst du?«

Ich starre ihn an. Hat der Mann noch alle Tassen im Schrank?

»Jo – du bist stur wie Stirnholz. Das warst du schon immer. Aber gut. Ich versuch's. Aber bloß, um dich von diesem Blödsinn abzubringen. Und nochmal: Ich komm in Teufels Küche, wenn irgendwer davon erfährt, dass ich für dich den Spion spiel!«

Er winkt ungeduldig ab. »Dein Name wird in keinem einzigen Protokoll auftauchen, darauf hast du mein Wort. – Also, wann können wir uns morgen treffen? Und wo?«

Ich mache ihm einen Vorschlag und bald danach verabschieden wir uns. Und jetzt ist es so weit.

Endlich. Ich höre seine Schritte auf dem Schotter, dann seinen keuchenden Atem. Er ruft mich. Ich trete aus der Hütte. Er wischt sich über die Stirn.

»Warum hast du mich nicht gleich auf den Gipfel bestellt?«, beschwert er sich launig.

»Die paar Meter? Jo, du wirst alt.«

Er atmet durch und grinst. »Beamte, Toni. Was soll ich dir noch sagen.«

Wir setzen uns auf die Bank vor dem Blockhaus. Die Sonne ist bereits untergegangen. Jo wendet mir sein Gesicht zu.

»Also? Was hast du herausgekriegt?«

Ich hole Luft. »Die Spinner haben sich tatsächlich genau an dem Tag dort versammelt, an dem das Mädchen abgestürzt ist. Sie waren bis Mitternacht da und haben gebetet.«

»Wenn sie diese Sekte bei ihrem Aufstieg angetroffen hat, dann müsste das gegen fünf Uhr gewesen sein.«

»Könnt hinkommen. Aber gestorben ist sie doch erst gegen zehn Uhr?«

»Richtig, Toni. Hast du rausgekriegt, ob sie sich länger bei diesen Betbrüdern …?«

»Sind hauptsächlich Betschwestern, nebenbei«, korrigiere ich. »Nein, ob sie länger dabei war, das hab ich nicht erfahren. Die halten dicht, haben sich geschworen, keinem Außenstehenden zu erzählen, was sie tun und wer jeweils dabei ist. Aber es ist doch ziemlich wahrscheinlich. Das Mädchen scheint in religiösen Dingen ein bisserl schwärmerisch gewesen zu sein, sagt man.«

Jo legt die Fingerspitzen aneinander und führt sie an seine Lippen. »Es wäre also nicht unwahrscheinlich, dass sie sich aufhalten hat lassen, beim Aufstieg von der Dunkelheit überrascht worden und auf dem Steig ausgerutscht ist. Andererseits war sie doch erfahren genug, um, wenn sie zu spät dran war, nicht ohne Lampe aufzubrechen. Eine Lampe aber ist nicht gefunden worden. Was wiederum bedeutet, dass sie aufgebrochen sein muss, als sie noch mit ungefähr zwei Stunden Tageslicht rechnen hat können. So viel Zeit hätte sie nämlich zu ihrer Sennhütte einrechnen müssen. Den Weg hat sie ja gekannt.«

Ich stimme ihm zu.

Er doziert weiter, ohne mich anzusehen: »Ihren klaren Kopf bei solchen Dingen vorausgesetzt, müsste sie die Gruppe also spätestens gegen sieben Uhr verlassen haben.

Fakt bleibt aber, dass sie erst ein paar Stunden später gestorben ist. Was hat sie in der Zwischenzeit getan und mit wem?«

Jo ist zweifellos dabei, sich mächtig zu versteigen. Ich atme hörbar aus und sage: »Wenn du unbedingt meine Meinung hören willst, Jo: Ich bin davon überzeugt, dass kein Mitglied der Gruppe etwas damit zu tun hat. Es sind wirklich harmlose Spinner. Was ich mir aber sehr gut vorstellen kann, ist, dass man das arme Ding ganz närrisch gemacht hat mit diesen Geschichten vom Weltfeuer und Gericht und dem ganzen Blödsinn. Also ist sie zu spät von ihnen losgekommen, hat die Zeit falsch eingeschätzt und wird von der Dunkelheit überrascht. Und jetzt, verwirrt und verängstigt, wie sie ist, sieht sie hinter jedem Baum, hinter jedem Felsen Teufel und Gespenster. Sie rennt schneller und schneller, lässt schließlich jede Vorsicht außer Acht, will nur noch zu ihrer Hütte und – patsch!«

»Patsch«, wiederholt Jo sinnierend. »Ja, so kann's gewesen sein. Klingt ziemlich logisch.«

»Meinung des Nichtfachmanns. Ohne Gewähr.«

»Schon klar, Toni. Aber sag mir nochmal: Was sind das eigentlich für Leute, die in dieser Sekte sind?«

»Ich kenn sie kaum. In der Hauptsache sind's Weiber, die meisten schon gut über den Wechsel.«

»Was ist mit Männern?«

»Es gibt nur zwei, drei alte Deppen dabei.«

»Keine jüngeren? Sagen wir, so bis zu unserer Altersklasse?«

»Bestimmt nicht. Wieso fragst du?«

Jo sieht nach oben. Dann zu mir.

»Das ist komisch«, sagt er. »Das Mädchen war nämlich schwanger. Ist bei der Obduktion festgestellt worden.«

»Mach Witze!«

»Doch«, bestätigt er. »Sie war im vierten Monat. Zu sehen war zwar noch wenig, aber sie wird es natürlich gewusst haben.« Er nestelt an seinem Blouson und steht auf. »Mich friert's allmählich, Toni. Wir sollten gehen, bevor wir den

Weg nicht mehr sehen können. Sonst ergeht's uns noch wie dem armen Agerl.«

Ich halte ihn am Ärmel fest. »Warte, Jo! Was heißt das denn jetzt? Was schließt du daraus?«

»Das, Toni, würde ich dir lieber unten erzählen.«

»Jetzt mach mir nicht die Zähne lang, Jo! Erst quetschst du mich aus und dann spielst du den Geheimnisträger. Das ist nicht fair.«

Er setzt sich wieder.

»Na gut.« Er reibt sich den Nacken. »Wie fang ich an? – Weißt, ich bin heut tagsüber natürlich nicht bloß faul rumgehockt, während du für mich recherchiert hast. Auch ich hab mich im Dorf umgehört und dabei festgestellt, dass die Leut gar nicht so maulfaul sind, wie man meinen könnt.«

»Haha! Stimmt! Wenn sie einem anderen was nachsagen können, gibt's wahrscheinlich kein Bremsen mehr. Möchte gar nicht wissen, was über mich alles erzählt wird.«

Er sieht mich schräg an. »Über dich haben ein paar Leute erzählt, dass du die Leute von dieser Sekte nicht bloß von Weitem gekannt hast.«

Jos Stimme kling plötzlich so anders. Was hat er? Habe ich einen Fehler gemacht? Ihn verärgert?

»Ist doch klar, Jo. Als Geschäftsmann kannst du dir deine Kundschaft schließlich nicht aussuchen. Und wie sie mal Geld gesammelt haben, um die alte Kapelle neu auszuweißeln, habe ich ihnen was gegeben, wie viele im Dorf. Willst du mir das vorwerfen?«

»Nein, natürlich nicht.«

»Was dann? – Und überhaupt: Wie redest du auf einmal mit mir? Mensch, Jo! Wir waren doch Schulkameraden!«

»Stimmt schon. Aber jetzt tu nicht so, als wären wir immer die besten Freunde gewesen.«

»Wer ist das schon immer? Du wirst mir doch keine Sachen vorhalten, die – sag bloß, es ist noch immer wegen der Dings, auf die du damals so gesponnen hast und die dann mit mir ...!? Jo! Jetzt wirst aber arg kindisch!«

Ich bin etwas lauter geworden. Er bleibt kühl.

»Ich halt dir keine Sachen vor, die Ewigkeiten her sind. Ich halt dir vor, dass du mich angelogen hast. Du bist am Samstagabend nämlich nicht in München gewesen. Am Markt gibt's nicht so viele Hotels, dass man nicht in kürzester Zeit erfragen könnt, ob du da gewesen bist.«

»Hat's dich jetzt komplett erwischt?! Meinst du Schlauberger vielleicht, dass ich mit meinem richtigen Namen dort eingecheckt bin?«

»Erzähl mir keine Märchen, Toni. Zurzeit ist Messe. Die Kollegen in München haben rausgekriegt, dass die Hotels am Markt schon ein Dritteljahr zuvor ausgebucht waren.«

Ich bin baff. »Du ... du hast also hinter meinem Rücken spioniert! Ich glaub's nicht! Ich helf dir, riskier meinen Ruf und du willst mich austricksen!«

»Ich tu meine Arbeit, Jo. Und sie fällt mir nicht immer leicht.«

Hätte ich bloß auf mich gehört! Wie habe ich nur vergessen können, dass ich im Ort auch Feinde habe? Neider und Konkurrenten, gerade jetzt vor der Wahl. Und wie kommt Jo dazu, ihnen Glauben zu schenken? Er, dem ich mich gestern Abend geöffnet habe wie kaum je einem anderen?

»Heißt das vielleicht, du glaubst, dass ich ...?!« Ich kichere los.

»Genau, Toni. Erst war's bloß so ein Gefühl.«

Dreht Jo jetzt völlig durch?

»Gefühl! Blödsinn!«, schreie ich.

Es tangiert ihn nicht. »Wie du meinst. Komm jetzt, wir gehen zurück. Alles Weitere werden wir dann sehen.« Er berührt meinen Arm. »Los, Toni. Man sieht ja seine Hand kaum mehr vor den Augen.«

Ich mache mich mit einem Ruck los. »Bleib, Jo! Ich will gefälligst wissen, was du dir da zusammenreimst!«

Er sieht mich müde an. »Toni, glaub mir doch. Es hat keinen Zweck mehr. Ich muss dich festnehmen. Ich sorg dafür, dass es kein Aufsehen gibt, okay?«

»Bist du jetzt komplett durchgedreht?! Was ist, wenn ich nicht in München war, sondern in Salzburg? Ich muss dir ja nicht jedes Detail auf die Nase binden, oder? Wie richtig ein gesundes Restmisstrauen ist, zeigt sich ja grad wieder mal!«

»Du warst auch nicht in Salzburg, Toni. Der alte Förster Bertl hat noch immer ein Auge auf alles, was nach Wildfrevel in seinem ehemaligen Revier schmecken könnt. Kurz: Er hat gesehen, wie du zur Goldbachhütte gefahren bist. Dass dort ein Weg anfängt, auf dem man zum Kogelgipfel und zur Sennhütte kommt, ohne an der Kapelle vorbeizumüssen, weißt du ja eh.«

»Ach! Und diesen Weg bin ich gegangen, hab das Mädl oben abgefangen und es die Wand hinabgestoßen? Das glaubst du doch, oder? Dann erzähl mir jetzt einmal, warum ich das getan haben soll?«

Er seufzt. »Du weißt es doch.«

»Ach ja! Logisch! Weil sie schwanger gewesen ist! Von mir! Von wem sonst! Vom Leitner-Toni, dem alten Weiberhelden! Der dir Schlafhaube schon damals immer die Weiber ausgespannt hat!«

Jo zuckt die Schultern. Ich hasse ihn längst.

»Wenn du's so siehst?«, sagt er. »Aber es stimmt. Ich glaub tatsächlich, dass sie von dir schwanger gewesen ist. Ich hab keinen Zweifel, dass das Labor das bestätigen wird.«

»So, so!«, ätze ich. »Und wenn's so gewesen wär, du Moralapostel? – Nein, lass mich mal ausprobieren, in deiner kranken Fantasie zu denken: Du denkst also, wenn das aufgekommen wäre mit der Agathe, wär's mein Ruin gewesen. Aus und vorbei mit Gemeinderatssitz, Kandidatur, dem Geschäft und ...«

»Den Himmeltrager hast vergessen. Und auch, dass das Geld in deinem Geschäft von deiner Frau stammt.«

»Klar! Oh, Jo! Du machst so einen Fehler!«

»Tja. Ich seh's anders.«

»Denk doch einfach mal nach, Jo. Wenn es stimmen würde, was du dir da zusammenreimst – meinst du vielleicht, ich tät dich so einfach gehen lassen?«

Er zuckt die Schultern. »Was bleibt dir denn anderes übrig?«

Ich greife hinter mich und stehe auf.

»Das, was ich da in der Hand halte, Jo. Eine Browning, von der keiner weiß, dass ich so was hab. Und ich würd sagen, du hebst jetzt am besten deine Hände hoch. Einverstanden?«

Er erschrickt. Seine Stimme klingt rau. »Toni … das …«

»Und du gehst jetzt ganz langsam nach hinten.«

Er wirkt auf einmal seltsam erschüttert. Er stiert mir ins Gesicht; die Waffe in meiner Hand scheint er nicht mehr wahrzunehmen. »Toni … sag … es stimmt also? Du …«

Was will der Idiot?

»Du hast sie wirklich umgebracht, weil du ihr ein Kind angehängt hast? Und weil sie, naiv und gläubig, wie sie war, sich geweigert hat, es wegmachen zu lassen?«

»So ist es, du Meisterpolizist! Akkurat so! Die Kleine war strohdumm, aber sie war das Schärfste, was ich in den letzten Jahren vor die Büchse gekriegt hab. Da konnt ich gar nicht anders, verstehst du? Du, die hätt dich auch gereizt, wenn du nicht so eine taube Nuss wärst! Das Problem war bloß: Sie hat mich tatsächlich geliebt. Mich! So was Närrisches ist doch gemeingefährlich! Am besten war, dass sie auch noch wollt, dass ich mich scheiden lass. Und wenn ich mich nicht trauen würde, es meiner Frau zu sagen, dann würd sie das für mich tun. Meiner Frau, Jo! Der die Hälfte vom Geschäft gehört!«

Er steht noch immer wie vom Donner gerührt. Glotzt, den Mund halb geöffnet, schnappt, als finde er keine Worte.

Endlich verstehe ich. Eine seltsame Schwäche flutet mich. »Sag bloß, du … du hast gar nicht in München …?«

»Natürlich nicht.« Ich hasse dieses verlogene Geseufze. »Wär doch viel zu viel Aufwand gewesen, alle Hotels in so kurzer Zeit überprüfen zu lassen.«

Meine Stimme wird heiser. »Und … und das mit dem Förster, dem Bertl? Das hast du auch bloß erfunden?«

»Tut mir leid. War ein Trick. Geht eben manchmal nicht anders.«

»Du elende Drecksau!«

»Nimm dich zusammen, Toni. Und steck endlich das Ding

weg. Es hat keinen Zweck mehr, glaub mir's doch. Ich hab ein Mikrofon … « Er zeigt auf einen kleinen Knopf an seiner Weste. »Es ist alles aufgenommen worden. Außerdem: Ich hab, wie versprochen, niemandem im Ort erzählt, dass ich mich mit dir treffen werd. Meinen Kollegen hab ich's allerdings schon gesagt, ist schließlich Vorschrift. Sie haben unten mitgehört und sind schon unterwegs.«

In meiner Brust hämmert es laut. Meine Kehle ist eng. Das Sprechen fällt mir schwer.

»Du … du hast mich ja richtig hereingelegt, Jo.«

Er schüttelt müde den Kopf. »Das hast du selbst getan. Gestern im Wirtsgarten. Erinnerst du dich? Du hast mir brühwarm und ohne dass ich dich dazu aufgefordert hätt, dein Alibi unter die Nase gerieben. So was macht auch den dümmsten Kriminaler stutzig. Und jetzt, zum letzten Mal, gib mir die Pistole.«

Nein, ich hätte es nicht tun sollen. Er hätte mich nicht einmal wiedererkannt, wenn ich ihn nicht angesprochen hätte. Er wäre nie auf mich gekommen. Ich bin ein angesehener Geschäftsmann, bin im Gemeinderat und demnächst Bürgermeisterkandidat – und Himmeltrager. Nur die Ersten und Angesehensten im Dorf dürfen bei der Fronleichnamsprozession den Baldachin über Pfarrer und Monstranz tragen. Niemand hätte gewagt, mich zu verdächtigen.

Als ich heut früh aufgewacht bin, wusste ich, dass dieser Tag nicht gut werden würde. Ich habe aus dem Fenster gesehen. In der Nacht hatte es geregnet. Die Felder haben gedampft und von den Äckern ist der Geruch der Kartoffelfeuer herübergezogen. Es war köstlich, aber ich hatte plötzlich Angst, dass ich all dies nie wieder sehen und spüren würde.

Eben war ich noch wütend. Jetzt aber denke ich nur noch an dieses seltsame Erwachen.

»Komisch …«, flüstere ich.

Irgendwo poltert Geröll in die Tiefe. Ich höre die Schritte mehrerer Männer. Noch sehe ich nichts. Es ist sehr dunkel geworden. Jo sieht mich noch immer an. Und jetzt schüttelt er den Kopf.

»Es ist nicht komisch, Toni.« Er spricht leise. »Es ist traurig.«

Ach, alter Schulfreund. Komisch ist doch, dass wir, als wir noch Buben waren, immer dachten, es müsse etwas unerhört Dramatisches sein, wenn es einmal ans Sterben geht. Aber das ist es nicht. Es ist nichts als lästig. Und erbärmlich. Wie konnten wir uns bloß so maßlos irren?

Im Wald tanzen Lichter. Sie nähern sich. Aus der Schlucht steigt ein eiskalter Hauch empor, doch mir treibt es bei jeder Bewegung den Schweiß aus den Poren. Ich muss etwas tun. Ich muss diesem fürchterlichen Traum entkommen. Ich bin immer entkommen.

»Toni!! Nicht!!«

Nessa Altura

Meisterwerke zu Nürnberg

Eduardo hatte den Job noch nicht lange. Museumsaufseher im Germanischen Nationalmuseum – nicht eben gut bezahlt, aber angenehm unanstrengend. Er mochte es, auf dem Parkettboden im Saal der Meisterwerke hörbar auf und ab zu gehen, die Hände auf dem Rücken gefaltet, die Miene gesammelt. Er mochte es, wenn sich hier viele Menschen aufhielten, die er beim Kunstgenuss beobachten konnte, er mochte es aber ebenso, wenn er ganz allein mit den Ausstellungsstücken in dem dunklen Raum war. Im Laufe der Zeit waren sie ihm vertraut geworden, ja, er ertappte sich manchmal dabei, wie er in Gedanken mit ihnen sprach. Da gab es die wächserne Totenmaske eines dreijährigen Kindes, dem er Trostworte zuflüsterte, das Bildnis des Nürnberger Feldhauptmannes Sebastian Schirmer, der sich in angestrengter Haltung und mit grimmiger Miene ein martialisches Aussehen zu geben versucht hatte und dem er einen unanständigen Witz zuraunte, damit er sich lockerte. Oder die beiden Dürer-Porträts auf den alten Schranktüren, Karl der Große, der in seiner gravitätischen Güte auf den Betrachter herabblickte, und König Sigismund mit zaghafter Rundrückenhaltung und ängstlichem Misstrauen im Blick – den einen hätte Eduardo am Bart zupfen und den anderen am Kinn kitzeln mögen. Und dem weiblichen Dürer'schen Rückenakt tätschelte er jedes Mal im Vorbeigehen den plastischen Po, in Gedanken natürlich. Liebend gerne hätte er die ›verzinnte Speisflasche‹, diesen witzigen blechernen Picknickkorb, mit zu sich nach Hause genommen oder den Wollfilzmantel der Pilgerausstattung des Stephan Praun übergeworfen – oh, es gab so vieles, was ihn faszinierte in diesem speziellen Ausstellungssaal. Meisterwerke!

Eduard Rödlingshöfer war erst vor Kurzem aus Kasachstan nach Deutschland gekommen, das o hatte er an seinen drögen Altväternamen angehängt, um ihn interessanter zu machen. Kontakte zur weiblichen Bevölkerung waren ihm noch nicht gelungen, aber er war frohen Mutes, dass er über kurz oder lang eine Museumsbesucherin finden würde, mit der sich eine Verabredung einfädeln ließe – junge Frauen kamen häufig allein, vertieften sich sinnend in die Meisterwerke und runzelten andächtig die Stirn, während sie die Beschreibungen daneben studierten.

Eduardo versäumte es nie, vor Dienstantritt die Waschräume des Museums aufzusuchen, um sich das braune Haar mit ein wenig Brillantine zurechtzukämmen, die Hände zu waschen und sich dabei einmal tief in die eigenen braunen Augen zu blicken. Ihm gefiel, was er da sah: einen gut gebauten jungen Mann in bordeauxrotem Jackett, anthrazitfarbener Hose, Streifenhemd und Krawatte. Höchst seriös in seiner Uniform ...

War er allein im Saal, sah er sich gern ohne Hüllen – in der Rolle des Paris. Wem gäbe er den marmornen Apfel? Der Blonden dort drüben mit den schwarzen Wollstrümpfen, der Bebrillten in den hohen Stiefeln oder dieser da, deren Busen so hübsch im engen Pullover wippte?

Unwillkürlich nahm er dann Haltung an: die Haltung des Paris von Gabriel Grupello, dessen Körper dem seinen aufs Haar glich – Standbein, Spielbein, kräftige Oberschenkel, fleischige Schultern, die Linke ausgestreckt, die Rechte zierlich angewinkelt, den Blick züchtig und gleichzeitig seelenvoll geradeaus gerichtet. Aber ach, an seine drei Favoritinnen, die Paris im Tempelsaal zugeordnet waren, kam keine der heutigen Besucherinnen heran: Da war die Judith mit den hochangesetzten Brüstchen und die Venus von Cranach mit diesen unvergleichlich langen gotischen Schenkeln und dann der Bruyn'sche Halbakt, so aufregend mit seinen kräftigen Frauenfingern und dem reichen Schmuck an Händen, Hals und Haupt.

Jede Nacht nahm Eduardo eine von ihnen in Gedanken

mit zu sich nach Hause und legte sie mit Zartheit und Sorgfalt in sein enges Bett im Übergangswohnheim. Er deckte sie zu und stieg dann zu ihnen in die Wärme der sibirischen Jungfederdaunen, rieb sich am honigfarbenen Körper der Venus, am Alabasterbusen der Bruynerin, an Judiths blassbraunem Bäuchlein. In seinen Träumen schlief er mit ihnen, nicht tierisch-triebhaft, sondern andächtig und rücksichtsvoll, so wie es Meisterwerken zukam. Jede hatte ihre Eigenarten, die es zu beachten galt, und jede bereitete ihm unvergessliches Vergnügen.

Am nächsten Morgen beim Rasieren stellte sich immer wieder die unbeantwortbare Frage, welcher der drei der Apfel gebührte. Er konnte und mochte sich nicht entscheiden, denn jede Wahl hätte die Gefühle der anderen beiden verletzt; es würde für immer in der Schwebe bleiben müssen – ganz so wie der Apfel in der Marmorhand.

Er lächelte, während er sich auf dem bereitgestellten Stuhl, auf dem sich die Museumswärter ausruhen durften, niederließ, erschöpft von den Ausschweifungen der vergangenen Nacht.

»Du meine Güte, ist die böse«, sagte eine männliche Stimme, die zu einem vierschrötigen Bauern aus dem nahen Knoblauchsland gehörte, »und wie das Weibsbild abartig die Beine ineinander verschränkt, während es das Messer schwingt ...«

Eduardo musterte den Besucher. Er hatte einen widerlichen Stiernacken, schmutzige Schuhe und stank nach Wirsing.

»Der würde ich den Arm mit der Axt abhacken, wenn ich könnte«, fuhr der Mann fort. Er sprach zu niemandem, er war allein, und Eduardo alias Paris stellten sich sämtliche Härchen auf. Unverschämt war dieser Kunstbanause, er verdiente es nicht, den geweihten Boden eines solchen Museums betreten zu dürfen, nein, er gehörte nach Hause zu seinem Misthaufen und zu seinen Hühnern und seinem Wirsing. Eduardo verabscheute Wirsing, den hatte seine Mutter in Kasachstan immer gekocht und die ganze enge Wohnstube mit dem Geruch verpestet.

»Was haben Sie gesagt?«, fragte Eduardo drohend.

»Die gehört unter die Guillotine«, verkündete der Mann, »die haben Sie doch auch hier, oder?«

»Aus der Zeit vor 1813. Sie steht im Untergeschoss«, antwortete Eduardo förmlich, sein Hirn jedoch fasste auf der Stelle einen konsequenten Entschluss. »Folgen Sie mir, ich bringe Sie hin.«

Die Guillotine stand zwar im zweiten Obergeschoss im Südwestbau, aber das würde das Bäuerlein hoffentlich nicht wissen. Der Mann nickte, warf Judith noch einen hässlichen Blick zu und schloss sich Eduardo an, der nun den Schlüssel für den Aufzug zückte und mit dem Mann in den Keller fuhr. »Hier entlang!«

Er eilte mit seinem Gast durch einen schwach beleuchteten unterirdischen Korridor, so schnell, dass dieser keine Zeit hatte, ihm Fragen zu stellen. Eduardo schloss die Röntgenkammer auf. In dieser wurden Kunstwerke auf einem Tisch fachmännisch geröntgt, um Besonderheiten des Holzes oder unterschiedliche Malschichten zu identifizieren.

Erstaunt sah sich der Mann um. »Was zum Teufel machen wir hier eigentlich?«

»Röntgenaufnahmen«, erklärte Eduardo lapidar. »Ich habe beobachtet, wie Sie einen Krampen vom silbernen Schlüsselfelder Schiff abgebrochen und verschluckt haben.«

»Habe ich nicht«, sagte der Bauer alarmiert.

»Haben Sie doch«, entgegnete Eduardo streng. »Ich habe es genau gesehen.«

»Ja, aber …«, wollte das Bäuerlein protestieren.

»Da hinauf!« Eduardo zeigte auf den Röntgentisch. »Es ist die einzige Möglichkeit, wie Sie Ihre Unschuld beweisen können, da hilft alles nichts. Kunstdiebstahl wird bei uns streng geahndet. Wir kennen da kein Pardon. Wenn Sie sich weigern, rufe ich die Polizei!« Er wies auf einen roten Alarmknopf.

Achselzuckend legte der Bauer sich rücklings auf den Röntgentisch. Nürnberger Stadtleut' sind komische Leut', mochte er denken.

Arglos streckte er sich aus, da er sich in vollem Bewusstsein seiner Unschuld sicher fühlte.

Bauernlegen, nannte man das. Eduardo griente. Er justierte die Röntgenbombe so, dass sie auf das tumbe Bauernherz zielte.

»Einatmen und nicht ausatmen!«, rief er frohgemut, verließ das Zimmer und drehte den Schlüssel herum.

»50.000 Volt«, zischte er zufrieden, als er im Nebenzimmer den Schalter umlegte.

An diesem Abend nahm er Judith mit nach Hause. Sie war zwar nicht an der Reihe, aber sie brauchte heute seine Zuwendung, nach allem, was sie im Tempel hatte hören müssen. Sie dankte es ihm mit feuriger Ekstase.

Etwas ängstlich betrat er am nächsten Tag den Ort seines Wirkens. Hatte man den Mann gefunden? War die Polizei im Haus und sicherte den Tatort?

Nichts dergleichen – manchmal kam der Röntgenapparat wochenlang nicht zum Einsatz, das wusste Eduardo aus den Gesprächen, die die angestellten Restauratoren in der Kantine miteinander führten, während sie hastig an ihren Zigaretten zogen.

Er warf einen zufriedenen Blick auf seinen Paris und nahm Haltung an. Judith war rehabilitiert, recht so. Sie zwinkerte ihm unter ihren halb geschlossenen Lidern zu, gut gemacht, Junge!

Ein pickeliger Student betrat den Raum. Protzig trug er eine Mappe mit dem Stempel der Fakultät der Wirtschaftswissenschaften am Kornmarkt im Arm. Eduardo mochte keine Studenten, sie kamen ihm blasiert und herablassend vor. Dieser trug eine randlose Intellektuellenbrille und einen albernen ausrasierten Kinnbart. Ein Jüngelchen, das sich für einen Mann ausgab, noch feucht hinter den Ohren. Eduardo schnaubte verächtlich, aber unhörbar.

Der Student würdigte Judith und die Bruynerin keines Blickes, beugte sich aber interessiert zu dem kleinen Cupido herab, der Cranachs Venus beigegeben war.

Er kicherte pubertär. Eduardo alias Paris fasste den Apfel fester. Was gab es da zu lachen?

»Ist das richtig?«, fragte der Student. »All diese kleinen Bienchen auf seinem Körper? Stechen sie ihn nicht?«

Eduardo war verschnupft. Was interessierten die Leute der unwichtige Cupido und seine Bienchen, wenn die nackte, nur von haarfeinen Schleiern verhüllte, gottgleiche Venus daneben stand?

»Cranach der Ältere war für seine meisterhaften Tierabbildungen berühmt«, erklärte er würdevoll, »allein von diesem Motiv gibt es fast zwanzig Ausführungen. Und keine zwei davon sind gleich. Übrigens hat er bei aller Detailtreue die Insekten stets mit acht oder zehn Beinen gemalt, das weiß ich von Herrn Dürr.«

»Herrn Dürr?«

»Ein Kollege und ein ausgezeichneter Insektenkenner dazu«, sagte Eduardo und befühlte seinen Krawattenknoten. »Beachten Sie bitte die göttliche Haltung der Venus daneben«, fuhr er in dozierendem Tonfall fort, »wie elegant sie dasteht ...«

Der Student kicherte wieder. »Der hat wohl was Unanständiges im Sinn«, sagte er, »dieser kleine Cupido da. Was ist das für ein phallischer Zapfen, den er da in der Hand hält? Hä?«

In Eduardo begann ein kleiner Ärger zu köcheln. Phallisch? Seine Venus zusammen mit einem ... einem frivolen Cupido? Ja, hatte der keine Augen im Kopf? Solch eine vollendete Dame würde sich doch niemals mit einem Cupido einlassen! Galt er nicht sogar in der Mythologie als Venus' leiblicher Sohn? Der Ärger schwoll. Eduardo lockerte fahrig den Kragen des gestreiften Hemdes; ihm war heiß geworden. Voller Empörung musterte er den schmächtigen Studenten. Unterernährt. Ein Bücherwurm, ein Muttersöhnchen. Kein Wunder, dass der auf inzestuöse Gedanken kam – bei der Kopflastigkeit!

»Ich zeige Ihnen etwas«, sagte er mit verführerischem Schmelz in der Stimme. »Wenn Sie mir bitte folgen wollen!«

»Was denn, wohin denn, warum denn?«

»Lassen Sie sich überraschen. Wir müssen nur in diesen Aufzug steigen und schon sind wir unten im Vorratsraum der Restauratoren.«

Dieser da würde sein zweites Meisterstück werden; das war er seiner Venus schuldig.

»Und was sollen wir da?«, fragte der Student misstrauisch, aber er war wohl Autoritäten gewohnt und folgte Eduardo brav.

Schwungvoll flitzte Eduardo durch den Korridor, segelte um eine Ecke, links, rechts, geradeaus, wieder links, die Schritte des Studenten folgten ihm gehorsam. Eduardo sperrte nun die Tür zum Chemikalienraum auf. Da standen die geheimnisvollen Substanzen in allerlei Tiegeln und Fläschchen, bereit, um vom Fachmann in Gebrauch genommen zu werden. Gottlob war keiner von den vierundzwanzig Angestellten des musealen Restaurationsbereichs am Werkeln, Glück gehabt! Eduardo nestelte an seinem Schlüsselbund, fand das Gesuchte und sperrte einen Blechschrank auf.

»Nehmen Sie dies hier!«, wies er den verdutzten Studenten an. Überrascht hörte er in seiner eigenen Stimme etwas von der früheren Befehlsgewalt seines Großvaters, der in Kasachstan ein würdiger alter Herr mit Astrachanmütze gewesen war, in der Bundesrepublik jedoch zu einem sabbernden Greis mutierte, der sich vor den Geräuschen der U-Bahn fürchtete.

Eduardo reichte dem Kinnbart einen Tiegel, der mit einem gelben Pulver gefüllt war. Das Labor war zwar im vergangenen Herbst nach Bamberg umgezogen, aber ein paar wenige Ingredienzen waren unbeachtet zurückgeblieben.

»Cadmiumgelb«, sagte er erklärend, »eine weit verbreitete, harmlose Künstlerfarbe. Schütten Sie es aus – ja, direkt hier auf den Tisch! Ich zeige Ihnen gleich etwas, was Sie noch nie gesehen haben. In den Museumswerkstätten gibt es unerhörte Geheimnisse ...«

Der Student sah ihn ungläubig an, rührte sich jedoch nicht.

»Schütt, Brüderlein, schütt!«, sang Eduardo.

Der Student bockte.

»Gold«, sagte Eduardo und ließ seine rehbraunen Augen blitzen, »hier kann man Stroh zu Gold machen, das interessiert Wirtschaftsstudenten doch. Wenn Sie wissen, was ich weiß, dann sind wir beide gemachte Männer. Ihr theoretisch geschulter Verstand und mein Hintergrundwissen aus den unterirdischen Museumslaboren ...« Absichtlich ließ er das Satzende in der Schwebe.

Das wirkte. Gier hat noch immer über Vernunft gesiegt, das war schon in Russland so gewesen.

Der junge Mann ließ das Pulver langsam aus dem Tiegel rinnen, bis es sich zu einem stattlichen Haufen auf dem Tisch formte.

Eduardo entnahm dem Schrank nun ein Fläschchen. Er reichte es dem Studenten: »Stinknormale Salzsäure, mein Freund.« Und, in herrischem Ton: »Darübergießen!«

Der tat es.

Im selben Augenblick krümmte sich Eduardos Opfer, rang nach Luft und ging zu Boden. Hochkonzentriertes Schwefelwasserstoffgas erwuchs aus dem Gemisch, betäubte auf der Stelle die Geruchrezeptoren und wirkte absolut tödlich, das wusste Eduardo – nun musste er schnell zusehen, dass er selbst unbeschadet davonkam. Er warf einen kalten Abschiedsblick auf den toten Bücherwurm.

»Studentenfutter«, murmelte er verächtlich und schloss die Tür hinter dem Toten.

An diesem Abend nahm er seiner Liebsten überaus zärtlich den Schleier vom Schoß, flocht ihre rotgoldenen Haare langsam und geduldig auf und küsste sie auf dic Vertiefung ihres Nabels, bevor er sie zu Bett brachte. Sie hatte leiden müssen unter schmutzigen Gedanken und das war nicht recht; er musste alles tun, um es wieder gutzumachen. Den Cupido sperrte er in den Schrank; ihn ging das alles nichts an. Dann widmete Eduardo sich voller Inbrunst den schlanken Schenkeln und der wundersamen Stelle, an der sie zusammenwuchsen.

Am nächsten Morgen war das ganze Haus voller Polizisten. Zwei Särge wurden vor den Augen der staunenden Angestellten aus dem Haus getragen und der Pressereferent rang die Hände. Die Eingangstore wurden geschlossen, die wenigen Besucher abgewiesen und die Museumsdiener nach Hause geschickt, wo sie sich für Befragungen zur Verfügung halten sollten. Eduardo war unbehaglich zu Mute. Er schlief schlecht in dieser Nacht und hörte den Vater und die Mutter im Nebenzimmer streiten; in Kasachstan war das nie so gewesen.

Tags darauf hatte er sich gefasst und ging wieder unbehelligt seiner stummen Arbeit nach. Er würde wohl erst später mit der polizeilichen Befragung an der Reihe sein. Das Leben im Museum lief in seinen wohl geordneten Bahnen, obschon hier und da mehr geflüstert wurde als sonst. Eduardo verwandelte sich wie üblich in Paris und strich sich im Nacken das lange Haar zur Seite, um es seinem Ebenbilde gleichzutun.

Eine ältere Frau betrat den Tempel. Sie trug links und rechts zwei Plastiktüten. Als Aufseher hatte Eduardo sie darauf hinzuweisen, dass größere Taschen im Saal der Meisterwerke nicht gestattet waren.

»So wie die da hab ich auch einmal ausgesehen«, sagte die Frau traurig zu ihm, während sie die Bruynsche betrachtete, »aber solchen Schmuck hab ich nie gekriegt, von keinem.«

Eduardo schwieg. Er roch den Dunst von ungewaschener Armut und Alkohol, der von ihrer Haut ausging, ein Aroma, das auch seinem Vater eigen war, seit er keinen sibirischen Bauerngarten mehr bewirtschaftete, sondern sein Geld in der Sozialbehörde abholte. Wodkaflaschen, die in der alten Heimat nur feiertags aus dem Schrank geholt wurden, gab es jetzt zuhauf auf dem schäbigen Nordbalkon des Übergangswohnheimes. Darin war auch der Grund des gestrigen Streites zu suchen gewesen, das wusste Eduardo. Sein Vater litt, seine Mutter litt, sein Großvater litt und keiner konnte helfen.

»Wenn ich könnt«, murmelte die Frau undeutlich, »würd

ich der ja die Ringe vom Finger holen, den Anhänger vom Hals reißen, die Ohrringe klauen und das Diadem in meiner Handtasche verschwinden lassen, die braucht es ja doch nicht mehr, aber ich.«

Eduardo traute seinen Ohren nicht. Seine geschmückte Bruynerin? Die Frau, die alle Juwelen der Welt verdiente? Ihrer Schönheit, ihres duldsamen Blickes, ihrer Offenherzigkeit und ihres Charakters wegen ... Mildtätig war sie gewesen, da hatte Eduardo keinen Zweifel. Man sah es in ihren Augen und spürte es auch an der Art, wie sie sich des Nachts verhielt – so freigebig, so großzügig, so wenig auf den eigenen Vorteil bedacht in der Liebe, dass sie ihn manchmal an seine erste Schwärmerei erinnerte. Die war Volksschullehrerin gewesen, hatte Nadescha geheißen und ihn immer an ihren mütterlichen Busen gedrückt, wenn er beim Rechnen versagt hatte.

»So sollten Sie nicht sprechen«, tadelte er.

Wie es gelegentlich Alkoholikern eigen ist, wurde die Frau plötzlich nörglerisch. »Sie haben gut reden«, sagte sie in klagendem Ton, »Sie haben ja alles ... Meisterwerke und so ... aber was hat unsereins außer dem bisschen Bier?«

»Und dem bisschen Cognac«, ergänzte Eduardo streng, »und dem bisschen Zwetschgenschnaps und dem bisschen Likör, nicht wahr?«

Die Frau riss die Augen auf und grapschte nun nach der bemalten Eichenholztafel, als wollte sie tatsächlich die Schmuckstücke aus dem Holz holen.

»Halt!« Eduardo spürte, wie der Zorn in einer mächtigen Woge in ihm aufwallte und ihm die Luft zu nehmen drohte.

»Bevor Sie unersetzliche Meisterwerke zerstören, will ich Ihnen aushelfen, mit ein paar Schlucken aus meiner Taschenflasche«, sagte er. »Warten Sie, wo habe ich nur meine Notration?«

Er klopfte sich demonstrativ auf die anthrazitfarbenen Hosentaschen.

»Ich bin keine Alkoholikerin und auch keine Bettlerin«, sagte die Frau ernüchtert, aber er bemerkte den gewissen

Glanz in ihren Augen. Die Hoffnung stirbt immer zuletzt, das wusste Eduardo von seiner Mutter. Diese Frau hier lebte auf der Straße, obwohl sie es zu verbergen suchte, und war wohl nur ins Museum gekommen, um sich aufzuwärmen. Hatte sie vielleicht einen verloren gegangenen Museumspass in der Breiten Gasse auf dem Pflaster gefunden und eingesteckt?

»Aber Sie brauchen dringend einen Schluck, nicht wahr?« Er drängte sie sanft zum Aufzug. »Unten ist mein Spind ...«

Er hatte sie jetzt in den engen Aufzug gedrückt. Sie wehrte sich nicht, zog nur den abgeschabten Mantel enger um die Schultern und ließ das Kinn, aus dem ein paar graue Altweiberhaare sprossen, zittern. Schweigend fuhren sie nach unten.

Im Korridor stand auf einem Rollträger eine große Holztruhe, die gestern noch nicht da gewesen war. Sie gingen langsam darauf zu, während Eduardo noch überlegte, wie er sein drittes Meisterstück zu Ende bringen sollte. Intuition war immer seine starke Seite gewesen, auf sie konnte er sich stets verlassen.

Plötzlich näherten sich energische Schritte von hinten. In Eduardos Hirn wirbelten die Gedanken wie Graupelschauer – er durfte sich hier unten nicht erwischen lassen, das würde ihn verdächtig machen angesichts der bekannt gewordenen Morde im Hause.

»Schnell«, zischte er, »in die Truhe hinein, wir dürfen nicht gesehen werden, es ist uns Angestellten strengstens untersagt, Publikum hier herunter ... nun machen Sie schon ... das kann mich meinen Job kosten ... alles wegen meiner Gutmütigkeit ... das können Sie doch nicht wollen, Babuschka ...«

Inzwischen hatte er den mächtigen Deckel der Truhe knarzend aufgeschlagen, gottlob!, sie war bis auf ein paar staubige Mottenflügel leer. Die Frau äugte um sich und stieg, die Plastiktüten eng an sich gepresst und mit einer Behändigkeit, die er ihr gar nicht zugetraut hätte, in das eichene Behältnis. Rums, der Deckel klappte zu, von Eduardos fliegenden Fingern flugs verschlossen. Da, den Riegel vor!

Die Schritte bogen nun um die Ecke. Mit ihnen kam ein Schwall Tabakduft. Es war der Möbelrestaurator, der auch die Entwesung besorgte.

»Gut, dass Sie gerade hier unten sind«, sagte er freundlich zu Eduardo, »Sie kommen mir wie gerufen. Nur noch diese eine Hochzeitskiste und dann ist die Kammer voll und wir können loslegen.«

Eduardo nickte.

»Von 1765«, sagte der Entweser, »von privat eingeliefert. Die Familie von Scheurl hat uns ja schon so einiges vorbeigebracht. Hübsche Schnitzereien auf der Front, nicht wahr?«

Gemeinsam schoben sie das schwere Teil durch den Flur.

»Wohin?«, fragte Eduardo und betete, dass der Inhalt still hielt.

»Links herum. Gestern ist mir das Ding noch leichter vorgekommen«, stöhnte der Restaurator und öffnete die schwere, mit vier U-Boot-Hebeln gesicherte Tür der Entwesungskammer. Sie war voller Gegenstände, Schrankteile, Bilderrahmen, Teppiche und Holzbohlen; die Kiste passte nur so gerade noch hinein. Der Entweser wuchtete die Tür hinter ihr zu.

»Adieu, Holzwurm, Hausbock und Mottengesindel!«, rief er fröhlich, als er den Hahn der Stickstoffbegasungsanlage aufdrehte.

»Wie lange wird das dauern?«, fragte Eduardo, jungenhafte Neugier vortäuschend.

»Sechs Wochen«, antwortete der Entweser, den so viel Interesse freute, »der Sauerstoff wird ganz allmählich und äußerst schonend herausgesaugt. Haben Sie Dank für Ihre Hilfe!«

Eduardo winkte bescheiden ab.

Nachdenklich strich er mit den Fingern die Brillantinefrisur zurecht. Sechs Wochen – da blieb ja noch Zeit, ordentlich zu kündigen! Er knöpfte sein Jackett zu und zog die

Manschetten aus den bordeauxroten Ärmeln. Die Uniform würde er behalten. Aber ohne ordnungsgemäße Kündigung keine Referenzen. Und ohne Referenzen, so viel hatte er in seinem neuen Leben in Deutschland schon gelernt, würde er keinen anderen Job in einem Nürnberger Museum bekommen.

Martin Kleen

Further Pasta nera

Kriminalhauptkommissar Dreywarth Hellmen hatte gut gezielt. Dennoch war es danebengegangen. Schuld war sein Assistent Kunkel. Hellmen tastete nach der Sitzverstellung – erfolglos. Er saß zwischen Fahrersitz und Lenkrad wie zwischen den Backen eines Schraubstocks. Es war nicht leicht, seine Körperfülle in ein Auto zu wuchten. Und es half nicht, wenn Kunkel den Sitz verstellte.

»GP!«, brüllte der Kriminalkommissar und wusste, dass es sinnlos war. Dreywarth Hellmen hatte Gerhard-Peter Kunkel mit einer Recherche beauftragt, die ihn zwei Stunden beschäftigen sollte.

Dreywarth beschloss, wieder auszusteigen. Nach Verlust zweier Hemdknöpfe stand er vor dem Dienstaudi und erholte sich. Er sah auf die Uhr. Marcello würde in zehn Minuten sein Mittagessen zubereitet haben. Wenn die Pasta mehr als einige Minuten auf Dreywarth wartete, verlor das Aroma eine Nuance an Definition, fand er. Er legte die Hand auf das Autodach und bückte sich keuchend nach der Sitzverstellung.

Fünf Minuten später saß er bequem im Wagen, startete den Motor, legte den ersten Gang ein und trat das Gaspedal durch. Das Quietschen der Reifen echote vielfach zurück, die Schranke öffnete sich gerade noch rechtzeitig. Hellmen raste über die Landshuter Neustadt. Das Kopfsteinpflaster prasselte unter den Reifen, während er nach rechts abbog und das Kriegerdenkmal passierte. Hellmen hob das magnetische Blaulicht auf das Dach, zielte durch die Engstelle am Ende der Straße und fuhr ein weiteres Mal nach rechts, an der Sparkasse vorbei. Zwei überfahrene rote Ampeln und zehn Minuten später ließ er den Wagen auf dem Further

Dorfplatz ausrollen. Hellmen nahm das Blaulicht vom Dach des Autos, stemmte sich heraus, ließ die Tür zufallen und sog die Luft ein. Er hasste Hektik. Aber für einen guten Zweck …

Hellmen schloss die Augen, ließ eine Sekunde die Sonne durch die Lider scheinen und genoss den Geruch, der ihn von Marcellos Küche erreichte. Da war Rosmarin, heißes Olivenöl und, eben in die Pfanne gelegt: Gamberoni. Pasta nera con gamberoni grillati. Er war nicht zu spät.

Er öffnete die Augen und brachte seinen Körper in Bewegung. Hellmen wurde schneller, während er über den gepflasterten Platz ging. Der Geruch wurde intensiver. Marcello Viotto war ein Gott des guten Geschmacks.

»Signore Commissario! Che bellezza!«

Hellmen streckte beide Arme zu Marcello hinab. Viotto ergriff sie. Sein Schnurrbart zitterte. »Eine Ehre«, sagte er, während er sich verneigte.

»Marcello, ich bin nicht der Papst.«

Marcello wand sich, lächelte, zog Hellmen zu dem Ecktisch, an dem er fast jeden Tag saß.

»Commissario, Sie sind ein Buongustaio.« Der Koch küsste seine Fingerspitzen, schnalzte mit der Zunge. »La Chiesa Cattolica è senza fine ma …« Er gestikulierte. »Aber gutes Essen hat es schon davor gegeben.« Er zückte seinen Notizblock. »Weißwein? Bisanzio Trebbiano d'Abruzzo?«

»Buon Giorno, Signore Commissario.« Marcellos Frau stellte Brot und einen Krug Wasser auf den Tisch. Laura überragte Marcello um zehn Zentimeter.

Hellmen verneigte sich, so tief es sein Bauch erlaubte.

»Bene. Pasta nera con gamberoni grillati al'aglio?« Hellmen schmatzte. »Natürlich«, sagte Marcello, steckte den Block ein und zog eine Serviette über Hellmens Schoß.

Laura wedelte mit beiden Händen, Marcello zog den Kopf ein und lief in die Küche.

Eine Stunde später befand sich Hellmen wieder in der unappetitlichen Wirklichkeit. Er stand neben Gerhard-Peter Kunkel in der Klosterkirche des Maristenklosters, keine hundert Meter Luftlinie von Marcellos Tempel entfernt.

»Hier geschehen?«, sagte Hellmen, ging einmal um die Leiche herum und betrachtete die Details.

»Leonardo Postello. Gemeldet in …« Kunkel blätterte in seinem Notizbuch.

Hellmen sah seinen Assistenten an. »In Landshut. Man kennt Leonardo Postello.«

Hellmen ging eine weitere Runde um den Mann im schwarzen Anzug, der auf den steinernen Bodenplatten vor dem Altar lag. »Ein Opfer im engeren Sinne, was GP? Die Welt wird ohne ihn ein wenig besser sein. Na ja.« Er seufzte. »Wie ist er gestorben?«

Kunkel wurde von einem Kriminaltechniker in weißem Overall gestoßen.

»Doktor Weißkirchner sagt, er vermutet Gift. Genaues nach der Sektion. Postello ist vor ungefähr vier bis sechs Stunden gestorben.«

Hellmen blickte auf. »Gift?« Er beugte seinen Oberkörper einige Grad nach vorn. Postello glotzte ihn aus toten Augen an. »Wie kommt Weißkirchner auf Gift?«

»Hat er nicht gesagt.« Kunkel hob die Schultern. »Schauen Sie mal, Chef. Der Tote hatte eine Restaurantrechnung in der Tasche.« Kunkel zog eine Plastiktüte aus der Sakkotasche und hob sie hoch. »*Da Marcello,* Am Rathaus in Furth. Das ist unten am Dorfplatz.«

»Natürlich«, sagte Hellmen. Er sah in die Kuppel der Kirche hinauf. »Marcello macht mittags auf. Postello hat die Welt heute früh erleichtert.« Der Kriminalhauptkommissar betrachtete den nackten Hintern eines Engelchens.

»Die Kasse druckt automatisch die Zeit drauf. Heute früh um neun«, sagte Kunkel.

Vergiftet. Vergiftet und er war bei Marcello gewesen, dachte Hellmen. Lange vor der Öffnungszeit. Postello war in die Kirche gerannt, als er gemerkt hatte, dass es mit ihm zu Ende ging. Rührend. Hellmen knetete die Lippen. Er würde Marcello allein besuchen müssen.

»Gut, GP. Geh ins Büro, finde alles über Postello heraus. Freunde, Feinde, Register.« Er schwenkte eine Hand. »Die ganze Leier. Ruf mich an.« Hellmen schob Kunkel zur Seite und ging hinaus.

Die Stirnseite des Klosterhofes bildete die Kirche, rechts und links ragten fünfstöckige Gebäude empor. Hellmen lief durch das geschmiedete Tor. Keiner der Fratres hatte sich sehen lassen. Die Kirche ist barmherzig, dachte Hellmen. Auch Postello hatte sie nicht abgewiesen in den Minuten vor seinem Tod. Postello hatte viel Barmherzigkeit nötig gehabt.

Hellmen ließ den Audi stehen, die Schwerkraft half ihm den Hügel hinab. Die Sonne trieb ihm die Schweißperlen auf die Stirn. Er achtete nicht auf das Vogelzwitschern und das Geschrei, das aus dem Kindergarten über der Straße schallte. Marcello war in Schwierigkeiten.

Fünf Minuten später stand der Kommissar vor dem Koch.

»Commissario. War etwas nicht in Ordnung?«

Marcello posierte mit ausgebreiteten Armen zwischen Tresen und Tischreihe. Laura, die dabei war, Gläser zu polieren, hielt inne. Hellmen schwieg, legte den Arm um Marcello und zog ihn mit sich in die Küche. Hellmen schloss für einen Augenblick die Augen und genoss den Geruch. Er nickte zu den drei Männern, die Nudeln schöpften, Fleisch brieten und Gemüse schnitten. Marcello sagte etwas auf Italienisch und sie liefen hinaus.

»Marcello.« Dreywarth Hellmen drehte eine Runde durch die Küche. Schweißtropfen liefen ihm von der Stirn über die Augenbrauen.

»Postello ist da oben in der Klosterkirche. Was weißt du darüber?«

»Postello? Leonardo Postello? Was will der in der Kirche?« Marcello zog die Augenbrauen zusammen.

Er weiß nichts oder ist ein guter Schauspieler, dachte Hellmen. Angst hat er keine. Vielleicht, weil Postello nicht mehr ist?

»Was hat Postello hier gewollt?«

Marcello schluckte. »Er hat gegessen hier. Gestern Mittag. Gut gegessen. Hatte kein Geld, Scheckkartending war wieder kaputt. Er ist am Morgen gekommen, um Schulden zu bezahlen.« Er hob den Arm und wippte mit der Hand. »Hat eben doch Ehre, Postello, eh? Was soll das, Commissario?«

»Postello liegt in der Klosterkirche. Tot.« Hellmen beobachtete die Reaktion, aber aus Marcellos Mimik konnte er nichts schließen.

»Tot«, sagte Marcello.

»Tot«, antwortete Hellmen. Er ging an den Wänden der Küche entlang und besah sich die Utensilien des Heiligtums. Marcello stand wieder vor seinem Herd. Eine Hand hielt den Stiel einer Pfanne aus Gusseisen, rüttelte bisweilen daran, als ob etwas darin briet.

Die Tür zum Gastraum sprang auf, Lauras Stimme brüllte etwas Unverständliches.

»Bleiben Sie stehen. Sie fassen nichts an!« Kunkel stürmte in die Küche. Zwei Uniformierte stießen die andere Tür auf, die zum Parkplatz hinter dem Dorfzentrum führte. Kunkel zeigte in Richtung der Vorratskammer. »Pfister, da hinein!« Er senkte den Arm. »Marcello Viotto? Sind Sie Marcello ...« Kunkel erstarrte und richtete sich dann auf. »Chef? Ich dachte, Sie sind ...«

Hellmen wedelte mit der Hand. »Verschwinde. Ich verhöre hier gerade Herrn Viotto.« Er beobachtete die beiden Uniformträger. Sie entweihten Schreine und begrapschten Reliquien.

»Aber das geht nicht.« Kunkel breitete die Arme aus. »Alles organisiert. Die Streifen. Es läuft.«

»Raus!« Hellmen war überrascht über seine eigene Lautstärke.

Kunkel hob die Schultern. »Ja, Chef.« Er winkte den Kollegen. »Pfister.«

»Hauptkommissar, schauen Sie mal.« Ein Uniformierter trat aus der Vorratskammer und hielt eine Viertelliterflasche Olivenöl in der Hand. Sie war einen Zentimeter hoch gefüllt. »Da ist was anderes drin.«

Er schüttelte den Behälter. »Ganz schwarz.« Er schüttelte wieder. »Und sämig.«

»Tinte«, sagte Marcello und streckte den Arm aus, langte nach der Flasche. Hellmen drückte Marcellos Arm herab.

»Nicht anfassen, Marcello.« Hellmen drehte den Kopf. »Pfister, packen Sie die in eine Plastiktüte.« Zu Marcello: »Was ist drin?«

»Tinte. Tinte von die Tintenfisch«, sagte Marcello. »Pasta nera.«

Hellmen schmatzte. »Nehmen wir mit.«

Kunkel notierte etwas auf seinem Block. Hellmen ließ ihn gewähren. Tintenfischtinte durfte nicht alt werden. Marcello hätte keinen großen Schaden und GP war zufrieden.

»In Ordnung. Jetzt raus hier.« Hellmen schob Pfister zur Seite und legte den Arm um Kunkels Schulter. »Gut gemacht«, sagte er. »Wir werden sehen, was das Labor dazu sagt.«

Natürlich war Marcello kein Mörder, aber man musste seine Leute hin und wieder loben.

Vier Stunden später ließ sich Hellmen auf den Stuhl neben Marthas Schreibtisch fallen. Die Sekretärin des Sachgebiets Kapitaldelikte wusste alles und sah alles im Kommissariat. Nachdem er zu Atem gekommen war, sagte er: »Martha, was treibt denn Kunkel so?«

Sie blies die Backen auf und betrachtete ihre Fingernägel. »GP ist dein Assistent, Dreywarth. Du solltest wissen, was er ausheckt.« Sie blickte auf. »Solltest du nicht angeordnet haben, was er tut?«

Hellmen gönnte ihr die Spitze. Er legte den Kopf schräg und schürzte die Lippen.

»Haftbefehl beantragt«, sagte Martha, während sie sich umsah, als hätte sie dem BKA einen Islamisten ausgeliefert.

»Nein«, hauchte er und fürchtete, er hätte übertrieben.

Martha war zu begeistert, um es zu bemerken. »Doch. Und jetzt rate, wer.«

Marcello, dachte er. Hatte die Schnellanalyse etwas in der Tinte gefunden? Unmöglich.

»Postellos Frau?«

Martha winkte ab und lachte auf. »Quatsch.« Sie beugte sich vor. »Mar-cel-lo-Vi-ot-to.« Sie richtete sich auf und wartete auf den Effekt.

Er ließ den Unterkiefer fallen; dann glaubte er, genug gestaunt zu haben, und stemmte sich hoch. »Was du nicht sagst. Da muss ich dabei sein.«

»Es sieht so aus, als ob der Staatsanwalt noch mehr Beweise will. Aber Kunkel hat gute Chancen auf einen Haftbefehl«, sagte Martha.

Hellmen ging zur Tür.

»Warte mal«, rief sie. »Postello hatte keine Frau.« Sie dachte nach. »Das wusstest du.«

»Ach, woher«, sagte Hellmen, ohne sich umzusehen. Sie murmelte etwas, das er nicht mehr verstand.

»Marcello, du sagst mir, was mit Postello war, sonst ist dies dein letzter Tag in deinem Ristorante.« Hellmen stand in der Mitte der Küche. Die Pfannen waren vom Herd geschoben worden. Das letzte Brutzeln erstarb.

»Commissario, ich schwöre.« Marcello rang die Hände. Er schien im nächsten Augenblick auf die Knie fallen zu wollen. »Ich weiß nichts von Postello. Dio mio, er war hier, hat gegessen. Nächster Tag kommt er wieder und bezahlt.«

»Marcello, Postello ist gestorben, nachdem er bei dir war. Hast du einen Zeugen, dass er bei dir nicht gegessen hat? Kunkel hat etwas gefunden, wofür er vielleicht einen Haftbefehl vom Staatsanwalt bekommen wird. Und wenn ich mich nicht täusche, steht er morgen früh vor deiner Tür und nimmt dich mit. Sind das genug Argumente? Sag mir, was du weißt.«

»Commissario.« In Marcellos Augen standen Tränen. »Weiß ich nicht, wer Postello das angetan hat. Postello war hier, er hat bezahlt. Er hat gegessen am Tag zuvor, nicht heute früh. Er hat bezahlt. Das ist alles.«

Er breitete die Arme aus. »Was brauche ich Zeuge? Ich habe keinen Zeugen.«

»Du brauchst einen Zeugen, wie Pasta die Sauce braucht, Marcello.«

»Ich habe keinen Zeugen.« Marcello verschränkte die Arme.

»Wenn du keinen Zeugen hast, verhafte ich dich wegen Mordes an Postello.«

»Ha!« Marcello drehte sich um.

»Ich weiß, dass du ihn nicht umgebracht hast. Marcello, sag mir, wie das war an diesem Morgen, und ich regele das.«

»Ich kann nicht.«

»Hör auf mit dem Scheiß!«, rief Hellmen, packte Marcello an der Schulter und drehte ihn zu sich um. »Du hast einen Zeugen.«

»Es geht nicht.« Marcello sah zu Boden.

»Natürlich geht es.« Hellmen hob Marcellos Kinn mit der Hand. »Ich bin es, Commissario Hellmen. Mir kannst du es sagen.«

Marcello drehte den Kopf zur Tür, wandte sich erneut Hellmen zu und flüsterte: »Commissario, es darf niemand erfahren.«

»Hellmen ist sicher.« Er klopfte sich an die Brust.

»Laura ...« Marcellos Brust berührte Hellmens Bauch.

»Ja?«

»Sie darf es nicht erfahren.«

»Marcello.« Hellmen senkte die Stimme. »Ich esse bei dir, nicht bei Laura.«

Ein Lächeln zuckte um Marcellos Mundwinkel. Dann wich die Farbe aus seinem Gesicht. »War andere Frau bei mir. Hier im Ristorante.« Seine Mundwinkel zuckten. »Wenn Laura erfährt, bin ich tot.«

»Tot?«

»Wenn sie es erfährt, ich muss gehen. Es ist ihr Ristorante, Commissario. Sie wirft mich hinaus. Fine. Ende. Sie hat das Geld. Ich habe keinen Zeugen, darf keinen Zeugen haben.« Marcello sank auf die Knie. »Ich war es nicht, Commissario. Ich habe niemanden ermordet. Bei allem, was mir heilig ist.« Tränen erstickten seine Stimme. »Commissario, Sie kennen mich.«

Hellmen sah Marcello eine Sekunde an, dann drehte er sich um und lief Runden um die Herde und Tische. Endlich blieb er stehen und sagte: »Marcello, du kommst zu mir.«

»Come? Commissario, ich muss kochen.« Marcello hob den Arm und deutete auf Herde, Töpfe und Siebe.

»Kunkel wird kommen.« Hellmen zog seine Unterlippe mit Daumen und Zeigefinger in die Länge. »Vielleicht kommt er heute Abend noch. Du musst mich begleiten.« Hellmen winkte zur Tür. »Sag Laura, dass du etwas erledigen musst. Sag ihr irgendwas, sag ihr nichts von mir, dann kann sie Kunkel nichts sagen. In zwei Tagen bist du wieder hier. Dann habe ich Kunkel den Haftbefehl dort hineingeschoben, wo er hingehört.«

»Commissario Hellmen, ich kann mich nicht verstecken. Ich muss kochen.« Marcello lief eine Träne über die Wange.

»Du kochst bei mir.« Hellmen öffnete die Tür zum Parkplatz. »Mach schnell, ich bin im Wagen.«

Nach fünf Minuten stand Marcello in weißer Schürze und mit einem Korb in der Hand neben Hellmens Dienstaudi. Hellmen ließ den Motor an und legte den Schalthebel um. Er nahm den Fuß von der Bremse, der Audi setzte sich in Bewegung. Die Reifen knirschten über das Pflaster, der Motor war kaum zu hören.

»Marcello, ich ...« Hellmen kurbelte mit einer flachen Hand das Lenkrad. Mit der Linken bediente er den elektrischen Fensterheber.

Marcello seufzte, nachdem er zehn Sekunden auf Hellmens Fortsetzung gewartet hatte. »Commissario?«

»Marcello.« Hellmen atmete ein und ließ sich ein paar Sekunden Zeit mit dem Ausatmen. »Marcello, hast du Gift in die Flasche getan? In die Tinte?«

Marcellos Hände fielen in den Schoß. Er blickte starr auf die Straße.

Nach Sekunden, die Hellmen vorkamen wie Stunden, sagte Marcello: »Ma, che ...? Commissario, Sie glauben, ich habe Gift? Ich vergifte meine Gäste? Das ist ... No, Commissario.« Seine Stimme zitterte. »Halten Sie an.« Er hielt Hellmen die Hände über Kreuz entgegen. »Soll man mich in Gefängnis werfen. Aber ich fahre nicht mit Ihnen, wenn Sie glauben, ich habe Gift in meine Küche.«

Hellmen gab Gas, bog links ab auf die Hauptstraße Furths in Richtung Landshut. »Beruhige dich. Ich muss diese Frage stellen, ich bin Polizist.«

Hellmen steuerte den Audi an Rannertshofen vorbei. Links der Landstraße stand eine winzige Kapelle. Marcello legte die Fingerspitzen der Rechten zusammen und wippte im Handgelenk in Richtung der Kapelle. »Oh, Dio mio, Santa Maria, das habe ich nicht verdient.« Er ließ die Hände sinken. »Was soll ich denn machen, Commissario?«

»Noch gibt es keinen Haftbefehl. Es ist keine Flucht. Du kommst mit zu mir, bis die Sache geklärt ist.« Hellmen fuhr bei erlaubten vierzig mit siebzig in den Kreisverkehr und bog auf die B 299 ein. Hinter ihnen hupte ein BMW-Fahrer. »Halt den Rand«, brummte Hellmen.

Hellmen saß in seinem Esszimmer, sah in den Herrgottswinkel und dankte. Aus der Küche war das Klappern von Besteck und Geschirr zu hören. Etwas zischte und brodelte und zwischendrin klang es, als ob Marcello innehielt, probierte und zufrieden summte.

»Fünf Minuten, Commissario«, rief Marcello.

Hellmen schnalzte, setzte sich zurecht und zog die Leinenserviette über den Schoß. Er nahm einen Schluck Montepulciano d'Abbruzzo und spülte mit San Pellegrino nach. Die Zunge prickelte. Er besah seine Hände auf dem weißen Leinen der Serviette. Hellmens Mobiltelefon tönte. Er zog es aus der Westentasche, die Anzeige verriet den Anrufer: Kunkel. Eine Sekunde schwebte Hellmens Daumen über dem roten Symbol, dann drückte er die grüne Taste.

»GP, was ist?«

»In der Flasche war nichts, Chef.«

»Ach.«

»Ja.« Kunkel zögerte. »Chef, ich hatte einen Haftbefehl

beantragt. Die Chemiker haben in der Schnellanalyse etwas gefunden. War aber ein Irrtum.«

Hellmen brummte.

»Haftbefehl ist aufgehoben«, beeilte sich Kunkel zu sagen.

»Noch was?«

»Bis morgen, Chef.«

Hellmen legte auf und schob das Gerät über den Tisch. Ein Geräusch ließ ihn aufblicken. Marcello stand in der Küchentür, in den Händen einen riesigen Teller. Dampf stieg auf.

»Pasta nera con gamberoni grillati.« Er sprach mit dem Ernst des Künstlers, für den Hellmen ihn hielt.

Der Kommissar senkte sein Haupt ein paar Sekunden, dann sah er andächtig dabei zu, wie Marcello näher trat und die Köstlichkeit kredenzte. Die dunklen Nudeln waren in vier Wirbeln angeordnet, liebkosten einander und lagen auf einem Bett Weißweinsauce, die ihren Duft in Schwaden abgab und Hellmen in Verzückung versetzte.

»Acht Gamberoni«, sagte er und schmatzte. »Du bist zu gut zu mir.« Er nahm die Gabel und hob zwei Nudeln mit einem Klecks Sauce hoch. Er schloss die Augen und genoss. Nach dem Essen würde er Marcello nach Hause fahren. Nach dem Essen.

»Marcello.« Hellmen ließ Luft an die Zunge, um das Aroma stärker zur Wirkung kommen zu lassen. »Marcello, das ist – wunderbar.«

Marcello stand neben dem Tisch, verschränkte die Hände hinter dem Rücken und lächelte. Hellmen trank einen Schluck Wasser, nippte am Wein, inhalierte das Bukett und schmatzte. Er schwitzte. Dann schob er sich dic Hälfte eines Gamberino in den Mund und spürte dem Kaugefühl nach. Die Sauce war keine Spur zu salzig.

Hellmen fuhr sich mit dem Zeigefinger hinter den Kragen. »Heiß, nicht wahr?«

»Nein, Commissario.«

Hellmen lächelte und verzehrte die zweite Gabel Nudeln. Als er die Augen nach der Verzückung wieder öffnete, sah er zwei Marcellos. Er kniff ein Auge zu.

»Ich hab doch gar nicht viel getrun…« Er sprach nicht weiter, denn er hörte sich selbst lallen.

»Ich musste mehr nehmen bei Ihnen, Commissario. Sie dürfen nicht weglaufen. Postello musste weglaufen. Das verstehen Sie?«

Hellmen öffnete den Mund, konnte aber nicht sprechen.

Marcello beugte sich vor ihn. »Commissario, Sie verstehen, nicht? Sie hätten mich – wie sagt man? Überführt.«

Hellmen schaffte die Andeutung eines Kopfschüttelns.

»Aber ich muss doch kochen«, sagte Marcello, nahm Hellmen die Gabel aus der Hand, die ihm auf den Schoß gesunken war. »Postello hat Schutzgeld erpresst. Hat gedroht, Ristorante in die Luft zu jagen. Ich kann nicht zahlen, Commissario. Sie verstehen, ja? Es muss sein. Ich muss doch kochen, Commissario – Commissario?«

Hellmen schloss die Augen.

Marcello rollte eine Gabel Nudeln auf.

»Commissario, Sie haben es verdient. Sterben mit Genuss auf Zunge.«

Michael Böckler

Neuburg und die bayrischen Illuminaten

In der seltsamen Sprache der Golfer gibt es den ausgeprägten Wunsch, tot an der Fahne zu liegen. Will meinen, dass der Ball so gut aufs Grün geschlagen wird, dass er unmittelbar neben dem Loch zum Liegen kommt. Natürlich ist davon abzuraten, diese Redensart allzu wörtlich zu nehmen. Wie im Falle des Mannes, der auf dem fünften Grün des Wittelsbacher Golfclubs gefunden wurde. Er lag definitiv tot an der Fahne: inmitten einer Blutlache, mit eingeschlagenem Schädel.

Kommissar Karolus hatte viele Gründe, diese Tat zu verfluchen. Schon deshalb, weil das Opfer ein hoch angesehener Professor war, was Karolus gehörig unter Druck setzte. Auch weil der Mörder kaum Spuren hinterlassen hatte. Und weil der exklusive Tatort die Ermittlungen erschwerte. Aber all das hätte Karolus noch klaglos hingenommen. Dass der Mörder aber nicht bis zum Ende der Spargelzeit hatte warten können, das nahm ihm der Kommissar wirklich übel.

Zwei Wochen waren nun seit der Tat vergangen. Heute war eine der letzten Gelegenheiten, das Versäumte nachzuholen. Kommissar Karolus hatte im alteingesessenen Klosterbräu in Neuburg-Bergen einen Tisch reserviert. Er war fest entschlossen, das mittägliche Spargelmenü gegen alle Unbilden des Lebens zu verteidigen. Den Anfang würde ein Parfait vom Schrobenhausener Spargel machen, dazu sollte es Frühlingssalate geben. Dass Karolus sich dem lukullischen Genuss nicht allein hingeben konnte, war unvermeidbar gewesen. Aber er würde sich von seinem Gast den Appetit nicht verderben lassen.

»Ich weiß es sehr zu schätzen«, sagte Dr. Wendlinger, während ein Gruß aus der Küche in Form eines kleinen Lachstatars serviert wurde, »dass Sie sich Zeit für mich nehmen. Ich darf Sie doch zu diesem kleinen Arbeitsessen einladen?«

»Mit frischem Koriander«, stellte der Kommissar fest, ohne auf die Offerte einzugehen.

»Wie bitte?«

»Im Lachstatar, das ist Koriander. Außerdem klein gehackte Frühlingszwiebeln. Sehr schmackhaft. Warum wollten Sie mich so dringend sprechen?«

»Der Mord an meinem verehrten Freund Professor Mörlbauer lässt mir keine Ruhe.«

»Mir auch nicht, das können Sie mir glauben, und zwar seit genau vierzehn Tagen, vier Stunden und zwanzig Minuten. Was halten Sie von einem Riesling?«

»Ja, ich denke, Riesling ist eine gute Idee. Sie wissen, ich bin Historiker?«

»Ja, das ist mir bekannt. Ein Riesling also, eine trockene Spätlese, Gutsabfüllung. Nachher können wir zu Spätburgunder wechseln. Was hat die Tatsache, dass Sie Historiker sind, mit dem Mord an Professor Mörlbauer zu tun?«

Wendlinger rückte seine Brille zurecht. »Weil ich glaube, dass die Lösung für diesen Fall in der Geschichte liegt. Darüber wollte ich mit Ihnen sprechen.«

»Klingt interessant, nur zu!«

»Sie sind ein Mensch, der sich beruflich mit den Gräueltaten der Gegenwart beschäftigen muss, also ist Ihnen die Historie Neuburgs vermutlich weniger vertraut.«

Karolus probierte den Wein und nickte zufrieden. »Nun, ich weiß immerhin, dass Neuburg an der Donau Haupt- und Residenzstadt des Fürstentums Pfalz-Neuburg war, dass der erste Pfalzgraf Ottheinrich hieß und dass dieser Wittelsbacherspross nicht nur gerne gegessen hat, was ich sehr sympathisch finde, sondern auch das Residenzschloss, die Hofkirche und das Jagdschloss Grünau gebaut hat, wogegen auch nichts einzuwenden ist. Und dass er folgerichtig irgendwann pleite war.«

»Ja, ja, der gute Ottheinrich und seine Fress- und Verschwendungslust, er hat übrigens am Ende seines Lebens fast vier Zentner gewogen …«

Karolus lehnte sich zurück und verfolgte mit gespannter Aufmerksamkeit, wie das Spargelparfait serviert wurde.

Währenddessen fuhr Wendlinger fort: »Worauf ich Sie aufmerksam machen möchte, ist die Tatsache, dass die Geschichte Neuburgs immer auch eine Geschichte der Gewalt und der Mysterien war.«

Karolus nickte. »Ich kenne die Geschichte von Gump und Ganswürger, zwei Räuber aus dem Donaumoos, die hier im neunzehnten Jahrhundert ihr Unwesen trieben. Oder die von dem Ausbrecherkönig Theo Berger, der sich in unserer Vollzugsanstalt aufgehängt hat. Aber, sehr verehrter Doktor Wendlinger, was haben Verbrechen aus der Neuburger Vergangenheit mit dem aktuellen Tod von Professor Mörlbauer zu tun?«

Wendlinger lächelte überlegen. »Sie haben die falschen Fälle zitiert. Und zudem sind Sie aus der Betrachtungsweise eines Historikers fast in der Gegenwart geblieben. Ist Ihnen der Mordfall Diaz ein Begriff?«

»Nein, übrigens finde ich dieses Parfait ausgesprochen aromatisch, dazu die feinen Spargelstangen und dieser nussige Nachgeschmack. Ein wirklicher Genuss.«

»Gewiss, gewiss. Also, in Diensten von Ottheinrich stand Juan Diaz, ein theologisch hochgebildeter Mann, der wie sein Landesfürst vom Katholizismus zum Protestantismus übergetreten war. Daraufhin wurde er hier in Neuburg 1546 im Auftrag seines Bruders Alphonso und mit Wissen und Billigung des Vatikans ermordet.«

»Ich nehme an, der Fall ist verjährt«, kommentierte Karolus trocken. Er brach ein Stück vom Brot und beseitigte mit großer Sorgfalt die letzten Spuren des Parfaits von seinem Teller.

»Bemerkenswerterweise ist der Bruder, er war übrigens Jurist am Heiligen Stuhl, vor Gericht freigesprochen worden. Interessant sind die theologischen Bezüge zum Brudermord Kains, vor dem Hintergrund der Reformation, denken Sie nur an den Schmalkaldischen Krieg, in dem …«

»Hatte der Professor einen Bruder?«, unterbrach Karolus den Exkurs seines Gegenübers.

»Nein. Aber er ist vor Kurzem aus der Kirche ausgetreten.«

»Ich glaube nicht, dass der Vatikan deshalb einen gedungenen Mörder schickt. Die Zeiten dürften vorbei sein. Dieses Motiv scheidet also aus.«

»Da stimme ich Ihnen zu, ich wollte Sie nur etwas sensibilisieren.«

»Milchlammleber auf karamellisierten Äpfeln und Schalotten.«

»Milchlammleber?«

»Ja, der folgende Gang. Sozusagen als Zwischengericht vor dem nächsten Spargel. Fahren Sie fort. Ich bin ganz Ohr.«

Wendlinger hüstelte. »Nur als Anekdote: Ottheinrich hatte einen Vormund, der ermordete seine Ehefrau, weil er glaubte, sie sei ihm untreu. Das hat sich freilich post mortem als Irrtum herausgestellt.«

»Professor Mörlbauer war verwitwet«, antwortete Karolus, »aber seine Frau ist ohne Fremdverschulden an einem Blinddarmdurchbruch gestorben. Ob sie ihm treu war, weiß ich nicht. Dürfte aber keine Rolle spielen.«

»War ja nur eine Anekdote. Wissen Sie, dass Mörlbauer regelmäßig unsere Hofkirche besucht hat? Er ist immer direkt hinter dem Eingang im Kirchenschiff stehen geblieben, hat die Hände auf dem Rücken verschränkt, die Augen geschlossen und stille Einkehr gehalten.«

»Ich denke, er ist aus der Kirche ausgetreten?«

»Ganz genau, merkwürdig, nicht wahr. Besondere Aufmerksamkeit verdient der Platz, an dem Mörlbauer sein seltsames Ritual vollzogen hat. Er hat sich nämlich auf die Gebeine eines Toten gestellt.«

Karolus sah überrascht auf. »Wie das?«

»Jetzt werden Sie also doch neugierig. Sehr schön. Genau an dieser Stelle liegen unter dem Kirchenboden die sterblichen Überreste von Jacob Balde, im siebzehnten Jahrhundert ein berühmter Dichter, der seine Texte übrigens fast ausschließlich in lateinischer Sprache verfasst hat. Balde war aber auch ein Jesuitenpater, ein Hofprediger und Mitglied der Artistenfakultät.«

»Ein Jesuitenpater?«

»So ist es, langsam nähern wir uns dem eigentlichen Thema.«

»Das Menü hat sieben Gänge.«

»Sie meinen, so lange habe ich Zeit?«

»Ganz genau, dann sollten wir fertig sein. Und jetzt entschuldigen Sie mich, ich muss auf die Toilette. Der Riesling, das Wasser und der Spargel, Sie verstehen. Schon die alten Griechen schätzten am Spargel seine harntreibende Wirkung.«

Dr. Wendlinger wartete, bis sie nicht nur die Milchlammleber, sondern auch den darauf folgenden Schrobenhausener Spargel mit fangfrischen Flusskrebsen und Morcheln verzehrt hatten.

Er nahm die Serviette und wischte sich die Lippen ab. »Hofkammerrat Johann Georg Lori«, sagte er bedeutungsvoll, »der Gründer der Bayerischen Akademie der Wissenschaften. Er hat hier in Neuburg gewohnt, am Karlsplatz, gleich neben der Provinzialbibliothek.«

»War er nicht mit Ludwig Thoma verwandt?«

Wendlinger nickte. »Mein Kompliment, Sie sind ein gebildeter Mann.«

»Zu viel der Ehre. Was ist mit diesem Lori? Ich denke, auch er wird als Täter nicht ernsthaft in Betracht kommen.«

Wendlinger lächelte geheimnisvoll. »Nicht direkt. Aber irgendwie doch, sozusagen in einem konspirativen Sinn.«

»Jetzt machen Sie mich aber wirklich neugierig.«

»Lori war ein erklärter Jesuitengegner. Auch er fand womöglich Freude daran, in der Hofkirche *Unserer Lieben Frauen* die Gebeine eines Jesuitenpaters mit den Füßen zu treten.«

»Sie meinen, ganz so wie der Professor?«

»Ja, vielleicht. Ist aber nebensächlich, allenfalls ein kleines weiteres Indiz im Konstrukt meiner Tatverdächtigung.«

»Machen Sie es nicht so spannend! Wir sollten vor dem Bachsaibling mit gratiniertem Spargel ein Stückchen weiter sein.«

»Ganz in meinem Sinn. Auf welchem Grün hat man die Leiche meines Freundes gefunden? Auf dem fünften, und zwar am dreiundzwanzigsten Tag des Monats. Damit wäre eigentlich alles klar. Finden Sie nicht?« Wendlinger lächelte zufrieden.

»Seien Sie mir nicht böse«, antwortete der Kommissar. »Ich bin hier zum Spargelessen, nicht zum Rätselraten. Mag sein, dass die Speisen und der Wein meine Hirnfunktionen etwas einschränken, aber ich kann Ihnen absolut nicht folgen. Allerdings bin ich mir sicher, dass Sie mir gleich auf die Sprünge helfen werden.«

Wendlinger sah sich vorsichtig um, beugte sich vor und fragte mit leiser Stimme: »Sind Ihnen die bayrischen Illuminaten ein Begriff?«

»Die Illuminaten? Dieser obskure Geheimbund?«

»Ja, gegründet 1776 von Adam Weishaupt in Ingolstadt. Jenem Weishaupt, der später als George Washington die Vereinigten Staaten von Amerika regiert hat. Deshalb ist ja auch das Symbol der Illuminaten, die Pyramide mit dem Auge, auf der amerikanischen Ein-Dollar-Note verewigt. Und das amerikanische Wappentier ist ein Weißkopfadler. Weißkopf wie Weishaupt, Sie verstehen?«

Karolus schüttelte in leichter Verzweiflung den Kopf. »Bislang fand ich Ihre Gesellschaft sehr unterhaltsam, aber jetzt wird mir alles zu verworren. Ein Jesuitenpater, der mit den Füßen getreten wird, ein Toter ausgerechnet am fünften Loch, Johann Georg Lori, nun die Illuminaten. Ich fürchte, dieses Durcheinander beeinträchtigt meinen Appetit. Und das wäre ausgesprochen schade.«

Wendlinger winkte dem Kommissar mit der Hand, damit er mit dem Kopf näher käme. »Nun gut, lassen Sie mich die Fäden miteinander verknüpfen: Johann Georg Lori war bekanntermaßen ein Mitglied der bayrischen Illuminaten. Übrigens ebenso wie Knigge, Montgelas und Pestalozzi. Ein

Ziel des Ordens war es, im Sinne der Aufklärung den kirchlichen Despotismus zu bekämpfen und hier vor allem die Jesuiten. Deshalb ist die Stelle über den Gebeinen des Jesuitenpaters ein Ort der Verschwörung. Nächster Punkt: Die Illuminaten haben zwei magische Zahlen, nämlich die Dreiundzwanzig und ihre Quersumme Fünf. Mein Freund Mörlbauer, ein aus der Kirche ausgetretener Jesuitengegner, ist am dreiundzwanzigsten des Monats am fünften Loch des Wittelsbacher Golfclubs getötet worden. Notabene: am fünften Loch! Die Pyramide der Illuminaten hat fünf Ecken. Und womit ist Mörlbauer erschlagen worden? Mit einem großen Maurerhammer! Auch das ist kein Zufall: Die Illuminaten sind aus den Freimaurern hervorgegangen. Und was sind ihre Symbole? Zirkel, Winkel, Kelle – und ein Hammer!«

Der Kommissar sah Wendlinger erstaunt an. Jetzt hatte ihn der Mann doch wirklich überrascht. Bevor Karolus erneut aufstand, bestellte er eine Flasche Rotwein. »Ein Spätburgunder aus dem Fränkischen dürfte vortrefflich mit dem Rehrücken harmonieren«, sagte er. »Sie entschuldigen mich. Ich fürchte, ich habe eine schwache Blase.«

Als er zurückkam, präsentierte ihm Wendlinger eine Skizze, die er auf der Serviette angefertigt hatte. »Sehen Sie, ich habe die Hofkirche und das Grab Baldes mit der Wohnung Loris verbunden, dazu einige andere Stellen in und um Neuburg, die für die Illuminaten eine besondere Bedeutung haben, die ich Ihnen gerne erläutere. Und hier, das ist der Wittelsbacher Golfclub.«

Der Kommissar blickte auf die Serviette. »Ich schätze, das soll ein Fünfeck darstellen, richtig?«

»Ganz genau, auch das ist kein Zufall, glauben Sie mir. Die Illuminaten sind wahre Meister der Symbolik. Das sieht man am amerikanischen Pentagon, auch ein Fünfeck ...«

»Die Küche macht einen vortrefflichen Rehrücken«, unterbrach Karolus den Gedankengang, »den sollten wir jetzt in aller Ruhe genießen. Ich brauche einige Minuten, um Ihre Ausführungen intellektuell zu verarbeiten. Dann können wir weiterreden. Ich bin auf Ihre Schlussfolgerungen gespannt.«

Nachdem die leeren Teller schließlich abgeräumt waren, musterte Kommissar Karolus sein Gegenüber fragend. »Nun? Wer hat Ihrer Meinung nach unseren verehrten Professor umgebracht? Sie meinen, es waren die bayrischen Illuminaten?«

»Warum nicht? Um ein Exempel zu statuieren an einem Mitglied, das mit irgendwelchen geheimen Regeln des Ordens gebrochen hat. *Lege artis* hingerichtet vom Rat der Mysterien.«

»Das halten Sie für möglich? Es könnten aber auch die Jesuiten gewesen sein«, der Kommissar lächelte spöttisch, »vielleicht war es Ignatius von Loyola selbst? Oder eben doch die Räuber Gump und Ganswürger aus dem Donaumoos?«

Wendlinger lief rot an. »Loyola, Gump und Ganswürger?«, erregte er sich. »Mir scheint, Sie nehmen mich nicht ernst.«

Karolus lächelte. »Nein, nicht wirklich. Sie verzeihen mir meine Ignoranz. Aber ich finde Ihre Ausführungen sehr inspirierend. Ich werde Neuburg an der Donau künftig mit anderen Augen sehen. Übrigens: Wie haben Ihnen die Sommertrüffel geschmeckt?«

»Was für Sommertrüffel?«

»Auf dem Rehrücken mit Cassissoße. Leider bringen Sie dem Essen nicht die gebotene Wertschätzung entgegen, was ein großer Fehler ist. Trotzdem, wo soll ich Ihrer Meinung nach Mörlbauers Mörder suchen? Bei den Jesuiten oder in der Bayerischen Akademie der Wissenschaften? Und, ehrlich gesagt, ist mir auch das Motiv nicht so richtig klar geworden.«

Wendlinger knüllte seine Serviette zusammen. »Das hat ja alles keinen Sinn, Sie glauben mir ja doch nicht. Jedenfalls ist mir die Lust an diesem Essen gehörig vergangen. Dem Dessert können Sie sich allein hingeben ...«

»Charlotte von Rhabarber mit weißer Schokolade und Erdbeeren«, stellte Karolus mit kurzem Blick auf die Speisekarte fest.

»Ich werde Sie jetzt verlassen«, sagte Wendlinger. »Schauen Sie doch selbst, wie Sie weiterkommen. Ich glaube, den Fall werden Sie nie aufklären. Der Tod meines Freundes wird ewig ungesühnt bleiben. Weil Sie lieber an Schrobenhausener Spargel denken, an Morcheln und Sommertrüffel. Sie sind in Ihrem Beruf eine glatte Fehlbesetzung.«

»Jetzt werden Sie aber persönlich. Wenn Sie freundlicherweise sitzen bleiben, dann erläutere ich Ihnen gerne meine Theorie.«

»Sie haben eine Theorie? Wahrscheinlich glauben Sie, dass Professor Mörlbauer mit einem Bachsaibling erschlagen worden ist, weil er sich über einen verkochten Spargel beschwert hat. Das Ganze auf dem Golfplatz, was in diesem Kontext ja nur logisch ist.«

Karolus blieb gelassen. »Nehmen Sie einen Schluck von diesem Rotwein, das beruhigt die Nerven. Bitte warten Sie auf mich, denn meine Geschichte ist auch nicht schlecht. Vorher muss ich abermals auf die Toilette. Sie wissen, meine Blase.«

»Sie sollten mal zum Arzt gehen.«

Der Kommissar zuckte mit den Schultern. »Oder weniger Spargel essen.«

Einige Minuten später hatte sich Wendlinger wieder beruhigt. Kommissar Karolus war an den Tisch zurückgekehrt und bestellte zwei Obstler.

»Also«, fing er an, »um an eine Ihrer Geschichten anzuknüpfen, Sie erwähnten doch einen Vormund von Kurfürst Ottheinrich, der aus Eifersucht seine Ehefrau umgebracht hat. Richtig? Nach der Kriminalstatistik ist Eifersucht eines der häufigsten Motive für Straftaten. Das dürfte auch bei unserem ehrenwerten Professor zutreffend sein. Nur wurde er nicht zum Täter, sondern zum Opfer. Unsere Ermittlungen haben ergeben, dass er ein Verhältnis mit einer verheirateten Frau hatte. Nach meinem schlichten Denkschema ist demzufolge der betrogene Ehemann dringend der Tat verdächtig.« Karolus hob sein Schnapsglas. »Darauf sollten wir trinken. Das tut gut und fördert die Durchblutung. Sie haben mir heute so viele Fragen gestellt, da möchte ich mich revanchieren: Wissen Sie, was eine Henkersmahlzeit ist?«

Weil ihm Wendlinger die Antwort schuldig blieb, fuhr er fort: »Ein, wie ich finde, schöner Brauch. Henkersmahlzeiten hat es zu allen Zeiten gegeben. Ein opulentes Menü, ein letzter Kelch. Egal ob Massenmörder oder Hexenverbrennung, dieser Abschied vom Leben hat Stil, auch wenn er für den Delinquenten gewiss ein trauriger, weil finaler Genuss ist.«

Wendlinger leerte das Schnapsglas mit einem großen Schluck. »Warum erzählen Sie mir das?«

»Weil ich schon vor unserem Essen ahnte, dass Sie wohl kaum die Rechnung übernehmen würden. Denn es war Ihre Frau, mit der Mörlbauer ein Verhältnis hatte. Also haben Sie ihm auf dem Golfplatz, als er wie jeden Dienstag schon frühmorgens als Erster über den Kurs ging, am fünften Loch aufgelauert und ihn dort kaltblütig niedergeschlagen. Diese abstruse Geschichte mit den Illuminaten haben Sie sich erst hinterher ausgedacht. Das ist wohl eine fixe Idee von Ihnen und sollte mich völlig aus dem Konzept und auf eine falsche Spur bringen. Betrachten Sie also dieses feine Spargelmenü als Ihre ganz persönliche Henkersmahlzeit. Natürlich, die Todesstrafe ist abgeschafft, auch glaube ich nicht, dass das Essen in der Strafvollzugsanstalt unter Folter fällt, aber Sie werden in absehbarer Zeit nicht mehr auf diesem Niveau speisen, da bin ich mir sicher.«

Nachdem Wendlinger seinen ersten Schockzustand überwunden hatte, stand er abrupt auf. »Dieser Vorwurf ist absurd!«, schrie er.

»Sie hätten den großen Maurerhammer nicht erwähnen dürfen«, sagte Karolus, »den haben wir erst einige Stunden nach der Tat hinter einem Busch gefunden. Von diesem Hammer wusste niemand, das haben wir ganz bewusst geheim gehalten.«

»Das glauben Sie, aber …«

»Außerdem haben wir Ihre Fingerabdrücke auf dem Hammer identifiziert.«

»Meine Fingerabdrücke? Das ist völlig unmöglich, im Übrigen, woher kennen Sie meine ...?

»Der Riesling, Sie erinnern sich, eine trockene Spätlese. Ihr Glas wurde vor der Milchlammleber abserviert und in der Küche unserer Spurensicherung übergeben.«

Wendlinger sah Karolus fassungslos an. »Wie um Himmels willen kommen meine Fingerabdrücke auf den Hammer?«

»Eine gute Frage. Sie haben viel Zeit, über die Antwort nachzudenken.«

»Aber ich bin unschuldig.«

»Erzählen Sie das dem Richter. Er wird Ihnen sicherlich nicht glauben.«

Leicht schwankend hielt sich Wendlinger an der Stuhllehne fest. »Eine Verschwörung? Ja, dahinter steckt eine Verschwörung, glauben Sie mir, das ist die einzige Erklärung! Erst mein Freund Mörlbauer. Und jetzt ich, weil ich die Zeichen erkenne ...«

»Ich weiß, die bayrischen Illuminaten. Ihre Ausführungen waren sehr interessant. Glauben Sie wirklich, dass George Washington ...? Na, egal. Vielleicht können Sie auf verminderte Schuldfähigkeit plädieren. Und jetzt dürfen Sie gehen.«

»Wie bitte, ich kann gehen?«

»Ja, natürlich. Vor der Tür warten meine Kollegen, um Sie in Empfang zu nehmen. Übrigens, das möchte ich noch erwähnen, ich habe nicht wirklich eine schwache Blase, ich musste nur wiederholt ungestört telefonieren, die polizeiliche Ermittlungsarbeit koordinieren und Ihren Haftbefehl organisieren. So, das war's. Einen schönen Tag noch.«

Karolus sah Wendlinger hinterher, wie er mit hängenden Schultern zur Tür ging, sich noch einmal kurz umdrehte und dann den Raum verließ.

In gelöster Stimmung winkte der Kommissar dem Ober. »Wie wär's zum krönenden Abschluss mit etwas Käse?«

Während der Käsewagen heranrollte, erhob sich am Nebentisch ein groß gewachsener, schwarz gekleideter Herr. Hätte der Kommissar nicht so konzentriert auf den cremigen Camembert geschaut, auf den Gruyère und den Rohmilchkäse, dann wäre ihm vielleicht das leise Lächeln des Mannes aufgefallen. Den alten Siegelring aber hätte er wohl kaum bemerkt. Erst recht nicht die eingravierte Pyramide mit dem Auge als Symbol der Erleuchtung.

Harry Luck

Das ewige Grab im Starnberger See

Es ist sehr unwahrscheinlich, dass die Toten noch einmal an die Wasseroberfläche zurückkehren. Mit diesem Zitat eines Polizeisprechers endete der Artikel im Lokalteil der *Süddeutschen,* in dem über achtundzwanzig bislang unentdeckte Wasserleichen im Starnberger See berichtet wurde. Ich las den Text mit großem Interesse. Schließlich ist der See sozusagen mein Arbeitsplatz. Es ist mein Traumjob! Wir, die rettenden Engel von der Wasserwacht, sind den ganzen Sommer Tag für Tag zur Stelle, um Badegäste vor dem Ertrinken zu retten. Unser Einsatzgebiet ist vorwiegend die Nordhälfte des Sees. Drei Einsatzboote und ein Rettungsfahrzeug stehen für die zwölf Rettungs- und Bergungstaucher bereit. Es ist das größte Taucherkontingent im Katastrophenschutz im ganzen Landkreis. Darauf sind wir schon sehr stolz. Und wenn's mal brenzlig wird, gibt es noch drei Ärzte, zahlreiche Sanitäter und Rettungsassistenten, Krankenpfleger und so weiter. Ein Rädchen greift ins andere. Es ist jedes Mal aufs Neue eine faszinierende Maschinerie, die mit jedem Notruf in Gang gesetzt wird.

Doch tödliche Bade- und Tauchunfälle ereignen sich selten. Heuer waren es zwei. Vor allem die Wand vor der Seeburg erweist sich für Taucher immer wieder als gefährliche Falle. Die Toten im See, das sind aber vor allem Selbstmörder, die, dem Märchenkönig Ludwig II. folgend, den See für einen spektakulären Abgang wählen. In dem Zeitungsartikel wurde weiter berichtet, dass im vergangenen Sommer ein Sporttaucher tief unter der Wasseroberfläche eine über zwanzig Jahre alte Wasserleiche gefunden hatte. Wie gruselig! Doch so was ist die Ausnahme. Für die meisten, die nach einem Tauchgang nicht mehr heimkehren und von den Angehörigen als vermisst gemeldet werden, wird der See zum ewigen Grab. Trotzdem versuchen wir von der Wasserwacht immer wieder, das Unmögliche möglich zu machen. Geht eine Vermisstenmeldung bei mir in der Leitstelle ein, dann ist in kürzester Zeit die ganze Mannschaft im Einsatz. Helikopter, Rettungstaucher, zahlreiche knallgelbe Boote. Es ist ein Spektakel, das mir auch nach über zwanzig Dienstjahren bei der Wasserwacht unvergleichbare Adrenalinstöße versetzt. Ich kann es nicht leugnen: Ich bin süchtig danach. Wenn die Polizeiwagen mit flackernden Blaulichtern am Ufer stehen, wenn die Hubschrauber tief über der Wasseroberfläche fliegen und kreisförmige Wellen verursachen, wenn es am nächsten Tag in der Zeitung heißt: *Die Rettungsdienste waren mit über hundert Einsatzkräften vor Ort.* Und dann folgt meistens der Zusatz: *Die Suche nach der vermissten Person musste schließlich ergebnislos abgebrochen werden.* Ich betrachte dies nie als Niederlage, denn es ist immer ein ungleicher Kampf. Der See ist ein unbezwingbarer Gegner, vor dem man Respekt haben muss. Ein Toter in hundert Metern Tiefe ist eine unlösbare Aufgabe für die Rettungskräfte. Mission impossible sozusagen. Nur wenn der Tote irgendwo im Gestrüpp festhängt und nicht auf den Grund absinken kann, gibt es einen Glückstreffer.

Als ich den Artikel über die Leichen im See zu Ende gelesen hatte, blätterte ich auf die zweite Seite des Lokalteils. Dort stehen meist die kleineren, uninteressanteren Meldungen. So auch diese über die verschwundenen Schilder auf der Baustelle vor dem Landratsamt. Verrückt, dass die Polizei nicht in größeren Zusammenhängen denkt. Und auch die Journalisten hatten mal wieder unsauber gearbeitet. Sonst hätten sie nämlich geschrieben, dass von der Baustelle nicht nur Verkehrsschilder verschwunden waren, sondern auch die dazugehörigen Betonsockel. Aber gut, das sind Details.

Was ich eigentlich erzählen will, ist die Geschichte über den Spaziergänger. Es war alles so einfach. Es war gestern Abend, als die Dämmerung bereits hereinbrach und an der Strandpromenade wieder nichts los war. Touristen gibt es um diese Jahreszeit nicht mehr so viele. Die Cafés hatten schon geschlossen. Warum der Mann, er war etwa Mitte vierzig, um diese Zeit allein am Seeufer spazieren ging und gelegentlich einen Stein ins Wasser warf? Ich weiß es nicht. Vielleicht war er auf dem Weg zu seiner Geliebten. Nein, dann hätte er glücklicher ausgesehen. Vielleicht hatte er sich mit seiner Ehefrau gestritten und brauchte einfach nur frische Luft. Seeluft. Oder war er ein einsamer Junggeselle, der voller Selbstmitleid darüber grübelte, warum er keine Frau abbekam? Der arme Mann im unauffälligen grauen Anzug hatte jedenfalls Pech. Er war zur falschen Zeit am falschen Ort. Ich lauerte ihm auf, er konnte mich in der Böschung unweit des Dampferstegs nicht sehen. Dann ging alles sehr schnell. Sicherlich war ihm nicht bewusst, dass der dumpfe Schlag auf den Hinterkopf, der ihm den Schädel zertrümmerte, von der Stange eines Halteverbotsschildes herrührte. Ich glaube, es war ein eingeschränktes Halteverbot, muss ich der Korrektheit halber hinzufügen. Ich vermute, der Mann war sofort tot. Jedenfalls wehrte er sich nicht, als ich ihm das Seil um die Beine wickelte und mit einem fachmännischen Seemannsknoten festband. Am anderen Ende befestigte ich den Zementsockel des Verkehrsschildes, der wie ein Anker wirken sollte. Mit dem kleinen gelben Rettungsboot der Wasserwacht war ich einige Zeit später an der Stelle des Sees, wo er über einhundert Meter tief ist. »Eine Bergung ist hier unmöglich«, hatte der Polizeisprecher in dem Zeitungsartikel gesagt. Wie wahr! Nachdem ich den Toten mit dem Betonklotz an seinen Füßen über Bord geworfen hatte, verursachte dies auf der Wasseroberfläche ein klatschendes Geräusch. Zurück blieben zuerst schäumende Wellen, dann noch ein paar Luftblasen. Und wenig später, noch bevor der Tote auf dem Grund angekommen war, war dem Wasser nichts mehr anzusehen. Als wäre da nie etwas hineingefallen.

Ich fuhr mit dem Boot wieder ans Ufer zurück. Dann brauchte ich etwas Geduld. Denn ich wusste: Wenn ein erwachsener Mensch verschwindet, dauert es eine Weile, bis die Polizei sich zu Maßnahmen veranlasst sieht. Während die Ehefrau oder die Geliebte oder wer auch immer vermutlich von Stunde zu Stunde unruhiger wurde, konnte ich in aller Ruhe meinen Dienstbeginn am nächsten Morgen abwarten. Den Abend verbrachte ich daheim in Allmannshausen mit Fernsehen. Sie werden lachen, aber ich schaue mir immer noch sehr gerne die Wiederholungen von *Baywatch* an. Dabei interessieren mich die mit Silikon aufgepusteten Badenixen weniger als das Gefühl, bei ihren Rettungseinsätzen hautnah dabei zu sein.

Und da sitze ich jetzt in der Wachstation in Percha, mit der Zeitung vor mir auf dem Schreibtisch und einer Tasse starkem, heißem Kaffee. Neben mir läuft das alte Transistorradio, wie immer auf Radio 106.4 eingestellt. Die bringen die Vermisstenmeldungen immer als Erste. Nun ist es nur noch eine Frage von Minuten oder Stunden, bis von der Polizei zuerst die Vermisstenmeldung und dann der Einsatzbefehl für die Suchaktion kommt.

Die Blaulichter der Einsatzfahrzeuge werden am Ufer flackern. Boote werden Rettungstaucher auf den See bringen. Die Rotoren der Hubschrauber lassen mein Herz höher schlagen. Und ich bin wieder hautnah dabei. Ich gehöre dazu. Ich spüre schon jetzt das Adrenalin. Ja, ich kann es nicht anders sagen: Ich bin süchtig danach.

Und morgen wird es dann wieder in der Zeitung stehen: *Die Suche wurde ergebnislos abgebrochen.* Wieder hat ein Mensch im Starnberger See sein Grab gefunden.

Es ist sehr unwahrscheinlich, dass die Toten noch einmal an die Wasseroberfläche zurückkehren.

Anne Chaplet

Die Hexe von Regen

Es war der Mantel. Es *mußte* der Mantel gewesen sein.

Wer trug schon einen rehbraunen Kaschmirmantel in der Regentalbahn, weit nach Feierabend, knielang, glockenförmig, sehr feminin geschnitten, mit Pelz am Kragen? Susanne hatte ihr Bild vor Augen, wie es sich im Fenster gespiegelt hatte, während der Zug durch die Nacht trödelte. Und dann noch lange blonde Haare. Das mußte ja provozieren.

Sie zog sich den Kragen enger um den Hals. »Maulwurfsfell« hatte er den Pelz genannt – dabei war es irgend etwas ganz Kostbares, sie hatte vergessen, um welches Tier es sich handelte. Sie hatte sich vergebens gesträubt, als er ihr den Mantel schenken wollte, damals, ganz zu Anfang ihrer Liebe. Es gehört sich nicht, hatte sie gedacht. Viel zu intim. So etwas gebührt der Ehefrau, nicht der Geliebten. Sie strich mit den Fingerspitzen über den dunkelbraunen Pelz. Wie lieb und naiv sie damals noch gewesen war.

Wann hatte er ihr zuletzt etwas geschenkt? Oder mitgebracht von seinen Reisen? Es war lange her. Zu lange. Vielleicht hatte sie deshalb den Mantel angezogen und die Stiefel mit den pfeilspitzen Absätzen, auf denen man kaum gehen konnte, höchstens flanieren, an seinem Arm durchs nächtliche München.

In unaufgeräumte Regionalzüge, die ins finstere Hinterland fuhren, paßte das nicht. Beim Einsteigen hatten jedenfalls alle geglotzt, die mürrischen Männer und Frauen in Trainingshosen oder Jeans, oben herum Sportblousons, an den Füßen alles mögliche, aber offenbar etwas, in dem man sich fortbewegen konnte.

Die Rechtschreibung in dieser Geschichte folgt dem nicht reformierten Regelwerk.

Statt wie sie durch die Dunkelheit zu stolpern. Der Kaffee, den sie in Plattling im Bahnhofsrestaurant getrunken hatte unter den Blicken neugieriger Männer, stieß ihr sauer auf, während sie sich durch den Nieselregen kämpfte, ihren mißmutigen Mitreisenden hinterher. In der Waldbahn, wie sich der Bummelzug nach Regen nannte, war es wenigstens warm gewesen. Einem Schaffner war sie nicht begegnet, wahrscheinlich war es der Zugführer, dessen Stimme sie zwanzig Minuten, nachdem sie aus Deggendorf hinausgefahren waren, aus dem Halbschlaf geweckt hatte. Sie hatte auf die Uhr geschaut, halb neun war es gewesen, der nächste Halt hieß Gotteszell. Und danach kam Triefenried. Und dann Regen. Bettmannsäge. Zwiesel. Ludwigsthal. Bayerisch Eisenstein. Heute morgen, als sie sich noch fragte, ob sie ihm hinterherfahren sollte, hatte sie so lange auf den Fahrplan gestarrt, bis sie ihn auswendig konnte.

Du hättest zu Hause bleiben sollen.

»Verehrte Fahrgäste«, hatte der Zugführer durch die Lautsprecheranlage des Zugs gerufen, »verehrte Fahrgäste, aufgrund eines technischen Problems sehen wir uns gezwungen, die Weiterfahrt einzustellen. Alle Reisenden Richtung Bodenmais, Bayerisch Eisenstein oder Grafenau bitten wir auszusteigen und den Anweisungen des Personals zu folgen. In Gotteszell werden Busse Sie zu Ihren Zielbahnhöfen fahren. Ich bitte« – und dann hatte er sich geräuspert, aus Verlegenheit, hoffte sie wenigstens – »ich bitte um Ihr Verständnis.«

Susanne wußte nicht, wie lange sie noch sitzen geblieben war, als alle anderen schon ausgestiegen waren. »Ajez kimm«, hatte eine alte Dame schließlich ungeduldig gerufen, völlig unverständlich, aber die Gesten der Alten waren eindeutig. Wieder glotzte alles, als Susanne aus dem Zug stieg. Erst auf ihre Haare. Dann glitten die Blicke tiefer. Und endeten bei ihren Schuhen, die sie mißbilligend zu mustern schienen, bevor sich einer nach dem anderen abwandte. Sie hatte geglaubt, spöttisches Murmeln zu hören.

Geschenkt.

Natürlich waren Susanne und das alte Mütterlein die letzten, die sich im Gänsemarsch einen dunklen Feldweg entlangtasteten, auf dem tiefe Löcher oder Matsch oder Kuhfladen darauf warteten, daß man hineintrat. Die Alte hielt die Lippen fest zusammengepreßt. Susanne traute sich nicht zu fragen, wie weit es noch war bis Gotteszell. Es half nur der Gedanke, daß dort Busse auf sie warteten, mit laufenden Motoren, damit durchgefrorenen Fahrgästen wieder warm wurde. Sie starrte auf den breiten Rücken der Frau vor ihr, eine stämmige Person mit schlecht gefärbten Haaren in dunkelroter Freizeitjacke, die breitbeinig schnaufend vorwärtswalzte. Die fror nicht. Nur sie. Sie packte ihre Reisetasche fester und versuchte, beherzt auszuschreiten – dabei kam sie sich vor wie eine Geisha in Fußfesseln, Schrittlänge drei Zentimeter. Die Fußballen schmerzten, und seit einigen Minuten brannte der linke der kleinen Zehen.

Sie dachte daran, was sie nach Regen trieb. Was sie umtrieb, seit Wochen. Was ihr nachts den Schlaf raubte und ihr tags in den dümmsten Situationen die Tränen in die Augen steigen ließ. Und plötzlich spürte sie etwas Neues, Unvertrautes, das sich vom Magen her ausbreitete, sie von innen wärmte, das ihr schließlich aus der Kehle steigen wollte wie irres Gelächter.

Wut. Rote glühende ungerechte ungeordnete ungewohnte Wut.

»No, wird's no?« Ein Mann mit grünem Jägerhut war, die Arme in die Seiten gestemmt, an den Wegesrand getreten, ließ die anderen an sich vorbeiziehen und schaute den beiden Nachzüglern entgegen. Die Alte antwortete irgend etwas. Der Mann grinste und guckte auf Susannes Schuhe.

Endlich kamen sie an. Der Bahnhof von Gotteszell war spärlich beleuchtet. Ihre Mitreisenden standen schon auf dem Vorplatz, wippten auf den Fußballen, schlugen Hände in Handschuhen gegeneinander und redeten aufeinander ein. Susanne blickte in den eisigen Aprilhimmel. Hier wurde es wahrscheinlich nie Frühling. Nüchtern rechnete sie aus, wie lange sie wohl überleben würde, wenn kein Bus käme mit vorgewärmtem Fahrgastraum, wenn sie hier bleiben müßte die ganze Nacht lang.

»Na endlich!« rief ein bärtiger Herr und schwenkte seinen Stock. Als der erste der beiden Busse zum Stehen kam und sich mit leisem Fauchen die Türen öffneten, wunderte Susanne sich über ihre Erleichterung. Worüber sollte sie schon erleichtert sein? Das Schlimmste stand ihr noch bevor.

Sie ließ die anderen zuerst einsteigen, sie wollte nicht drängeln. Der erste der beiden Busse schloß zischend seine Türen und fuhr an. Sie lief zum zweiten, stolperte, hörte jemanden lachen, stellte endlich den Fuß auf die unterste Stufe und wollte sich an der Haltestange hochziehen, hinein in die Wärme zu all den anderen dampfenden Leibern. Unwillkürlich atmete sie durch den Mund statt durch die Nase. Der Mann vor ihr roch nach Schweiß und Gummi und rührte sich nicht.

»Würden Sie so freundlich sein ...«

»Fahrt's endlich los!« rief jemand aus dem Inneren.

»Ruckt's auf!« sagte der Fahrer ungerührt. »Wenn's net aufruckt, geht's net weida.«

Der Mann vor ihr drehte sich noch nicht einmal um.

»Wenn Sie vielleicht aufrücken könnten ...«

Der Mann grunzte.

»Wenn'S no länger do rumstenga, kemma mir heit' nimmer weg!« kreischte eine blonde Frau, rot im Gesicht.

»Aber ...«

»Ja, Sie moan I!«

»Aber ...«

»Jetzt geh' hoit!«

»Sie kenna ja hint' eisteing«, sagte der Fahrer milde.

Susanne schüttelte den Kopf, drehte sich um und ging ans hintere Ende des Busses. Auch hier stand man auf den Stufen.

»Ich möchte doch mit. Ich muß doch nach Regen.« Wie klein sie klang. Wie hilflos. Wie dumm.

»Aufrücken!« rief der Fahrer über die Bordsprechanlage. Niemand rührte sich. Langsam zog Susanne den Fuß, den sie auf die untere Stufe gestellt hatte, zurück und trat beiseite. Als es zischte, die Tür langsam zuging und der Bus abfuhr, wurde ihr flau.

Wie hätte sie das ausgehalten, zwischen all diesen Leuten, stehend? Zwischen diesen Menschen, die sie aus irgendeinem Grund haßten?

Sie sah den beiden Bussen hinterher. Im Rückfenster des zweiten Busses glaubte sie, zu Grimassen verzerrte Gesichter zu erkennen und erhobene Fäuste. Und jetzt mußte sie auch noch weinen.

Sie starrte mit zusammengezogenen Brauen und zusammengepreßten Lippen dem Bus hinterher, bis die Tränen versiegten. Bis sie ein rotes Licht im Wageninneren aufflackern sah, das sich ausbreitete, heller wurde, die Fenster bersten ließ. Bis es zu einer Feuerwalze wurde, die den Bus verschlang. Bis sie die Flammen roch, ihr gefräßiges Knistern hörte. Und Schreie.

»Haben die Sie etwa hier stehenlassen?« fragte eine Stimme hinter ihr.

Der Film riß. Sie fuhr herum. Der Mann trug die blonden Haare aus dem Gesicht gekämmt und im Nacken zu einem Pferdeschwanz gebunden. Er hielt eine Zigarette in der Hand, die nach selbstgedreht aussah und ungewöhnlich roch. Angenehm irgendwie.

»Der Bus war überfüllt, und da ...«

»Also doch. Die haben Sie hier stehengelassen. Pack.« Der Mann trat die Kippe aus und zeigte mit dem Daumen auf das elfenbeinfarbene Auto, das hinter ihm stand.

»Wo wollen Sie hin?«

Ein Taxi. Kurz überlegte sie, ob sie das überhaupt bezahlen konnte. »Nach Regen.«

Der Taxifahrer lachte und sagte: »Dann fahr ich mal nach Hause und nehme Sie mit. Halber Preis, in Ordnung?«

Sie stieg ein. Er sah sie von der Seite an, während er den Motor anließ. »Ist in Regen irgendwas los, von dem ich nichts weiß?«

Sie schüttelte den Kopf.

»Urlaub?«

»Nein.«

»Und wohin in Regen darf ich Sie bringen?« Er klang spöttisch.

»*Wirtshaus zum Goldenen Anker*«, sagte sie mit schwacher Stimme.

»Na, das Bier da kann man trinken.« Er drehte das Radio lauter.

Sie atmete aus. Ihr Magen verkrampfte sich beim Gedanken an das Hotel. Dort hatte er ein Doppelzimmer reservieren lassen. Sondertarif zum Wochenende.

Wieder spürte sie den Blick des Taxifahrers.

»Ist es nett – in Regen?« fragte sie. Höflichkeitshalber.

Er lachte. »Na ja – kommt drauf an, was man darunter versteht. Ich bin nur in den Semesterferien hier, Geld verdienen.« Er drehte das Radio wieder leiser. »Und Sie? Was suchen Sie in Regen?«

Ihre Hand krampfte sich um die Tasche, die sie mit nach vorn genommen hatte. Wieso wußte sie auf eine so einfache Frage keine Antwort? Aber was sollte sie schon sagen? Ich suche meinen Geliebten, der mich mit einer anderen betrügt, die nicht seine Ehefrau ist?

Im Radio spielten sie *Sous le vent*. Garou und Céline Dion. Sie hatten sich einmal geliebt bei diesem Lied.

Wieder stieg dieses ungewohnte Gefühl in ihr hoch. Wut. Sie war wütend, endlich. Auf all die Jahre, in denen sie darauf gewartet hatte, daß er die Scheidung einreichte. Auf all die Monate, in denen sie zwar begriffen hatte, daß ihre Liebe ohne Zukunft war, aber die Konsequenzen nicht zu ziehen wagte.

Und was willst du dann noch von ihm? Ihn erpressen? Ihn beschimpfen? Mit Aschenbechern nach ihm werfen? Ihn umbringen?

Ich will meinen Geliebten umbringen. Sie versuchte, den Gedanken zu denken. Um ihn auszusprechen. Um Erleichterung zu spüren. Um nach dieser Nacht wieder nach Hause fahren zu können. Ohne ihn wiederzusehen. Ohne Szene, Vorwürfe, Tränen.

»Verdammt!« Der Mann neben ihr trat mit aller Macht auf die Bremse. Der Sicherheitsgurt schnitt ihr schmerzhaft in den Hals, sie schrie leise auf. »Verdammt!«

Dann sah sie es auch. Die Frau, die auf sie zugelaufen kam, die dunkelverschmierten Hände erhoben. Sie tauchte in den Scheinwerferkegel des Taxis ein. Die Hände waren rotverschmiert. Blutverschmiert.

Susanne schrie wieder auf, als sie den Bus sah, ein paar Meter unterhalb der Straße. Er lag auf der Seite. Aus einem der Fenster krochen Menschen, die meisten ebenfalls blutverschmiert. Der Taxifahrer hielt, stellte das Warnlicht an, nahm das Mobiltelefon aus der Halterung und sprach aufgeregt hinein. Susanne hörte nicht hin. Sie öffnete die Wagentür und stieg aus. Sie hatte weiche Knie, als sie neben dem Bus stand.

»Hilfe!« rief eine Stimme. Jemand anders wimmerte. Susanne lauschte in die Nacht, drehte sich um und ging wieder zur Straße. Regen war nicht mehr weit.

Die blonde, stämmige Frau an der Rezeption sah sie erstaunt an. Susanne blickte an sich hinunter. Es hatte zu nieseln begonnen, der Mantel hing ebenso schlaff herab wie ihre Haare. Und die Schuhe ... Sie bewegte den linken Zeh vorsichtig hin und her. Der Schmerz war widerwärtig.

»Ich hatte ein Zimmer bestellt.« Ein Einzelzimmer natürlich. Kein Doppelzimmer.

»Selbstverständlich, Frau ...« Die Wirtin suchte auf ihrer Liste. Dann sah sie wieder auf. »Aber wo kommen Sie jetzt her? Doch nicht ...?«

»Mit dem Taxi.«

»Aber der Bus. Sie müssen doch den Bus gesehen haben.« Die Augen der anderen füllten sich mit Tränen. »All die Toten und Verletzten. Furchtbar. Es ist ganz furchtbar. So was habe ich noch nie erlebt.«

Susannes Mund war trocken. Sie nickte.

»Schulkinder! Pendler! Meine Nachbarin – vielleicht ist meine Nachbarin dabei. Und der alte Erich.« Plötzlich sah die Wirtin sie mißtrauisch an. »Aber Sie müssen doch dran vorbeigefahren sein! Wenn Sie aus München kommen!«

Die Frau klang vorwurfsvoll. So, als ob Susanne an alledem schuld wäre. Mit ihrer Wut.

»Tut mir leid«, stotterte Susanne und hielt die Hand auf. »Den Schlüssel, bitte.«

Das Zimmer war kalt. Am Bett gab es keine Leselampe. Die Gästeseife roch süßlich. Sie kämmte sich die Haare und ging dann wieder hinunter durch das riesige zugige Treppenhaus in den Gastraum. Sie fröstelte. Sie wußte nicht mehr, was sie hier wollte.

Das Bier war gut, bestimmt. Aber sie mochte kein Bier. Die Aufschnittplatte war üppig, aber sie aß kaum etwas. Die Wirtin hatte ihr alles schweigend auf den Tisch gestellt und war irgendwo in den Tiefen des Hauses verschwunden. Jemand kam durch die Drehtür herein und brachte einen kühlen Windhauch mit.

Die Frau ging vor zur Rezeption und drückte ungeduldig auf die Klingel. Sie hatte dunkle Haare, viel davon, die sie sich mit langen, schlanken Fingern aus dem Gesicht strich. Susanne sah, wie sie sich vorbeugte und dorthin schaute, wo die Gästeliste liegen mußte.

Das ist sie, durchfuhr es Susanne. Sie duckte sich.

Setz dich gerade hin. Die kennt dich doch gar nicht.

»Sie schon wieder«, sagte die Wirtin mißmutig. »Ich weiß nicht, ob ich das dulden soll. Finden Sie nicht ...«

»Janine«, sagte die Dunkle mit spöttischem Ton in der tiefen Stimme, »es gibt nichts, was du nicht besten Gewissens dulden könntest. Also verbindest du mich mal?«

›Janine‹ reichte der anderen widerwillig den Hörer.

»Ich bin daaa«, sang die Dunkle ins Telefon. »In einer viertel Stunde? In der Gondola? Bene! À più tardi!« Sie lachte, drückte Janine den Hörer in die Hand und wirbelte herum.

»Daß da Menschen gestorben sind da draußen heute nacht, das rührt Sie gar nicht, Frau Doktor, oder?«

Die Dunkle blieb stehen. »Doch, liebe Janine. Das ist

schlimm. Das ist sehr schlimm.« Dann war sie zur Drehtür hinaus.

Susanne ließ das Bier stehen und den Aufschnittteller und ging nach oben. Der Impuls, ihn mit den neuen Umständen zu konfrontieren, war verflogen. Sie wollte nicht sehen, wie er herunterkam, im Gesicht helle Vorfreude auf die Geliebte. Sie wollte auch nicht wissen, wann er mit ihr zurückkehrte, später, mit dem Nachtschlüssel. Die Wut war weg. Sie fühlte sich einsam und leer.

Am nächsten Morgen wachte sie spät auf, es war schon neun. Draußen liefen ganz Heerscharen von Menschen durch die Flure, Männer mit lauten Stimmen, die irgend jemandem Befehle zu geben schienen. Das Blut sah sie erst, als sie die Bettdecke zurückschlug. Eine Lache auf dem Laken. Ihre Hände – blutverschmiert. Erst dachte sie an das Busunglück und an die Frau, die ihnen entgegengelaufen war. Aber dann wußte sie, woher das Blut kam. Es gab keine Umstände mehr, die es nötig machten, mit ihm zu sprechen. Sie ließ sich wieder auf die Bettkante sinken und betrachtete ihre zitternden Finger.

Sei froh. Ein Problem weniger.

Sie begann zu weinen.

Als der Lärm draußen verebbt war, ging sie duschen. Sie schminkte sich sorgfältig, zog sich an und ging hinunter in die Gaststube. Frühstück gab es bestimmt nicht mehr.

Janine telefonierte, ließ sich aber nach einer Weile dazu herab, ihr Kaffee zu bringen, einen Brotkorb, schon leicht angetrockneten Aufschnitt und ein kaltes Ei. Das Telefon klingelte unaufhörlich.

»Es ist schrecklich. Ich meine – erst der Bus … Ja, völlig unerklärlich. Alex muß am Steuer eingeschlafen sein. Oder ein Herzinfarkt, auch möglich, sie werden es herausfinden. Und als ob das nicht schon reichte …« Jemand kam durch die Drehtür. Die Wirtin hielt den Hörer ein wenig zur Seite, sagte dann: »Ich muß Schluß machen«, legte auf und rief: »Gott sei Dank, du bist es.«

»Ich bin gleich hergekommen, als ich's gehört habe.« Die Frau wirkte älter als Janine und schien außer Atem.

»Es ist ein Skandal. Und *sie* war gestern da, du weißt schon, das schwarze Luder, frech wie Koks, und hat sich mit ihm verabredet«, flüsterte Janine in einer Lautstärke, die für konspirative Zwecke nicht taugte. »Und heute morgen ist er tot. Erstochen. Das Zimmer eine einzige Sauerei.«

Susanne setzte die Kaffeetasse ab. »Wer?« flüsterte sie und richtete sich halb auf. Dann ließ sie sich wieder sinken. Es konnte nicht sein. Sie hatte geschlafen. Sie hatte fest geschlafen. Susanne blickte auf ihre Finger. Sie zitterten. Schon wieder.

»Die Hexe. Unsere ›Künstlerin‹. Das ging schon drei Monate so. Alle paar Wochen buchte der arme Mann ein Doppelzimmer, und dann ...« Janine machte eine unfeine Geste.

»Wahrscheinlich hatte er die Nase voll von ihr, und da hat sie ...« Die Ältere gluckste vor Vergnügen.

»Max hat sie den Kopf verdreht. Richard. Aber das genügte ihr nicht, so ein paar armen Mannsbildern das Hirn zu verwirren. Sie mußte ihre Liebhaber auch noch *einfliegen* lassen.«

»Du übertreibst, Janine. Mit der Waldbahn fliegt man nicht gerade.«

Höchstens aus der Kurve. Jedenfalls wenn die Waldbahn ein Betriebsproblem hat, dachte Susanne und wunderte sich über das Gelächter, das in ihr hochstieg wie Magensäure.

»Und glaubst du, die hätten mir mal zugehört, die Herren von der Polizei?«

»Waren sie denn ... sie und er, ich meine: haben sie ...« Die Ältere senkte ihre Stimme.

»Weiß *ich* doch nicht.« Janine hob den Hörer des klingelnden Telefons hoch und ließ ihn wieder auf die Gabel fallen.

»Aber – darf er sie denn einfach so ... aufs Zimmer ...«

»Was dürfen die denn heutzutage nicht. Und was ich nicht weiß, macht mich nicht heiß.« Das Telefon klingelte wieder. Diesmal nahm Janine ab.

Susanne merkte am jähen Schmerz, daß sie am Nagel eines Fingers gekaut hatte. Sie war sich plötzlich sicher, daß es ihre Wut gewesen war, die den Bus in den Abgrund gerissen hatte. Und in ihrer Wut mußte sie nachts Unaussprechliches getan haben. Ihr wurde heiß. Sie stand auf, stolperte, als sie auf ihr Zimmer gehen wollte.

»Alles in Ordnung bei Ihnen?« fragte Janine, ohne großes Interesse an ihrer Antwort zu zeigen. Susanne nickte.

Warmes Sonnenlicht fiel in den Hotelflur. Die Zimmermädchen hatten die Türen der meisten Zimmer weit aufgemacht, aus einem der Zimmer klang eine schmeichelnde Männerstimme, die für Müsliriegel warb. Als die Nachrichten kamen, blieb Susanne mitten auf dem Flur stehen. Die Meldung kam an erster Stelle.

»Der bekannte Münchner Architekt Ferdi Dietl ist tot. Er wurde in einem Hotel in Regen erstochen aufgefunden. Die Ehefrau des Toten hat die Tat gestanden. Die Polizei vermutet ein Eifersuchtsdrama.«

Susanne schüttelte sich benommen. Erst als eines der Mädchen den Kopf aus der Tür herausstreckte, setzte sie sich in Bewegung. Im Zimmer ließ sie sich aufs Bett fallen und atmete tief durch.

Und du hast dir eingebildet, deine Wut hätte so viel Macht, sagte die vertraute spöttische Stimme. Läßt Busse verunglücken und steckt Messer in bekannte Münchner Architekten ... Deine kleine, arme, ungelenke Wut.

Sie stand auf und öffnete das Fenster. Die Luft roch nach Fluß und Pollenflug. Es würde warm werden. Sie nahm die Tasche, fuhr mit der Hand über den Kaschmirmantel, der an der Garderobe hing, und ließ die Zimmertür hinter sich zufallen.

Noch nicht einmal die Ehefrau hat dich ernst genommen. Noch nicht einmal als Rivalin warst du etwas wert. Da muß man schon dunkles Haar haben und dunkle Augen und eine Künstlerin sein. In Regen.

Janine telefonierte, als sie nach unten kam. Susanne gelang es, zwischen zwei Telefonanrufen die Rechnung zu bezahlen, dann ging sie hinaus. Auf der Hauptstraße kam sie an einem Schuhgeschäft vorbei. Blieb stehen. Ging zurück. Die Schuhverkäuferin war entsetzt, als sie die Stiefel bei ihr zurücklassen wollte. Trotz einer soliden Schlammschicht konnte man noch erkennen, was die einmal gekostet hatten. Aber Susanne ließ sich nicht umstimmen und ging in Turnschuhen die Straße hinunter zum Bahnhof.

Die Sonne schien. Forsythiensträucher protzten gelb. Vor dem italienischen Restaurant saß man beim Espresso draußen. Der Kellner war blond und wirkte wenig italienisch. Die Dunkle saß an einem Tisch am Ende der Reihe, hatte eine Sonnenbrille auf und las ein Hochglanzmagazin. Als Susanne an ihr vorübergehen wollte, sah sie auf. Susanne zögerte für einen Moment. Die Dunkle nahm die Brille ab.

Ihre Blicke trafen sich. Dann zwinkerte die Frau ihr zu.

Ralf Kramp

Bloody Bayreuth

Dr. Siegfried Harprecht liebte die Stunden, in denen sich der Tag verabschiedete und die Dämmerung über den Feierabendverkehr der Hauptstraße vor seinem Bürofenster herankroch. Die beiden Sekretärinnen waren vor einer knappen halben Stunde gegangen und der Anrufbeantworter war eingeschaltet.

Er erwartete noch einen letzten Gast. Was nichts Ungewöhnliches war. Es gab häufig Mandanten, die es erst in den Abendstunden schafften, ihn zu konsultieren. Er sprach dann alles für den Schriftverkehr Relevante auf das Diktafon und ließ es am Morgen von einer der beiden Damen auf Papier bannen.

Als er den Türöffner drückte und das weit entfernte Summen vernahm, wuchs seine Aufregung. Dieser Besuch war anders. Der Mann, der ihn angerufen hatte, war nicht wie die anderen Mandanten seiner Anwaltskanzlei.

Er war groß, fast riesig und ließ die Schultern nach vorn hängen, so als schleppe er tagtäglich eine unsichtbare, ungeheure Last mit sich herum. Sein Haar war kurz geschoren und hinter zwei kreisrunden Brillengläsern zwinkerten nervöse Äugelchen.

»Mein Name ist Schweiger«, sagte er heiser. »Hagen Schweiger.«

»Ich weiß«, sagte Dr. Harprecht gedehnt und deutete auf einen Stuhl vor seinem Schreibtisch.

Schweiger bewegte sich linkisch. Er stieß an Gegenstände an, die gar nicht da waren, und stolperte über Teppichkanten, die keine waren. Als er endlich saß, krümmte er seinen Oberkörper noch weiter nach vorn und schlug die Beine so übereinander, dass sie wie verknotet aussahen.

»Ich bin Detektiv.«

»Das haben Sie am Telefon gesagt.«

»Ich war Detektiv. Diesen Beruf übe ich nicht mehr aus seit ... zehn Jahren.«

»Wie kann ich Ihnen helfen?«

Schweiger wand sich. »Ich werde Ihnen erzählen, warum ich seit zehn Jahren nicht mehr als Detektiv arbeite, und am Ende werden Sie dann wissen, warum ich kein Detektiv mehr bin.«

Dr. Harprecht nickte und machte eine einladende Handbewegung. »Erzählen Sie.«

»Ich habe eine Wagner-Allergie.«

»Eine was?«

»Eine Wagner-Allergie. Meine Eltern haben mich mit Richard Wagner gequält. Mein Vorname ist Hagen, wie gesagt. Meiner zweiter Vorname ...« Er druckste herum. »Mein zweiter Vorname ist Parsifal.«

Dr. Harprecht unterdrückte ein Schmunzeln. Überhaupt war die Gestalt, die vor seinem Schreibtisch kauerte, geradezu lächerlich. Der Mann zappelte hin und her, während er sprach. Eine gequälte Seele. Schwer vorzustellen, dass dieser Kerl einmal Privatdetektiv gewesen sein sollte.

»Können Sie sich ausmalen, wie man sich als Kind fühlt, wenn schon beim Frühstück der *Holländer* durch das Haus fliegt? Die Hörner, die Geigen, die Pauken ... Das hat mich sehr nervös gemacht. Meine Eltern hörten Wagner. Von morgens bis abends. Nichts als Wagner. Bei uns wurde nicht ferngesehen. Wir saßen abends zu dritt um die Musiktruhe und hörten Wagner-Schallplatten. Ich durfte nur aufs Klo, wenn dic Schallplatte umgedreht wurde. Manchmal glaube ich, dass ich schon im Bauch meiner Mutter die *Walküre* gehört habe. Wir hatten Stahlstiche von Richard Wagner und Bühnenbildentwürfe von *Lohengrin*, vom *Rheingold* und was weiß ich überall im Haus verteilt. Ich wurde von klein auf zu Konzerten mitgeschleppt. Ich hasse Wagner!« Er spuckte den Satz regelrecht aus. »Ich kann keine Wagner-Pizza essen, ohne dass ich Ausschlag kriege!«

»Also eine Wagner-Allergie. So, so.«

»Eine waschechte!«

»Und was hat das mit Ihrer Geschichte zu tun?«

»Bayreuth!«

»Bayreuth?«

»Bayreuth! Ich hätte wissen müssen, dass das schief geht! Ein Auftrag, der mich nach Bayreuth führt, kann gar nicht glatt über die Bühne gehen!« Schweigers Blick schweifte in die Ferne. Ein verstohlenes Lächeln umspielte seine Mundwinkel. »Eigentlich klang alles ganz gut. Das Geld steckte plötzlich in meinem Briefschlitz. Dreitausend Mark. Das war üppig für einen kleinen Privatdetektiv wie mich. Da machte man auch mal eine Ausnahme, selbst wenn man eine Wagner-Allergie hat. Wissen Sie, es ging um eine Schauspielerin. Katja Lenoir. So ein französischer Nachname, der macht doch gleich was her, nicht wahr. Damals war sie noch verheiratet mit diesem Konservenmillionär hier aus Köln, diesem Detlev Frahm. Frahm-Konserven, kennen Sie ja. Kennt ja jeder. Wenn ich mich richtig erinnere, war er etwa zwanzig Jahre älter als seine Frau. Ich habe sie oft im Fernsehen gesehen. In dieser Serie, die an der Côte d'Azur spielt, und in diesen Filmen, in denen immer alle so bunte Klamotten tragen. Kann mich an keinen einzelnen Titel mehr erinnern, komisch. Nun ja, ich kannte sie jedenfalls. Und dann kommt dieser Anruf von diesem Mann: Ich möchte, dass Sie Frau Katja Lenoir für mich beschatten. Sie finden einen Briefumschlag mit einem Vorschuss in Ihrem Briefkasten. Frau Lenoir fährt übers Wochenende nach Bayreuth zu den Festspielen und ich vermute, sie wird sich dort heimlich mit einem Bekannten treffen, der mehr als nur ein Bekannter für sie ist.«

Schweiger sah sein Gegenüber an und ließ die Augenbrauen in die Höhe tanzen. »Mit einem Liebhaber, Dr. Harprecht, verstehen Sie?«

»Ich verstehe. Könnten Sie das mit dem Nägelkauen lassen?«

»Was? Oh, natürlich, Entschuldigung. Es macht mich so nervös, wenn ich zurückdenke.«

»Fahren Sie bitte fort.«

»Natürlich. Gerne. Zunächst dachte ich natürlich: Auweia! Bayreuth! Wissen Sie, das ist, als würde plötzlich im Radio der *Lohengrin* gespielt. Dann kriege ich so ein Jucken am Kopf. Aber da war dieses Geld und Katja Lenoir ist so eine schöne Frau ...« Er guckte hastig zu Dr. Harprecht hinüber. »Mache ich Sie nervös?«

»Ein bisschen.«

»Ich bin also runter nach Bayreuth. Frau Lenoir wohnte etwas außerhalb in einem ehemaligen Jagdschloss, dem *Schlosshotel Thiergarten*. Ein tolles Ding. Edel eingerichtet, alles voller Brokat und Gold, mit Bibliothek und Elchkopf und riesigem Kuppelsaal und allem Pipapo. Nun ja, ich hatte schon ein komisches Gefühl, als ich mich da eingemietet habe, mit meinen Klamotten und den Turnschuhen. Da habe ich eigentlich nicht so richtig hingepasst.«

»Haben Sie denn überhaupt ein Zimmer bekommen? Während der Festspiele?«

»Ja, das habe ich. Das ist allerhand, was? Da war tatsächlich ein Zimmer für mich reserviert! Jemand hatte es telefonisch unter meinem Namen gebucht.« Er grinste breit. »Herr Frahm hatte offensichtlich dafür Sorge getragen, dass ich ganz nah bei seiner Frau war. Und was das für ein Zimmer war! Junge, Junge! Das hatte Stil! Beim Abendessen habe ich dann auch gleich Frau Lenoir gesehen. Es war entsetzlich!«

»Was war entsetzlich? Frau Lenoir?«

»Im Hintergrund lief Wagner. Die *Morgendämmerung*. Ich hätte die Wände hochgehen können! Aber ich habe mich gezwungen weiterzuessen. Die Gerichte waren sehr teuer und köstlich. Ich machte mir Gedanken über meine Spesenabrechnung. Und mein Zielobjekt ließ ich die ganze Zeit nicht aus den Augen. Wagner hin, Wagner her! Sie saß ganz alleine da. Völlig verlassen. Am liebsten wäre ich zu ihr gegangen und hätte sie angesprochen und mich zu ihr gesetzt. Aber ich habe mich zurückgehalten und sie weiter beschattet. Immer hübsch auf Abstand. Später zog sie sich dann auf ihr Zimmer zurück. Sie bewohnte das *Kronenzimmer*, ich erinnere mich noch ganz genau. Natürlich habe ich versucht, vom angrenzenden Obstgarten aus einen Blick durch das Fenster zu werfen, aber ich konnte nur noch sehen, wie ihre anmutige Gestalt hinter der Scheibe erschien, und während sie mit der Linken ihren Haarknoten öffnete, zog sie mit der Rechten die Vorhänge zu.«

Dr. Harprecht blickte auf die Uhr und Schweiger fuchtelte sofort aufgeregt mit den Händen. »Ich beeile mich, ich beeile mich! Am nächsten Tag habe ich mich also gleich nach dem Frühstück wieder an ihre Fersen geheftet. Ich saß schon um Viertel vor sieben vor meinem Müsli, weil ich Sorge hatte, sie könnte womöglich eine Frühaufsteherin sein. Als sie dann um Viertel nach elf endlich erschien, kam mir der Orangensaft aus den Ohren raus. Sie knabberte nur ein bisschen an einem Knäckebrot rum und trank Tee und guckte immer wieder auf ihre Uhr. Und dann ging es los. Sie fuhr in die Stadt.« Schweiger fuhr sich nervös mit der flachen Hand durchs Gesicht. »Schrecklich. Wenn ich nur daran denke. Einfach schrecklich. Ich meine, das ist so, als müsste ein Veganer ein Wochenende im Schlachthaus verbringen. Bayreuth ist voll von Wagner. Voll davon! Wo ich doch überall Pickel kriege, wenn ich Wagner nur höre! Wir fuhren in ein Parkhaus in der Innenstadt und von dort aus ging es ins markgräfliche Opernhaus. Das war ja noch gar nicht so schlimm. Alles schön barock und prunkvoll. Das hat mich sogar interessiert. Aber dann lief sie mit ihren bleistiftdünnen Stöckelabsätzen um die Ecke in die Richard-Wagner-Straße! Mir brannte regelrecht der Asphalt unter den Füßen. Sie trippelte immer weiter und schließlich hielt sie inne und tat etwas, was mich beinahe umgebracht hätte. Sie bog rechter Hand in Richtung Hofgarten ab und betrat diesen alten Kasten! Das Haus Richard Wagners! *Haus Wahnfried!* Wahnsinn! Ich im Haus meines Peinigers! Und während der ganzen Zeit, während des ganzen elenden Rundgangs durch dieses Gebäude, guckte sie in einem fort auf ihre zierliche Armbanduhr, drehte und wendete den

Kopf, so als suche sie jemanden, und ich musste mich jedes Mal in Nischen drücken, in denen ich allein war mit Richard Wagner, musste mich rasch über Vitrinen beugen, in denen die grässlichen Partituren dieses grässlichen Mannes mit dem grässlichen Backenbart auslagen. Es schnürte mir die Luft ab! Beim Steinway-Flügel wäre ich beinahe kollabiert!

Irgendwann verließ sie das Haus wieder. Und sah sich um und guckte auf die Uhr und seufzte und so weiter.

Zum Mittag ging sie ins *Weihenstephan*. An meinem Nebentisch hechelte ein fetter Neufundländer vor sich hin. Wussten Sie, dass Neufundländer Wagners Lieblingshunde waren? Wussten Sie nicht, was? Ich habe keinen Bissen runtergekriegt. Drei Schnäpse habe ich getrunken. Und Madame Lenoir saß da und guckte und wartete und guckte und wartete. Auf ihren Liebhaber, keine Frage! Nun ja, irgendwann musste er ja mal auftauchen. Sie saß etwa eine Stunde da und trank noch ein paar Tassen Kaffee, dann zog es sie zurück zum Hotel. Dort verbrachte sie den Rest des Nachmittags auf ihrem Zimmer. Sie wirkte … na, wie soll ich das ausdrücken … bedrückt, enttäuscht, irgendwie so was. Wie bestellt und nicht abgeholt. So sah sie aus. Ein bisschen wie Audrey Hepburn, wenn Sie mich fragen.«

Er blickte Dr. Harpecht an, aber Dr. Harprecht fragte ihn nichts.

»Am Abend dann wurde es knifflig. Als sie aus ihrem Zimmer kam, da sah sie einfach umwerfend aus. Ein langes, schwarzes, eng anliegendes Kleid, lange Handschuhe, ein Pelzjäckchen, die langen, braunen Haare hochgesteckt. Umwerfend. Einfach umwerfend! Ich hatte allerdings Mühe, ihr Taxi nicht aus den Augen zu verlieren, das sie in die Stadt brachte. Auf die andere Seite des Flusses. Zur Burg. Und dann beobachtete ich sie, wie sie die Treppenstufen hinaufging, ganz Dame. Und ganz allein. Und fortwährend ließ sie den Kopf herumgehen und guckte und guckte. Als sie im Festspielhaus verschwunden war, habe ich versucht, einen Parkplatz zu finden. Ich musste warten. Mit einer Eintrittskarte für den *Ring* hatte mich Herr Frahm nicht ausgestattet. Gott sei Dank, kann ich da nur sagen! Ich bin kreuz und quer gefahren. Ohne Erfolg natürlich. Rheingoldstraße, Parsifalstraße, Richard-Wagner-Park, Tristanstraße, Isoldenstraße, Holländerstraße, Rienzistraße, Wotanstraße, Tannhäuserstraße, o Mann, am liebsten wäre ich gleich weiter zum Bezirkskrankenhaus gefahren!

Schließlich habe ich mich mit dem Auto einfach an einer Stelle postiert, von der ich das Hauptportal des Festspielhauses sehen konnte. Eine Wagneroper kann ja sooo lang sein. Aber ich bin nicht eingeschlafen. Damals war ich noch ein Profi. Irgendwann strömte dann mit einem Mal eine riesige Menschenmenge ins Freie. Die meisten sahen erleichtert aus, wenn Sie mich fragen. Und ich habe sie inmitten all dieser Menschen entdeckt!«

Schweiger warf sich in die Brust. Er guckte zu dem Rechtsanwalt hinüber, um sich zu vergewissern, dass dieser ihm auch den gebührenden Respekt zollte.

»Donnerwetter«, murmelte Dr. Harprecht pflichtschuldig.

Schweiger rieb sich die Nase, holte tief Luft und fuhr fort. »Wieder hängte ich mich an ihr Taxi dran. Es ging zurück ins Hotel. Sie fragte an der Rezeption nach, ob jemand für sie angerufen oder eine Nachricht für sie hinterlassen habe. Habe ich heimlich mitgehört. Als das verneint wurde, seufzte sie abgrundtief und steuerte ohne weitere Umwege ihr Zimmer an. Der Kerl von der Rezeption fragte mich doch tatsächlich, ob ich den *Ring* genossen habe! Ich hätte ihm am liebsten die Zähne eingeschlagen.

Ich stand vor dem *Kronenzimmer*, in dem sich jetzt gewiss meine geheimnisvolle Zielperson die Augen ausweinte, weil man sie versetzt hatte! Zögernd trat ich näher heran, ging bis ganz dicht vor die Tür und legte beide Hände vorsichtig gegen das Holz. Ich presste mein Ohr gegen die Tür und horchte.«

Schweiger hielt inne, um die Spannung zu steigern. »Und plötzlich wurde die Tür aufgerissen und ich wurde nach innen gezerrt, hinein in die Finsternis. Es war alles schwarz um mich herum. Ich roch ihr Parfüm. Jetzt erkannte ich erst, dass es Katja Lenoirs zarte Hände waren, die mich am Kragen gepackt hatten, mich zum Bett stießen und mir das Hemd aufrissen. Ihre Hände in den Seidenhandschuhen, die mir über die nackte Brust fuhren, die sich an meinem Gürtel zu schaffen machten, die Schnalle öffneten, ihn aus den Schlaufen rissen und mir die Hose herunterzerrten. Dann hörte ich ihre keuchende Stimme, die sagte: Da bist du endlich. So lange habe ich auf dich gewartet! All diese Stunden, diese Tage. Wo warst du bloß, was tust du mir nur an? Mein lieber Dr. Harprecht, ich frage Sie, wie hätte ich reagieren sollen?«

Dr. Harprecht zuckte mit den Schultern. »Was haben Sie denn getan?«

»Nun, zunächst mal gar nichts. Ich spürte, wie ihre Haare über meinen halb nackten Körper strichen und wie ihr Atem in mein Ohr säuselte. Das alles ist zehn Jahre her und ich habe es bis heute nicht vergessen. Und dann zuckte plötzlich ein Blitz durch die Dunkelheit.«

»Ein Blitz?«

»Ja, ein Blitz. Vom Fenster her. Es blitzte. Ganz grell. Zweimal, dreimal. Sie schrie auf und stolperte zum Fenster und riss den Vorhang, der nicht ganz geschlossen gewesen war, vollends auf. Und dann hörten wir draußen etwas scheppern. Eine Metallleiter. Sie schrie: Das ist er wieder! Dieses Schwein! Jetzt ist alles aus! Er hat uns fotografiert!, und schaltete das Licht an.«

Schweiger schwieg plötzlich.

»Und dann?«, fragte Dr. Harprecht nach einer Weile. »Wie ging es weiter?«

»Dann hat sie gesehen, dass sie auf ihrem Bett gerade einen wildfremden Mann ausgezogen hatte.«

Schweiger setzte sich aufrecht und rückte den Stuhl gerade. »Wir nähern uns dem Ende der Geschichte. Es ist ein furioses Ende, ungefähr wie das einer Wagneroper. Frau Lenoir hatte sich sehr schnell gefasst. Eine bewundernswerte Frau, so schien es mir damals. Wir hatten jetzt ein gemeinsames Problem, das gelöst werden musste. Sie kannte den

Namen des Journalisten, der immer wieder, wenn sie in Bayreuth war, versuchte, hinter das Geheimnis ihrer verborgenen Liebschaft zu kommen. Benno Drewniak. Sie kannte sogar seine Adresse. Er wohnte in der Königsbergstraße. Sie überredete mich, zu ihm zu fahren. Und als sie mich mit ihren Rehaugen ansah, da musste ich wieder an Audrey Hepburn denken ... Nun ja, ich konnte ihr das einfach nicht abschlagen. Also knöpfte ich mir das Hemd wieder zu und versprach ihr, gleich am nächsten Tag zu diesem Kerl zu fahren.

Am nächsten Tag stand ich früh auf. Frau Lenoir war auch schon wach. Sie guckte mich vom anderen Ende des Saales erwartungsvoll an und ich deutete ein Nicken an. Dann aß ich mein Müsli und fuhr los. Diesmal fand ich einen Parkplatz, ganz in der Nähe der Wohnung. Drewniak wohnte im zweiten Stock. Ich klingelte an seiner Wohnungstür und bemerkte plötzlich, dass sie offen stand. Als ich eintrat, fiel mir gleich auf, dass etwas nicht stimmte. Gegenstände waren über den Boden verstreut, Bilder von den Wänden gerissen worden. In einem Zimmer rechts von der Eingangstür fand ich Drewniak. Er lag auf dem Boden, umgeben von Negativstreifen und Filmrollen, und ich wusste gleich, dass der Film von gestern Abend nicht darunter sein würde. Ich tastete nach Drewniaks Puls, konnte ihn jedoch nicht mehr spüren. Der Körper war noch warm. Es musste gerade erst passiert sein. Erst als ich den Gürtel um seinen Hals sah, bemerkte ich, dass ich meinen eigenen in Katja Lenoirs Zimmer hatte liegen lassen. Ihre Fingerabdrücke würden nicht darauf sein, sie hatte Handschuhe getragen. Und es dauerte nur ein paar Sekunden, bis die Polizei in die Wohnung stürmte. Drei Mann. Äußerst brutal.«

Schweiger klatschte in die Hände. »Das war's. Danach bin ich für zehn Jahre in den Bau gewandert. Vor drei Tagen bin ich wieder rausgekommen.«

Hinter seinem Schreibtisch rutschte Dr. Harprecht auf seinem Ledersessel hin und her. »Und Frau Lenoir?«

»Hat alles abgestritten. Kannte mich nicht, war nie mit

mir zusammen in ihrem Zimmer gewesen. Das Einzige, was sie angab, war, dass ich ihr aufgefallen sei, weil ich sie verfolgt hätte. Ihr Anwalt, ein redegewandter Mann, drehte alles so, dass ich am Ende als der Doofe dastand. Als Triebtäter, verstehen Sie?«

»Welches Motiv sollten Sie für Ihre Tat gehabt haben?«

»Das interessierte niemanden so richtig. Man hatte sich dann irgendwann zusammengereimt, dass ich den Mann aus Eifersucht getötet hatte. Man fand hunderte von Fotos bei ihm, die Katja Lenoir zeigten. Auf keinem war ihr Liebhaber zu sehen.«

»Ihr Liebhaber?«

»Na ja, schätze, er wird die entsprechenden Aufnahmen aussortiert haben, nachdem er Drewniak getötet und bevor er die Polizei angerufen hatte. Er muss den Mord begangen haben, denn Katja Lenoir saß ja noch im Hotel, während ich zu Drewniak fuhr.«

»Was war mit Ihrem Auftraggeber?«

»Wen meinen Sie?«

»Frahm.«

»Nee, nicht Frahm. Frahm war gar nicht mein Auftraggeber. Mein Auftraggeber war der Mann, der Drewniak tötete. Derselbe Mann, den Katja Lenoir anrief, als die Polizei ihr riet, einen Anwalt hinzuzuziehen. Ich habe ihn in einem Fernsehbeitrag gesehen. In einem Film über die bedauernswerte Schauspielerin, deren lästige Verehrer und Verfolger sich gegenseitig umbringen. Ich habe seine Stimme gleich wieder erkannt. Ein gewisser Dr. Harprecht aus Köln. Ich glaube nicht, dass die beiden heute noch ein Paar sind. Frahm ist ja inzwischen verstorben, wie ich gehört habe, und sie ist wieder neu verheiratet und reist viel am Mittelmeer herum. Nun ja, irgendwo werde ich sie schon finden, was?«

Dr. Harprecht runzelte die Stirn. »Eine schöne Geschichte. Wirklich schön. Das ist natürlich schon ein paar Jahre her. Warum kommen Sie damit jetzt zu mir? Natürlich konnte ich Ihren Namen gleich zuordnen. Aber was kann ich in dieser Sache für Sie tun?«

Schweiger erhob sich und bewegte den Oberkörper wieder hin und her wie ein Aal. »Nun ja, ich will es kurz machen. Denn ich habe Ihre Aufmerksamkeit wirklich schon lange genug beansprucht. Wissen Sie, im Gefängnis habe ich sehr viel Zeit gehabt. Da gibt es Gefängnispsychologen und lauter nette Leute, die einem helfen. Ich habe begonnen, hart an mir zu arbeiten. Ich habe ganz klein angefangen und leise gesummt. Wagner-Ouvertüren vor dem Einschlafen. Später habe ich dann die Texte gelesen und schließlich sogar angefangen zu singen. Es ging ganz leicht. Tat gar nicht mehr weh. Irgendwann ließ auch dieses elende Kribbeln unter der Kopfhaut nach.«

Schweiger öffnete seine Gürtelschnalle und zog langsam den Gürtel aus den Schlaufen. Dann stellte er sich vor dem Schreibtisch in Positur, spreizte die Beine, pumpte Luft in seine Lungen und schmetterte: *»Errätst du auch dieser Raben Geraun'? Rache rieten sie mir!«*

Dr. Harprecht blickte ihn unsicher an und rückte seine Brille zurecht.

»Das singt Hagen. Sie kennen das, oder? Hagen ... Siegfried ... Rache ...«

Sabine Thomas

Wartaweil oder: Die Joggerin vom Ammersee

Jeden Abend verließ ich das Haus pünktlich um die gleiche Zeit. Die Turmuhr der Kirche, die nachts die Schlaflosen jede Viertelstunde an die Zeit erinnerte und jeden Morgen um sechs Uhr die frommen Herrschinger mit minutenlangem Glockenterror unbarmherzig aus den Betten warf (die nicht ganz so Frommen natürlich erst recht), schlug neun Mal, als ich zielstrebig den menschenleeren Bahnhofsplatz überquerte und meine Schritte durch die düstere Unterführung Richtung See lenkte.

Um den Hals trug ich eine Hundeleine. Damit machte ich mich weniger verdächtig, wenn ich an den todschicken Villen an der Uferpromenade entlangjoggte und gelegentlich die Schritte verlangsamte, um einen Blick in hell erleuchtete Fenster zu werfen. Den dazugehörigen Hund gab es schon lange nicht mehr; er war Opfer eines fiesen Mordanschlags geworden. Leberwurst mit Rattengift. Rattengift ist leider auch Hundegift. Dabei hatte ich beim Gassigehen immer brav Neros Hinterlassenschaften in Plastiktüten gewickelt und in den Dog-Stations entlang der Uferpromenade entsorgt.

Es nieselte leicht an diesem kühlen Spätsommerabend. Niemand begegnete mir, als ich vor dem verwaisten Strandbad nach links bog, die kleine Holzbrücke überquerte und auf das hell erleuchtete Kurparkschlösschen zulief, in dem offenbar gerade die ersten Yogakurse des VHS-Herbstsemesters begonnen hatten. Im Kaminzimmer brannte Licht. Kleine Wellen schwappten gegen die Uferböschung. Weit hinten am Horizont leuchteten die riesigen weißen Parabolspiegel der Erdefunkstelle Raisting vor der imposanten Kulisse der Alpen. Der Schein der grellroten Sturmwarnlampen flackerte unruhig über den See. Eine leichte Brise fuhr durch die Blätter. Üppige Laubbäume säumten die Gegend, in der ich nun schon seit über einem Jahr eine Wohnung suchte.

Unermüdlich hatte ich in der *SZ*, im *Merkur* und im *Kreisboten* inseriert und Zettel an Bäumen, Laternenmasten und in Cafés aufgehängt, um eine schöne und halbwegs bezahlbare Wohnung mit Seeblick zu finden – ohne Erfolg.

Ich hatte deshalb beschlossen, meine Taktik zu ändern. Ich suchte jetzt nicht mehr eine Wohnung, sondern: einen Mann mit Wohnung. Besser: einen Mann mit Haus und Seegrundstück. Wenn schon, denn schon.

Ich drückte die START-Taste meines MP3-Players und joggte gemächlich an der Promenade entlang, vorbei am *Seehof*, am Dampfersteg und dem nostalgischen Kinderkarussell, vorbei am Eiscafé, am Bootsverleih und der Fischerei, wo es immer so verführerisch nach Räucherfisch duftete.

Vor dem *Ristorante Seespitz* am Ende der Herrschinger Bucht stand der nette Kellner, der mich jedes Mal an den Tatort-Kommissar Miro Nemec erinnerte.

Aus der *Bellini-Bar* kam mir ein eng umschlungenes Pärchen entgegen. Ich lief weiter und passierte den Segelclub, wo die Wanten im leichten Wind klingelnd gegen die Masten schlugen. Oben im ersten Stock des Clubhauses brannte noch Licht.

Ich verließ den schmalen Weg, der zum geheimnisumwitterten *Schloss Mühlfeld* führte, und rannte hinunter zum Ufer. An der *Alten Mühle* balancierte ich auf einem morschen Holzbalken über den Bach, der hier in den Ammersee strömte. Jetzt begann der interessanteste Teil meiner allabendlichen Route: Ein etwa sechs Kilometer langer Uferweg führte bis zur südlichen Seespitze in Aidenried und trennte die heiß begehrten Villengrundstücke vom Wasser. Erst kürzlich hatte ein Nobelmakler eines der letzten unbebauten Seegrundstücke für 1,5 Millionen Euro angeboten. Solche utopischen Preise konnte sich außer Multimillionären keiner mehr leisten. Neben Gutbetuchten lebten dort nur noch wenige Alteingesessene, die sich nicht für Geld und gute Worte von ihren idyllischen Grundstücken am See vertreiben ließen.

Hier begann *Wartaweil.* Die verwitterte *Weiße Säule* aus Tuffstein, die im Jahre 1629 vermutlich als Seegerichtsäule am Ufer errichtet worden war, diente im Laufe der Jahrhunderte als Treffpunkt für die Pilger, die mit der Fähre von Diessen oder Schondorf über den See gekommen waren, um auf den Heiligen Berg zum Kloster Andechs zu wandern. Die am Ufer zurückgebliebenen Wallfahrer wurden stets mit den Worten »Wart's a Weil!« auf die nächste Fähre vertröstet, und so festigte sich im Laufe der Jahrhunderte dieser Ausruf als Name für den Uferstreifen der ehemaligen *Einöd' zur Weißen Säule* zwischen Herrsching und der Südspitze des Ammersees, der heute als Landschaftsschutzgebiet ausgewiesen war. Wartaweil – das war auch meine Devise. *Warte, warte nur ein Weilchen …* Nur Geduld, dann würde sich mein Traum von einer Bleibe hier erfüllen. Mir würde ja schon eines dieser schnuckeligen Bootshäuschen genügen. Aber selbst dieser Kompromiss war bislang nicht Wirklichkeit geworden. Wer in einer Millionenvilla am See residiert, besitzt auch ein Boot. Wenn auch nur zum Anschauen.

Beim Anwesen Wartaweil Nr. 14 machte ich eine kurze Verschnaufpause und betrachtete die schicken neuen Villen, die vor Kurzem errichtet worden waren. Dort hatte in den Siebzigern in direkter Nachbarschaft zu Curd Jürgens ein gewisser David Coverdale residiert, Sänger der legendären Rockband *Deep Purple.* Vielleicht hatte er in Wartaweil in der Morgendämmerung, wenn der Nebel über den See wabert, den Klassiker *Smoke On The Water* geschrieben, wer weiß. Lange hat er es jedenfalls nicht ausgehalten in der beschaulichen Ammersee-Idylle – nachdem er seine Tochter gezeugt hatte, war er nach London gezogen, um die Band *Whitesnake* zu gründen. Seinen Abschied aus der oberbayerischen Idylle hatte er in einem Interview lachend und in breitestem Amerikanisch folgendermaßen erklärt: »You can't start a rock group from Wartaweil!«

Noch heute sprach man im Ort davon, wie er damals mit

silbernen Plateaustiefeln die Promenade entlanggestöckelt war und sich anschließend im *Seehof* zu den Einheimischen an den Stammtisch gesetzt hatte.

Ich wählte *Smoke On The Water* auf dem Display des MP3-Players und joggte weiter. An guten Tagen schaffte ich es bis zum *Frosch-Gartl,* wo mir im Sommer immer öfter Heerscharen von Nordicwalkern mit Skistöcken entgegengekommen waren. Ich joggte an der *Begegnungsstätte Wartaweil* vorbei, deren futuristischer Speisesaal neben dem Indianer-Tipi abends aussah wie ein beleuchtetes UFO, das versehentlich am Ammersee gelandet war, passierte den Wasser-Pavillon und das Schullandheim in der *Villa Habersack,* wo die Wilden Kerle hausten. Bei dem romantischen Schlösschen mit den zwei Türmen kehrte ich um. Der steinerne Diskuswerfer im Garten jagte mir im Dämmerlicht jedes Mal einen Schrecken ein. Inzwischen war es dunkel, immer mehr Lichter erhellten die Fenster der Häuser am See. Ich verlangsamte meine Schritte. In einer dieser Villen lebte das Objekt meiner Begierde. Seit ich auf einem meiner nächtlichen Streifzüge den Hausherrn bei einem Quickie auf dem Esstisch durch das hell erleuchtete Fenster beobachtet hatte, wollte ich nicht nur das Haus, sondern auch – den Tisch.

Dieses Erlebnis war der Beginn meiner Karriere als Voyeurin gewesen. Es war stets eine Augenweide, den Mann heimlich zu beobachten, wenn er sich nach Feierabend seiner maßgeschneiderten Anzüge entledigte, bevor er die Ärmel hochkrempelte und in seiner todschicken Designerküche Abendessen zubereitete, sich bequem vor dem Fernseher lümmelte oder sich mit nacktem Oberkörper auf seinem Multifunktions-Fitnessgerät abmühte. Manchmal schien es mir, als wüsste er genau, dass sich draußen vor dem Fenster jemand in den Büschen versteckte und ihn durch das riesige Wohnzimmerfenster anstarrte.

Aus dem Telefonbuch hatte ich schon längst seine Nummer herausgesucht und wusste, dass er mit Vornamen Jan hieß.

Jan und seine Freundin saßen gerade beim Abendessen. Ich beobachtete das schöne Paar eine Weile. Beide stocherten lustlos in der Pasta herum und schwiegen sich an. Im Hintergrund lief der Fernseher.

Ich beschloss, ein bisschen Pep in die lahme Beziehung zu bringen. Blitzschnell kletterte ich über den Zaun, schlich im Schutz der Bäume und Büsche über das lang gestreckte Grundstück um das Haus herum, streifte meinen sündteuren schwarzen Seidenslip von *Victorias Secret* hinunter und stopfte ihn in Jans Briefkasten. Dann lief ich zurück zum Ufer, fischte das Handy aus der Tasche und wählte Jans Nummer, die ich natürlich gespeichert hatte.

Nach dem dritten Klingeln erhob er sich und ging zum Telefon. »Hallo? Hallo?? Wer ist da? Hallo!«

Genervt knallte er den Hörer auf. Ich wartete, bis er wieder am Esstisch Platz genommen hatte, dann drückte ich die Wahlwiederholung. Wütend knüllte er seine Serviette zusammen, sprang auf und war mit zwei Schritten am Telefon.

»Hallo!«, rief er ungehalten. »Was soll der Quatsch?!«

Als er wieder saß, drückte ich erneut die Wahlwiederholung.

Jan machte eine rüde Handbewegung. Seine Freundin erhob sich steif und ging zum Telefon.

»Ja bitte?«, säuselte sie mit unnatürlich hoher Stimme.

»Haaallooo«, flüsterte ich. »Im Briefkasten ist Post für Jan …«

»Wer ist da?«, schrie sie schrill.

Ich unterbrach die Verbindung und sah feixend zu, wie sie den Hörer fallen ließ und aus dem Zimmer rannte.

Sekunden später stürmte sie wutentbrannt zurück in den Raum zurück und knallte meinen Slip auf den Tisch. Jan begutachtete das teure Stück grinsend und mit Kennermiene. Der Mann hatte Geschmack!

Seine Freundin war außer sich vor Wut. Sie tobte, schrie und bedrohte ihn sogar mit Messer und Gabel. Zuerst lachte er, dann wurde er plötzlich wütend.

Ich schmunzelte und drückte erneut die Wahlwiederholung. Beide stürzten gleichzeitig zum Telefon und kämpften erbittert um den Hörer. Längst hatte ich die Verbindung unterbrochen. Handygebühren sind schließlich teuer.

Plötzlich wickelte Jan seiner hysterisch kreischenden Freundin die Telefonschnur um den Hals und zog zu. Langsam sackte sie zu Boden und rührte sich nicht mehr.

Ich schnappte nach Luft. Gelähmt vor Schreck beobachtete ich, wie Jan die leblose Gestalt hastig in einen Teppich wickelte und aus dem Zimmer schaffte. Kurz darauf sah ich, wie eine Terrassentür geöffnet wurde. Jan schleppte den Teppich hinaus, wuchtete ihn auf eine Schubkarre und schob sie quer durch den Garten hinunter zum Bootshaus. Wenig später öffnete sich die Tür auf der anderen Seite am Uferweg, ein Ruderboot wurde auf den Gleisen durch das dichte Schilf ins Wasser geschoben und setzte klatschend auf der schwarzen Wasseroberfläche auf. Das Boot entfernte sich rasch und wurde bald von der Dunkelheit verschluckt. Nur das flackernde Licht der Sturmwarnlampe zuckte über den See.

Plötzlich flammte ein greller Scheinwerfer auf. Zu Tode erschrocken warf ich mich ins Schilf. Das Licht einer Taschenlampe tanzte über das Wasser und den Uferstreifen. »Hallo? Ist da wer?«

Nach einer Weile wurde ein Fensterladen geräuschvoll geschlossen.

Ich rannte in wilder Panik drauflos, bis ich die Weiße Säule erreichte. Mir schoss wieder das Lied durch den Kopf. Wartaweil – *Warte, warte nur ein Weilchen … dann kommt Hamann auch zu dir … mit einem Hacke-Hackebeilchen … macht er Hackefleisch aus dir …*

Was würde Jan mit mir tun, wenn er mich zwischen die Finger bekäme? Ich war schließlich die einzige Zeugin … Und wenn man es genau betrachtete, hatte ich diesen Mord sogar provoziert!

Stundenlang lief ich am Ufer entlang und versuchte, einen klaren Gedanken zu fassen. Eigentlich hätte ich jetzt die Herrschinger Polizei benachrichtigen müssen. Aber dann müsste ich auch erklären, warum ich spätabends noch am unbeleuchteten Seeufer unterwegs war und bei fremden Leuten ins Fenster glotzte. Womöglich würde man mein Handy checken und feststellen, dass ich die letzten verhängnisvollen Anrufe bei Jan getätigt hatte. Außerdem gab es noch meine Fingerabdrücke auf dem Briefkastendeckel und meinen Slip am Tatort ...

Zunächst musste ich also meine Spuren beseitigen, so gut es ging. Ich lief zurück zu Jans Haus, vorbei an dem seit Jahren leer stehenden *Hotel Wartaweil,* wo einst die Münchner *Löwen* ihre strammen Wadln für die Fußball-Meisterschaft trainierten, und an der gelben Villa, die als Location für zahlreiche Fernsehkrimis gedient hatte – sogar der Bulle von Tölz und die Rosenheim-Cops hatten hier schon ermittelt.

Ich lief zur Vorderseite des Hauses. Auf der Straße rasten die Pendler Richtung Weilheim. Ich musste höllisch aufpassen, dass niemand im grellen Scheinwerferlicht sah, wie ich mit einem Tempo-Taschentuch hastig die Fingerabdrücke auf dem Briefkastendeckel verwischte, über dem ein Steinlöwe thronte. Aber wie sollte ich mir Zugang zu der alarmgesicherten Villa verschaffen, um meinen Slip in Sicherheit zu bringen?

Ich schlich wieder ums Haus und blickte in Jans Wohnzimmerfenster. Mich traf beinahe der Schlag: Er saß vor dem Fernseher, so als wäre nichts geschehen. Auf dem Bildschirm erschien das Intro von *Tatort.*

Ich zog den Lippenstift nach, straffte die Schultern und klingelte.

Jan öffnete die Tür. Aus kurzer Distanz gefiel er mir nicht mehr ganz so gut, aber das spielte im Moment keine Rolle. Sein Blick flackerte. »Ja bitte?«

»Guten Abend«, sagte ich und setzte ein charmantes Lächeln auf. »Ich habe zufällig vorhin Ihr kleines Drama durchs Fenster beobachtet. Darf ich eintreten?«

Er starrte mich entsetzt an. Ohne eine Antwort abzuwarten, ging ich an ihm vorbei in die Wohnung, setzte mich auf die schneeweiße Ledercouch, schlug die Beine übereinander und blickte mich interessiert um.

»Schön haben Sie's hier«, sagte ich und zündete mir eine Zigarette an.

Er starrte mich immer noch fassungslos an. »Was wollen Sie von mir?«

Ich inhalierte tief und schenkte ihm einen langen Blick. »Keine Angst, ich werde niemandem unser kleines Geheimnis verraten …«

»Wer sind Sie? Was wollen Sie?«, keuchte er.

Ich lächelte. »Gestatten: Ich bin Ihre neue Mitbewohnerin.«

Noch in der gleichen Woche zog ich in mein Traumhaus ein. Jan zog kurz darauf aus, mit unbekanntem Ziel. Mit ihm hätte es ohnehin auf Dauer nicht geklappt. Auch der Esstisch blieb unbenutzt.

Dafür besitze ich jetzt außer meinem Traumhaus wieder einen Hund, mit dem ich jeden Abend an der Uferpromenade Gassi gehe. Ich schaue immer noch gerne im Vorbeilaufen in hell erleuchtete Fenster. Und ich habe schon wieder ein neues Objekt im Visier …

Till Bastian

Verwirrspiel in Lindau

Den Lindauer Löwen liebte Gebhard Otto nicht. Zu protzig, zu wuchtig thronte er vor der Hafeneinfahrt, misstrauisch Wache haltend auf den großen See hinaus, von dem sich bajuwarischer Größenwahn anno 1805 unbedingt einen Zipfel hatte sicherstellen müssen. Dies hatte sich in jenem unheilvollen Bündnis mit dem korsischen Imperator ereignet, wofür dann sieben Jahre später, anno 1812, zigtausende bayerische Soldaten in Russlands Weiten mit dem Leben hatten bezahlen müssen. So gut war die alte Zeit eben doch nicht gewesen.

Gebhard Otto, der früh pensionierte Kriminalkommissar aus München, der sich diesen sinistren Gedankensprüngen hingab, schätzte vor allem das vorarlbergische Bodenseeufer. Die Vorarlberger waren lustige Leute, weltoffen, mit einer Neigung zu kühner Architektur. 1919 hätte sich die ganze Region am liebsten der Confoederatio Helvetica angeschlossen, aber die Schweizer hatten sie nicht aufgenommen, weshalb sowohl hier zu Lande als auch dort noch heute das Witzwort vom ›Kanton Übrig‹ kursierte. Vergangene Zeiten! Auch jetzt war Otto mit dem Schiff von Bregenz gekommen, hatte das Wochenende für einen Ausflug nach Innsbruck genutzt, eine Stadt, die er sehr schätzte, und war dann mit dem Zug über die Arlbergstrecke weitergereist. Das war erheblich abwechslungsreicher, als der öden A 96 München-Lindau zu folgen, wie es tausende von Autolemmingen jedes Wochenende zu halten pflegten.

Wie man sehen kann, lag Otto, 1949 im tiefsten Schwabing geboren, mit seiner bayerischen Heimat arg im Hader. Aber heute, an einem strahlenden Frühlingssamstag, war dieser Zwist einigermaßen leicht zu ertragen – hier im Lindauer Gassengewirr, das ihn immer ein wenig italienisch anmutete, ganz anders als München selbst, wo eine selbstverliebte Schickeria sich in der nördlichsten Stadt Italiens wähnte, dabei aber vor allem das Preisniveau des venezianischen Markusplatzes im Auge hatte. Ach, besser gar nicht dran denken.

Wie anders sich die Maximilianstraße in Lindau präsentierte als jene daheim! Da lag die einzige Ähnlichkeit im Namen. Und während er darüber nachdachte, dass es sich beim Namensgeber der beiden so andersartigen Straßen ja nicht um denselben Maximilian handelte. In München war dies Kurfürst Maximilian II., dessen Denkmal auch in ›seiner‹ Straße prangte – »Max-Zwo-Monument«, hatte der Schaffner früher die Haltestelle ausgerufen, aber das war lange her. Heute gab es weder Schaffner noch die Tram-Linie 37, mit der Otto damals einmal im Monat von der Tengstraße in die Innenstadt gefahren war, um seine Tante zu besuchen, deren Haus auch nicht mehr existierte. Man hatte es für den Bau des Altstadtringes abgebrochen, wie war die Hausnummer doch gleich gewesen … Hier in Lindau hingegen handelte es sich, wie in Innsbruck, wohl eher um Kaiser Max, Maximilian I., den »letzten Ritter«, jenen Fürsten, der nach dem Tod seiner Frau ernsthaft erwogen hatte, auch das Amt des Papstes zu übernehmen, um so in Personalunion das christliche Abendland repräsentieren zu können. So war es nun einmal, damals wie heute: Größenwahn, wohin man blickte!

Während also Gebhard Otto, durch die Lindauer Fußgängerzone bummelnd, diesen recht weitschweifig mäandrierenden Rentnergedanken nachhing, riss ihn der unsanfte Zusammenprall mit dem großen, wuchtigen Körper eines fremden Menschen jäh wieder in die Gegenwart zurück. Otto blickte auf und sah sich einem hoch gewachsenen Kerl gegenüber, der, mit einem Trenchcoat bekleidet, durch einen großen Kahlkopf bedeutsam wirkte. Damit man seine Augen nicht sah, hatte er sich eine affige, weit ausladende Sonnenbrille auf die Nase geklemmt. Ein Unsympath. Und dieser schräge Vogel wartete gar nicht erst, bis Gebhard Otto, seinem zurückhaltenden Wesen gemäß, eine leise Entschuldigung gebrummelt hatte, nein, er tönte sofort eine Art Verlautbarung in den Äther: »Ach, Sie sind das! Seltsam, hier wieder … zusammenzustoßen, ja. Wirklich sehr seltsam. Immer noch bei der Kriminalpolizei, immer noch eifrig im Dienst?«

Trotz Ottos Pensionierung arbeitete, unauslöschlich, in seinem Kopf noch immer ein Polizistenhirn und dieses konfrontierte ihn im Bruchteil einer Sekunde mit drei Einsichten, die wie Warnsignale vor seinem inneren Auge aufblinkten: Erstens, der Kerl kennt *mich*, aber *ich* habe keine blasse Ahnung, wer er ist. Zweitens, er fragt dich nach deiner Arbeit, also weiß er nicht, dass du nicht mehr im Dienst bist. Und drittens, es ist vermutlich eine Weile her, dass ihr euch begegnet seid, der Kerl und du. Was kann der Grund sein? Hat er im Knast gesessen?

»Ich wüsste nicht, woher ich Sie kenne«, sagte Gebhard Otto laut, freilich nicht zu laut und immer noch um Höflichkeit bemüht, obschon die Muskeln seiner Hand in der rechten Hosentasche sich zu spannen begannen.

»Vielleicht erkennen Sie mich nicht wieder, Herr Kriminalkommissar – die Krebsoperation und die Chemotherapie haben mich stark verändert.« Der Mann riss sich jäh die Brille aus dem Gesicht und starrte Otto böse an, der Blick seltsam flackernd.

Der Kommissar a. D. musterte die Narben auf dem Glatzkopf des Mannes, der erst nach einer kurzen Pause weitersprach: »Aber immerhin, ich habe dem Krebs viel zu verdanken, denn seinetwegen hat man mich vorzeitig aus der Haft entlassen.«

Womit die letzte Frage beantwortet wäre, sagte sich Otto, aber diese Erkenntnis beruhigte ihn wenig. »Und …«, fragte er vorsichtig. »Hatte ich denn etwas mit Ihrer Inhaftierung zu tun?«

»Das kann man wohl sagen. Und aus Ihrer törichten Rückfrage darf ich schlussfolgern, dass Sie mich nicht wieder erkannt haben. Na, wie auch immer, jetzt würde *ich* gerne ein paar Fragen stellen. Übrigens, ich bin bewaffnet.«

Es war Otto nicht verborgen geblieben, dass die rechte Hand des Mannes nach wie vor in der Tasche seines Mantels steckte. »Sie werden mich doch nicht erschießen wollen? Hier auf offener Straße, mitten unter all den Touristen? Sie würden kaum ungeschoren davonkommen ...«

»Na und? Ist mir völlig egal. Ich habe nichts mehr zu verlieren. Metastasen überall. Mein Arzt gibt mir noch ein halbes Jahr, wenn es hochkommt. Warum sollte ich Sie nicht erschießen? Aber, wie gesagt, erst möchte ich Ihnen ein paar Fragen stellen ...«

Ottos Gehirn verwandelte sich in eine riesige Suchmaschine. »Darf ich denn Ihren Namen wissen?«

»Gar nichts dürfen Sie. Ich stelle die Fragen. Da rüber. Gehen Sie bitte voran.«

Er wies auf das Café im Erdgeschoss des *Hotel Reutemann*. Otto zuckte die Achseln, dann trat er durch die Tür. Sie nahmen auf Geheiß des Mannes an einem Ecktisch Platz. Der Unbekannte bestellte sich ein Mineralwasser und ein Stück Apfelstrudel, Otto begnügte sich mit einem doppelten Espresso. Als die Kellnerin Teller, Glas und Tasse auf dem Tisch platziert hatte, aß der Mann hastig und gierig – die Gabel in der Linken, denn die rechte Hand verbarg er noch immer in den Tiefen seines schmuddeligen Mantels. Dann seufzte er tief, wischte sich mit dem Ärmel den Mund und lehnte sich zurück. »Braumüller ist mein Name«, sagte er, »Cornelius Braumüller. Ich hoffe, das sagt Ihnen alles Nötige.«

Otto stutzte. Der Name sagte ihm nichts – er kannte ihn ebenso wenig wie das Gesicht seines Gegenübers. Irgendetwas stimmte hier nicht. Aber um einen harmlosen Scherz handelte es sich auch nicht, das las er in den Augen des Mannes. Aus ihnen sprach tiefer Ernst, ebenso ein Gefühl des Bedrohtseins. Wie bei einem Tier in der Falle! Zu spaßen war mit dem nicht, das sagte Otto seine jahrelange Erfahrung. Er spielte mit dem Gedanken, den Tisch umzuwerfen, sodass dieser gegen den Fremden kippen würde, was jenen am raschen Ziehen seiner Waffe hindern dürfte ... Das wäre ein Ausweg. Aber wann? Am besten jetzt!

»Weswegen sind Sie denn inhaftiert worden, Herr Braumüller?« fragte er. Dabei bemühte er sich, möglichst einfältig zu wirken, und spannte im selben Augenblick alle Muskeln an.

In diesem Moment legte sich eine Hand auf Ottos Schulter, zugleich trat ein vierschrötiger Mann in einer abgeschabten Lederjacke an die Seite des Mannes im Trenchcoat. Der blickte auf und erbleichte.

»Na, Cornelius«, sagte der Mann in der Lederjacke. »Das kommt nicht gut, mein Freund, einfach davonlaufen, wenn wir einen kleinen Spaziergang an der Uferpromenade machen wollen. Gar nicht gut. Du kommst jetzt mit und wir fahren dich nach Hause. Dein Vater wird hier die Rechnung bezahlen.«

Cornelius erhob sich widerwillig, aber widerstandslos, und folgte dem Mann in der Lederjacke mit hängendem Kopf ins Freie, ohne Otto noch eines einzigen Blickes zu würdigen.

Der andere Mann, der hinter Otto gestanden und ihm die Hand auf die Schulter gelegt hatte, setzte sich auf den frei gewordenen Stuhl und blickte ihm neugierig ins Gesicht. Er mochte sechzig Jahre alt sein, war teuer gekleidet und sah unendlich müde drein.

»Ich hoffe, mein Sohn hat Sie nicht allzu sehr belästigt«, sagte er dann leise und mit trauriger Stimme.

»Na ja, es geht«, erwiderte Otto. »Ich wurde, offen gesagt, nicht richtig schlau aus ihm.«

Der ältere Mann lachte hart und bitter. »Das glaube ich gern«, sagte er. »Er ist nicht mehr der, der er einmal war. Seit man ihm diesen Hirntumor entfernt hat, ist er völlig verändert. Hirnorganische Psychose nennen die Ärzte das. Volkstümlich könnte man auch von Verfolgungswahn sprechen. Er hat die fixe Idee entwickelt, dass die Polizei an allem schuld ist, was er hat durchmachen müssen. Er hat ja noch in

Untersuchungshaft gesessen, als sein Tumor entdeckt wurde. Leider zu spät. Sie konnten nicht alles bösartige Gewebe entfernen. Cornelius wurde schwer krank aus der Haft entlassen und das Verfahren gegen ihn, es ging um Bilanzfälschung und Unterschlagung, endete mit einem glatten Freispruch. Aber sein Leben ist ruiniert. Und seitdem sucht er nach jemandem, den er dafür verantwortlich machen kann. Immer wieder klagt er wildfremde Menschen an, sie seien jener Kommissar, der ihn zu Unrecht hinter Gitter gebracht hätte.«

Hinter Gitter gebracht habe, dachte sich Otto und sagte laut: »Verstehe!« Das, was ihm auf der Zunge lag (»Ich war ja wirklich Kriminalhauptkommissar, das konnte Ihr Sohn eigentlich gar nicht wissen, schlicht und einfach ein seltsamer Zufall!«), erwähnte er allerdings nicht.

Der müde Mann legte einen Zehn-Euro-Schein auf den Tisch, seufzte und stand auf. »Adieu«, murmelte er bekümmert. »Und wie gesagt, ich hoffe, dass Sie nicht allzu große Unannehmlichkeiten hatten.«

»Es war eigentlich gar kein Problem«, log Gebhard Otto. »Jedenfalls keines im Vergleich zu den Problemen Ihres Sohnes.« Und das wiederum war die Wahrheit.

Michael Rossié

In München geht man ungern über Leichen!

Wenn das Blut am Kopf nicht gewesen wäre, hätte man glauben können, dass der Mann schlief. Aber er war tot und starrte mit seinen schmalen Augen in den Himmel über der Maximilianstraße. Zweifellos ein Japaner, wie man an der Spiegelreflexkamera und dem Gamsbart erkennen konnte.

Wachtmeister Pierkes machte ein unglückliches Gesicht. Elf Jahre Streife am Niederrhein und nie hatte er zufällig eine Leiche entdeckt. Hier fand er schon am zweiten Tag eine.

Nichts deutete auf ein Gewaltverbrechen hin. Der Japaner lag einfach da und hielt den Verkehr auf.

»Zurücktreten!«, raunzte sein Kollege Hackenströter, der schon vor einem Jahr aus Köln gekommen war, und verscheuchte die zwei älteren Damen, die im *Schumann's* auch nach zwei Stunden geduldigen Wartens keinen Espresso bekommen hatten.

Pierkes wollte gerade die Spurensicherung informieren, als sich ein bulliger Mensch im dunklen Anzug vor ihm aufbaute.

»Der Ministerpräsident muss augenblicklich hier durch. Sofort die Straße frei machen!«

Knappe drei Minuten später lag der tote Japaner im Kofferraum des Streifenwagens und der Ministerpräsident spurte auf direktem Weg in den Münchner Ortsteil Kitzbühel, in dem die wirklich wichtigen Münchner Feste stattfanden.

Die verdutzten Polizisten sahen sich erst an, als vom Ministerpräsidenten nichts mehr zu sehen war.

»Und jetzt?«, sagte Pierkes so leise, als wollte er den Kollegen nicht bei seinen Überlegungen stören.

»Wir legen die Leiche einfach wieder hin«, schlug Hackenströter vor.

»Doch nicht vor die Kammerspiele«, meinte Pierkes. Die Münchner würden wieder an den überteuerten Umbau erinnert. Außerdem wusste man nie, wann da gearbeitet wurde. »Der Tote bleibt vielleicht wochenlang unentdeckt.«

»Wo willst du denn sonst in München eine Leiche hinlegen?« Hackenströter schaute böse. »Hier gelten doch sogar die *Körperwelten* als Leichenschändung!«

Sie beschlossen, einen Platz zu suchen, an dem die Münchner nicht unnötig in ihrem Gefühl gestört werden würden, der Nabel der Welt zu sein.

Das *Resi* schlossen sie aus. Unter dem neuen Intendanten würden die Besucher einen Toten nur für eine Installation halten. Aus dem gleichen Grund schied das Literaturhaus aus. *Käfer* feierte ein »Dinner für Penner«. Da würde man einen vermeintlich Toten im Zweifelsfall noch für originell ansehen.

Und dass man den Opernbesuchern keine Leiche vor die Tür legte, verstand sich von selbst. Schließlich bekam man für den Gegenwert einer einzigen Eintrittskarte in Sachsen bereits ein erschlossenes Grundstück.

»Und wenn wir ihn in die Fußgängerzone bringen?«, fragte Pierkes vorsichtig.

»Ausgeschlossen! Die nennen das hier die ›gute Stube‹ und da hat ja eine Leiche nun wirklich nichts verloren.«

Die Sendlinger Straße ging nicht, da war die Presse. Außerdem konnte man im Blickfeld vom Sommer-Sigi keine Leiche deponieren. Schwabing erwogen die beiden Polizisten nur kurz. Momentan fand sich kaum ein ruhigerer Stadtteil, aber dort gab es keine Parkplätze und sie würden beim Halten ein Verkehrschaos auslösen.

»Und was ist mit dem Viktualienmarkt?« Pierkes gab nicht auf.

»Weißt du, wie man das schreibt?«, kläffte Hackenströter zurück. Damit war das Thema erledigt.

»Maxx-Kino?«

»Keine Chance, da musst du zwei Tage vorher reservieren.«

»Hofbräuhaus?«

»Da gibt's Asiaten, aber die sind in Eile, weil sie noch nach Füssen müssen, um richtige Bayern zu sehen. Die vergessen keinen.«

Nach einer Stunde erfolgloser Recherche fuhren sie zur Isar. Auch hier Fehlanzeige. Ein Grillfest neben dem anderen.

»Tja, wir sind eben in München!«, seufzte Hackenströter zum zweiten Mal und Pierkes begriff allmählich, was das bedeutete.

»Gärtnerplatzviertel geht nicht. Da will man unter sich sein. Die bringen sogar den Hundekot nach Sendling.«

»Nymphenburger Kanal?«

»Der ist gerade mal knietief. Und wenn auch nur einem Karpfen was passiert, dann wird ganz München richtig wütend. Man leidet hier wirklich genug. Das Blau der Trambahnen ist nicht bayrisch, ins P1 kann inzwischen jeder rein und dem OB müssen die Straßentunnel quasi aufgedrängt werden.«

Das Klinikum hielten sie auch für keine gute Idee. Da sie keine Angehörigen waren, bekämen sie den roten Schein nicht, also auch nicht den gelben, der ihnen erlaubt hätte, die Ärztin der Notaufnahme zu sehen. Außerdem waren sie kein Notfall. Tote haben Zeit.

Das Bavariagelände ging gar nicht, weil der Marienhof ja in Köln liegt. Außerdem hatte gegenüber RTL 2 seinen Sitz und die machten dann eine Sondersendung und gruben am Ende den Polizisten aus, dem das Bordell gehörte, dann die gemobbte Hauptkommissarin. Ein viel zu heißes Pflaster.

Die Umgebung des 60er-Stadions fiel aus, weil dann jemand gemerkt hätte, dass da ein unbenutztes Stadion herumstand. Womöglich würde eine neue Hugendubel-Filiale draus. ›Ein Stadion voller Bücher‹.

Die Theresienwiese zogen sie gar nicht erst in Erwägung. Auf Heiligtümer legte man keine Leichen. Schon eine Stagnation der Besucherzahlen der Wiesn wäre eine Katastrophe.

Auch in den Vororten keine Chance. In Fröttmaning waren sie mit dem neuen Stadion gestraft, in Germering mit dem FFB-Nummernschild. Die Garchinger hatten das Atom-

Ei und die Grosshesseloher einen lauten Biergarten. Und Gräfelfing hatte gerade erfolgreich McDonald's abgewehrt.

Das ganze Würmtal schied ohnehin aus, da ihre Chefs dort wohnten. Wer will schon eine Leiche vorm Haus. Unterpfaffenhofen kam nicht infrage, weil das weder Pierkes noch Hackenströter finden würde, genau wie Allach. Letzteres entdeckte man nur, wenn man da war.

Nach Taufkirchen traute sich Hackenströter nicht, weil er sich unweigerlich verfahren würde, und auch Grasbrunn-Neukeferloh würde er niemals freiwillig ansteuern, weil er dann an die vielen sinnlosen Stunden auf der Zulassungsstelle München-Land erinnert wurde.

In Haar waren schon die Verrückten und in Grünwald die ganz Verrückten. Pullach war zu heiß, auch wenn der BND dort wegwollte. Und wenn sie den Japaner nach Unterhaching transportierten, würde jeder daran erinnert, dass es da einen Fußballverein gab. Und wieder ärgerte man sich nur.

In Riem hätten sie die Erfolgszahlen der Messe gefährdet, im Erdinger Moos die des Flughafens, abgesehen davon, dass das Parken so teuer war, dass ein kurzer Halt die Altersversorgung kosten konnte.

Im Hasenbergl gab es keine japanischen Touristen. In Eching durfte die Zufahrt zu Ikea nicht behindert werden und in Unterföhring würde die Produktion von Tabaluga TV nicht fertig. Der Norden schied eigentlich komplett aus, weil alles nördlich des Petuelringes für einen echten Münchner schon zu Preußen gehörte und da waren Pierkes und Hackenströter nicht zuständig.

So sehr sie sich auch bemühten, es wollte ihnen kein Ort für eine Leiche einfallen, als Wachtmeister Pierkes eine Idee kam.

»Wer drin ist, ist drin«, lächelte Hackenströter kurze Zeit später, während sie dem Nachtzug Richtung Norden nachschauten.

Als am nächsten Morgen an der Endhaltestelle Berliner Ostbahnhof ein toter Japaner gefunden wurde, hatte man bereits zwei Stunden später eine dreißigköpfige Untersuchungskommission gebildet. Am Abend schon würde man den Täter präsentieren. Es deutete alles auf die armenische Mafia hin.

In Berlin waren eben Profis am Werk.

Nina George

Augsburger Schatten

»Bei den Frauen gibt es zwei Möglichkeiten: Entweder sie sind Engel. Oder sie leben noch.«

Otto, die Brunzkachel, schaute Emma nach. Emma war jung, gerade von der Schauspielschule abgegangen und im Theater Augsburg untergekommen. Otto war alt und auch auf der Schauspielschule in München gewesen, allerdings als Hausmeister. Jetzt unterhielt der Rentner zu einer der Thekenladys der Kantine im Stadttheater Augsburg ein Verhältnis – eins von der Art, das nur dann beginnt, wenn eine Frau einfach zu genervt vom dauernden Werben ist, ihn schließlich gewähren lässt und den Mann dann für immer an der Backe hat.

Raguel sah Otto an, aber dieser sah ihn nicht. Raguel folgte Emma aus der Kantine, die Treppen hoch, durch den schmalen Gang in die Katakomben der unteren Bühne. Er hatte sich angewöhnt, keinen Schatten an die Wand zu werfen, denn er war selbst ein Schatten. Auch wenn er den Namen eines Engels trug.

Raguel, der siebente erschaffene Engel Gottes, der Racheengel. Raguel trug seinen Namen – das Einzige, was ihm gehörte – allerdings mit anderem Ansinnen: Er rächte nie. Er schaffte einen Ausgleich.

Das war etwas anderes.

Seit einem Jahr lebte er mit Emma, ohne dass sie ihn bemerkte.

Er war ihr heimlicher Untermieter, das Phantom, der tagscheue Parasit. Er benutzte ihre Zahnbürste und ihr Parfüm, er trank von ihrer Halbfettmilch und roch an ihrer Yogamatte. Er rieb sich mit den Taschentüchern, in die sie nachts weinte, das Gesicht, um ihre Tränen in sich aufzusaugen.

Manchmal war das Kissen ihres Bettes noch warm, wenn er sich hineinlegte, und ganz selten hatte er ihre Unterwäsche mit der Hand gewaschen. Doch sie wusste nicht, dass er da war, denn er kam nur, wenn sie gegangen war.

Wolfsmenschen waren Schatten wie er mal genannt worden – Couchtouristen, die unerkannt, heimlich, unerlaubt in fremden Wohnungen lebten, wenn ihre Besitzer nicht da waren. Tagsüber, bei der Arbeit, im Kino, auf einer Lesung, beim Zahnarzt. Dann kamen sie.

Raguel war kein Wolf, vielleicht aber ein Mensch. Er mochte Wölfe nicht, er mochte ihre Rudel nicht, ihre Reviertrotzigkeit, ihr Leben nach Instinkt. Er lebte wie ein Numbat in Menschengestalt, ein fuchsähnliches Tier, das in fremden Höhlen haust. Ohne Habe, ohne Haus, von kleinster Kindheit an gewöhnt, von der Hand in den Mund zu leben und den Kopf auf fremde Kopfkissen zu legen.

Früher hatte er nie verstanden, warum sein Bruder Barachiel, der den Namen des Helferengels trug, ihn zur Ordnung erzogen hatte und sie so oft umziehen mussten. Als Barachiel ging, verstand Raguel. Sie waren überrascht worden von dem Besitzer der Altbauwohnung in der Jesuitengasse, in der sie Monate gelebt hatten, ohne wahrgenommen zu werden. Raguels Bruder war krank gewesen, hatte nicht gespürt, wann es Zeit war zu verschwinden, in eine andere Höhle, die ihnen nicht gehörte.

Der Mann hatte seinen Bruder erschlagen. Mit einem Eisen sieben. Der Golfschläger hatte die weiche Stelle im Nacken getroffen und das Rückenmark vom Gehirn getrennt. Während sein Bruder langsam starb, brachte Raguel seinen Mörder um. Mit seinen Kinderhänden hatte er sich in die Augen des Mannes gekrallt, der zu früh nach Hause gekommen war, und sie ihm nach innen gedrückt, bis die Augäpfel an ihm vorbeischwammen und über das Parkett platschten. Der Golfer war noch vor Barachiel tot.

»Verlass mich nicht«, flehte Raguel seinen Bruder an, legte sich neben ihn, in das fremde Bett.

»Sei ein Schattenengel«, forderte Barachiel ihn auf, »zeig

dich nie, misch dich nicht ein, bleib allein. Jeder lebt allein, jeder stirbt allein.«

Am nächsten Morgen erwachte Raguel in einem fremden Leben und wurde gewahr, dass es ihm gehörte.

Er flüchtete, panisch, und ließ die beiden Toten zurück.

Er war allein. Wie alle da draußen, die nicht wussten, dass er unter ihnen lebte, ihr Leben kannte, ihre Eigenheiten, Tagebücher, Computerpasswörter und Sexspielzeuge.

Bis Raguel Emmas Numbat wurde, hatte er in vielen fremden Höhlen gewohnt. Am Anfang war er gierig gewesen. Er hatte Kühlschränke leer gegessen und Videorekorder manipuliert, Uhren verstellt und Dinge versteckt. Die meisten dachten, es läge an ihrer Unordnung, wenn sie etwas nicht wieder fanden, doch es lag an ihm, dem Numbat in Ausbildung. Wer weiß, wie viele Numbats es gab, die in den Fremdhöhlen den Anschein erweckten, der Bewohner leide unter Vergesslichkeit, weil sie nicht wussten, wo sie Brille, Schal oder Schlüssel hingelegt hatten? Die sich fragten, warum das Toilettenpapier immer zum Wochenende ausging oder die Tintenpatrone, die sich wunderten, wo das Feuerzeug lag oder warum das Fenster gekippt war. Wenn sie sich nicht selbst der Demenz bezichtigten, dann war eben der Ehemann schuld, wenn der Nippes von den gehäkelten Decken fiel oder die Kissen mit Kniff verrutscht waren. Darin waren die ›Obsessoren‹, wie Barachiel die ›sichtbaren‹ Menschen nannte, gut: Am liebsten dem Lebensgefährten die Schuld an Kleinigkeiten geben.

Raguel konnte sich nur selbst Schuld an allem geben, was nicht gelang.

Später wurde er gelassener. Er nistete sich nirgends ein, wo Menschen spüren konnten, dass jemand anderer da gewesen war, und ungern bei Pärchen; er mochte es nicht, wenn er Streits provozierte, für die keiner der beiden was konnte. Aber es gab Obsessoren, die ahnten, dass er sie besucht hatte. Die Staubpartikel tanzten anders, die Luft schmeckte verbraucht, die Kühlschränke tickten lauter.

Noch etwas vermied Raguel: in die Höhlen von Menschen

mit Todessehnsucht zu kriechen. Er roch es, dass sie sich vom Leben verabschiedeten, und das machte es ihm umso schwerer, sein eigenes Leben zu mögen.

Raguel war an einem Heiligabend als Numbat in Emmas Höhle gekrochen. Alle Numbats waren an großen Feiertagen unterwegs, um sich Höhlen zu suchen, während deren Bewohner und ihre Verwandten so taten, als hätten religiöse Feste mehr zu bedeuten, als Geschenke herzugeben und sich zu streiten.

Emma hatte es sich nett gemacht, rote Weihnachtssterne an die Fensterscheibe geklebt, einen Kranz geflochten und ihn mit Silberstaub behaucht. Raguel ahnte, dass sie Weihnachten bei ihren Verwandten sein würde. Er nahm sich einen Schlüssel von dem Bord, betrachtete ihn und verbrachte den 24. Dezember damit, sich einen Nachschlüssel zu feilen. Als die Glocke von St. Ulrich und Afra zur Abendmesse geleitete, hatte er ihn fertig und lauschte in die Nacht. Da gab es diesen einen Moment, jedes Weihnachten, wenn alles schwieg. Und nur das Seufzen der Sehnsüchtigen das Herz streifte.

Der Moment ging vorbei, Augsburg lebte weiter. Und Raguel wohnte seitdem bei Emma.

Emma, die Schauspielerin. Er beobachtete sie beim Leben wie ein Zaungast, der ein seltenes, exquisites Tier beobachtet, aber nicht anfasst, aus Angst, ihm zu verfallen. Oder war er der Ausgeschlossene, eingeschlossen in seinem Sein? Wer beobachtet, darf nicht mitmachen. Was sprach dagegen, Emma auf der Straße zu begegnen, im *Centro* auf der Maximilianstraße, am Kusee, oder in den Hallen hinter der Annastraße beim Feinkoststand an sie zu rempeln und sie zu einem Filmabend ins *Liliom* einzuladen? Einmal war er versucht, mit ihr vor dem Medienzentrum in Lechhausen eine Diskussion über die *Aphrodite* der Lüpertz-Skulptur anzufangen – doch wie hätte er beginnen sollen: »Fühlen Sie sich auch manchmal so ungeliebt, weil Sie nicht dem Schönheitsideal entsprechen?« Nein.

Sie spielte auf der großen Bühne am Kennedyplatz kleine

Rollen, aber beim JTT, dem *Jungen Team Theater*, da kam sie groß raus, auch wenn sie die älteste der jungen Schauspieler war. In den alten Gewölben, die dem Theater jahrelang als Fundus gedient hatten, hatte Raguel auch schon einmal einige Monate gehaust. Er kannte sich aus in den Gängen und Schluchten des Theaters Augsburg und seiner Nebenbühnen. Jetzt war aus der Requisitenmüllhalde der *E.T.A.-Hoffmann-Keller* geworden, mit dem längsten Tresen Augsburgs.

Ihm erschienen Schauspieler manchmal wie die Lichtgestalten von Numbats. Auch sie lebten in fremden Höhlen, taten so, als ob sie jemand anderer wären. Sie waren Raguels Wahlverwandte, aber da er sich irgendwann doch in Emma verliebt hatte, sprach alles dagegen, sie als Schwester zu sehen. Und wenn doch, dann nicht als seine eigene.

Warum er sich in Emma verliebte? Niemand aß wie sie gleichzeitig Kuchen und Honigmelone. Die Gedichte in ihren Tagebüchern waren das Zärtlichste, was er je gelesen hatte. Er mochte ihre Sommersprossen und die Art, Eselsohren in ihre Bücher zu knicken. Und wenn sie Kekse gebacken hatte, duftete es nach Zuhause in der Dominikanergasse. Selbst mit ihrer Katze Brecht hatte er sich angefreundet. Brecht wartete an der Tür, als ob er ahnte, wann Raguel kam. Raguel lebte mit Emma, aber nur die Katze kannte sein Gesicht. Raguel kannte Emma, weil er den Nachhall ihrer Aura wahrnahm, und er vermochte an der Stimmung in der Wohnung zu erkennen, wie es ihr ging. Er spürte, ein Geheimnis verbarg sie noch vor ihm. Da war diese tiefe Verlorenheit, die er schon bemerkt hatte, als er Kinderbilder von ihr angesehen hatte. Auf keinem der Fotos lächelte sie. Sie war gern allein wie er, aber warum war sie es? Er kannte seinen Grund, doch welchen hatte sie?

Er wünschte sich, Emma würde ihn entdecken und sofort erkennen, dass er es war, der ihr die ganzen Jahren gefehlt hatte.

Aber er blieb unsichtbar. Es war zu gefährlich. So konnte er immer bei ihr bleiben und im Stillen für sie sorgen. Sie würde ihn nicht wegschicken, denn sie wusste nicht, dass er da war.

Oder?

Manchmal fand er ihr aufgeschlagenes Notizbuch auf dem Küchentisch, mit Fragen, kleinen Geschichten, als ob sie Nachrichten an ihn verfasste. War das möglich? Durfte er zurückschreiben? Nein. Bleib allein, sonst wirst du allein gelassen. »Werde ich jemals geliebt werden, so wie ich bin?«, lautete eine der drängendsten Fragen Emmas und er hätte gern ein einfaches Ja dahinter geschrieben.

Er war seiner Theaterfamilie, für die er seit Jahren unsichtbar geblieben war, ebenso nahe gerückt wie Emma. Dem Inspizienten hatte er an seinem Pult neben der Bühne das Leselicht verstellt. In den Kabinen, die den Hauptdarstellern vorbehalten waren, Haken aus der Wand gedreht. Einmal hatte er einer Maskenbildnerin geholfen, die eine Perücke knüpfen musste, es aber nie bis zur Premiere von *Annie Get Your Gun* geschafft hätte.

»Ein Wunder«, hatte sie gemurmelt, »wie kann ich so schnell sein?«

Er würde nie im Scheinwerferlicht leben. Immer nur als Schatten, als Schattenengel, aber hatten Engel Schatten? Die Perücke war blond gewesen. Wie sein Haar. Raguel hatte einige Haare von sich eingefügt. Wenigstens die sollten mal auf der Bühne stehen.

Er hatte bei solchen Tätigkeiten gemerkt, dass es ihm fast so was wie ein Gefühl der Dazugehörigkeit gab, seinen Wahlverwandten zu helfen, während sie nicht wussten, warum es ihnen besser ging. Er half auch Emma. Putzte. Gab der Katze Futter. Wärmte das Bad vor. Reparierte den Boiler und entlüftete die Heizung. Zupfte Haare aus dem Abfluss.

Nur nachts, da musste er Emma allein lassen. Im Sommer schlief er auf dem Dachboden über ihr, im Winter musste er sich Wohnungen von Nachtportiers und Gebäudeschützern suchen.

Als das JTT *Lilith oder Warum wir keine Flügel haben* zu

proben begann, folgte er Emma häufig ins Theater, anstatt in ihrer Wohnung aus ihrem Wegsein zu trinken. Merkwürdige Geschichte, diese Sache mit Lilith: Zwei Engel wurden beauftragt, Lilith zurückzuholen, nachdem sie sich mit Adam gefetzt hatte und sich eine Auszeit von dem Typen gönnte. Bevor sie jedoch zurückgebracht wurde, hatte aber bereits Eva das Paradies betreten. Die erste Frau Adams, von den meisten Bibeln totgeschwiegen, hatte keinen Mann mehr.

Es war selbstverständlich, dass Emma die Lilith spielte. Sie hatte auch keinen Mann. Die paar Mal, die einer versucht hatte, sich sichtbar in Emmas Leben zu schleichen, hatte Raguel für ›Ausgleich‹ gesorgt. Liebesbriefe der Verehrer ließ er verschwinden. Ihre Hosen, sollten sie sie tatsächlich mal in Emmas Gegenwart ablegen, trennte er auf. Ihre Nachrichten auf dem Anrufbeantworter löschte er genauso wie ihre E-Mails.

Nicht, dass er ihr kein Glück gegönnt hätte. Nein. Er überprüfte die Werber um Emmas Gunst, folgte ihnen zu ihren Wohnungen und lebte ein paar Tage mit ihnen, um herauszufinden, ob sie gut genug für seine Emma waren.

Es widerte ihn an. Die Pornosammlungen und Spinnennester unter dem Bett, die Adressbücher voller Frauennamen. Wäschehaufen unter dem Waschbecken, Klopapier als Kaffeefilter. Ab und zu versteckte Raguel Dinge, die den Typen wichtig waren. Kontoauszüge. Den Zettel mit PIN-Nummern. Die Terminkalender. Oder er tauschte die Klingen an ihren Rasierern. Fast alle Männer hoben verbrauchte Klingen auf, das hatten sie davon.

Emma mochte keine Männer mit Rasierwunden.

Er war der Engel und er würde Lilith da wegholen. Nein, Emma. Sie hieß Emma. Das durfte er nicht vergessen.

Natürlich hatte Emma auch Verehrer im Theater. Otto war einer davon. Aber harmlos, nur seine Blicke folgten ihr. Hätte er es je gewagt, Hand an sie zu legen, hätte Raguel ihm alle Finger gebrochen. Manchmal fragte er sich jedoch, ob er nicht auch wie Otto enden würde: nicht gewollt, aber so lange stoisch um ein Ja bemüht, bis sich eine Frau aus

Langeweile fügte. Aber nicht ihn meinte, sondern nur das, was sie mit ihm los war: ihre Einsamkeit.

Mit Emma fühlte sich Raguel nicht einsam. Für ihn war sie alles. Sein Zuhause. Seine Liebe. Was jemand Emma tat, tat er ihm.

Kleine Sünden bestraft der liebe Gott sofort, große erst später? Raguel konnte darüber lachen. Er sühnte kleine Sünden, denn er war der Racheengel. Dreiundzwanzig Jahre alt, wie Emma, das wusste er, weil er jedes Weihnachten eine weitere Rune in seine Wade ritzte, wie es ihm sein Bruder Barachiel gezeigt hatte.

Doch dann geschah etwas mit Emma, ohne dass er es verhindern konnte. Alles wurde trauriger um sie herum und sah so aus, als ob ein verängstigtes Kind es betrachtete und sich von hier wegwünschte. Raguel konnte sich nicht erklären, was mit Emma passierte. Er wusste nicht, wie man sich als Kind fühlte.

Einmal war er zu spät gekommen, um einen ihrer Verehrer zu sehen, ihm zu folgen und zu demontieren – doch er roch, dass ein Mann da gewesen war. Es roch nach käsigem Schweiß und weiblicher Angst. Der Flur trug Spuren eines Kampfes, wie wenn sich ein schwerer Körper an einen zerbrechlichen gedrückt hatte, der ihn nicht spüren wollte. Raguel war voller Verzweiflung ins Schlafzimmer gelaufen – doch hier roch er nichts. Der Mann hatte nicht getan, was er hatte tun wollen.

In Emmas Notizbuch stand nur ein Satz: *Bitte nicht noch einmal.*

Die Seiten strömten denselben Geruch aus wie die Wohnungen der Selbstmörder.

Raguel weinte, das erste Mal in seinem Leben, und fragte sich, woher all das Wasser kam.

Und dann sah Emma ihn. Eines Vormittags saß er in der Mitte der Bühne des Hoffmann-Kellers und dachte sich: Da wo ich jetzt sitze, hat Emma mit ihren Füßen gestanden.

Da kam sie herein. Sie schluchzte, fing sich aber, ganz Bühnenprofi, und fragte ihn, was er dort tue.

»Ich atme«, sagte er.

»Weil Sie müssen?«, fragte sie.

»Nein. Weil ich will«, sagte er.

Sie nickte, als ob sie verstanden hätte, selbst jedoch nur noch atme, weil sie musste, nicht weil sie es noch wollte. Er wollte, dass sie weiterredete, denn er hatte noch nie ihre Stimme gehört. Raguel fieberte nach einer Frage, die er stellen konnte, aber er war es nicht gewohnt, mit Menschen zu reden.

Ihm fiel nur Emmas Frage aus dem Notizbuch ein.

»Ja«, sagte er.

»Was, ja?«, fragte sie und wollte auf ihn zugehen.

Er hob eine Hand. Sie blieb sofort stehen, bewegungslos. Sein Gesicht lag im Schatten.

»Du wirst geliebt, so wie du bist«, sagte er und seine Stimme kam ihm fremd und ungelenk dabei vor.

Emma begann zu schreien. Sie schrie nach innen, er sah es an ihren zuckenden Schultern, die sie gleichzeitig hochzog und beben ließ.

»Keiner liebt mich, so wie ich bin. Sie lieben sich ja nicht mal selbst, so wie sie sind«, brach es aus Emma hervor. Ihre Zungenspitze haschte nach einer Träne auf der Wange.

Er wollte aufstehen. Er wollte zu ihr gehen und sie in den Arm nehmen, sie halten und wiegen und in ihr Ohr brummen, kleine Numbatbrummer, und ihren Nacken streicheln. Er hatte nie einen anderen Menschen umarmt als seinen Bruder und er wusste, es würde ihm sein Leben nehmen, so wie er es kannte. Wäre er im Licht, wo bliebe dann seine Allmacht, alles zu tun im Leben fremder Menschen? Was würde mit ihm geschehen, wenn er nicht mehr unsichtbarer Teil wäre, sondern sich eine eigene Existenz schaffen müsste? Und nicht mehr allein entscheiden konnte, zu wessen Leben er gehörte – weil die Menschen ihn nicht reinließen, weil er nicht genügte, weil er einfach zu sehr er selbst war? Kam nicht infrage.

Deshalb blieb er sitzen, mitten unter den roten Lichtern.

»Hier hast du dich versteckt. Warum läufst du vor mir davon?« Ein Mann erschien hinter Emma auf der Bühne.

»Geh weg«, sagte Emma und lief an dem Mann vorbei. Er langte nach ihr und hätte er sie berührt, wäre Raguel zu ihm geflogen und hätte ihm das Fleisch vom Skelett gezerrt.

Aber Emma entkam dem fetten, behäbigen Mann, nicht jedoch seinem Lachen und dem Nachsatz: »Es wird wie früher sein, glaub mir.«

Das war nicht irgendein Mann. Das war der, nach dem Emmas Flur gerochen hatte.

Raguel folgte ihm.

Dann wusste er, wo der Mann wohnte.

Bei den Proben wurde Emma fahrig. Die Lilith entglitt ihr. Die Komödie geriet zur Farce, denn in Emmas Leben war es ernst geworden. Sie konnte nicht mehr in eine andere Hülle schlüpfen, sondern war selbst zu einer geworden. Innerlich erfror sie.

Raguel erkannte die Stimme des Mannes, der immer wieder versuchte, sie zu sehen. Sein Kommen ankündigte auf dem Anrufbeantworter: »Morgen, morgen bin ich bei dir, dann sehen wir uns endlich wieder. Hast du mich vermisst? Wirst du dann endlich da sein?« Die Stimme klang alt, tückisch und reulos.

Emma war nie da, wenn der Mann klingelte. Raguel beobachtete ihn, ein Mann wie tausende, denen man ihre Sünden nicht ansieht.

Dann montierte Raguel die Klingel ab.

Raguel schlüpfte jetzt auch nachts zu Emma in die Wohnung, um über ihren Schlaf zu wachen. Er deckte sie zu, wenn sie sich freigestrampelt hatte. Als sie vor der Premiere von *Lilith* im Traum leise wimmerte, brach es ihm das Herz.

Er beschloss, den Mann, der seine Emma im Schlaf zum Wimmern brachte, zu töten. Er tat es noch in derselben Nacht. Der Mann wehrte sich kaum, als Raguel ihm das

Kissen auf das Gesicht drückte, die Arme wurden schlaff, die Seele floss aus dem Körper. Während der Stunde der Seelenwanderung hielt Raguel Wache.

Dann fiel ihm schließlich ein, an wen das Gesicht des Mannes, jetzt ganz friedlich und erlöst, ihn die ganze Zeit erinnert hatte: an Emma.

Die Nachricht erreichte sie während der Generalprobe.

»Dein Vater ist tot«, sagte ihre Mutter am Telefon. »Fast gönn ich es ihm, dem alten Hund. Was er dir angetan hat. Man hätte ihn dafür kastrieren sollen. So ist er einfach erstickt. Einer hat ihn umgebracht, Emma, einfach so. Späte Rache, wer weiß, du wolltest ja nie gegen ihn aussagen. Wusstest du, dass er inzwischen in Augsburg wohnte, in der Heilig-Kreuz-Straße?«

»Nein«, log Emma.

Sie wurde als Lilith gefeiert. Raguel begleitete sie nach Hause, unbemerkt. Er würde noch eine Weile bei ihr bleiben als ihr Schattenengel. Den Mord an ihrem Vater würde er damit sühnen, ins Licht zu treten und ein eigenes Leben zu leben. Anderen die Entscheidung zu überlassen, ob er zu ihnen gehören durfte.

Doch das hatte noch etwas Zeit.

Sie wimmerte nicht mehr im Schlaf. Sie wurde schöner und schöner. Manchmal schlug sie im Traum die Augen auf, sah ihn an. Wenn sie danach wieder einschlief, tat sie es mit einem Lächeln.

Vielleicht schrieb er morgen etwas in ihr Notizbuch.

Oder vielleicht auch erst in ein paar Jahren.

Richard Dübell

Ein Landshuter Spesensatz

»Ich hoffe, Sie mögen moderne Architektur?«, fragte der Mann auf meinem Besucherstuhl.

Ich wendete den Geldschein, den er mir über den Schreibtisch geschoben hatte, von einer Seite zur anderen. »Ich mag auch die Farbe Lila«, sagte ich.

Mein Besucher war mir nicht unbekannt. Er stammte aus einer der ältesten Familien Landshuts und es hieß, er sei schon sagenhaft reich gewesen, bevor er mit dem Zusammenbruch der Dotcom-Firmen sein Vermögen verhundertfachte. Sie wissen schon – diese Sache, bei der alle anderen ihr Vermögen verloren haben. Weder die Presse noch das Finanzamt oder die Börsenaufsicht hatten ihm damals Manipulationen nachweisen können; was selbstverständlich nur bedeutete, dass er schlauer war als die Schnüffler und Beamten. In der jüngeren Vergangenheit war er als Wohltäter aufgetreten und hatte mehr Geld in den Denkmalschutz unserer Stadt investiert, als es gebraucht hätte, um das ganze Kaff neu aufzubauen. Jetzt saß er da auf meinem billigen Besucherstuhl, ein Kerl mit dem Gesicht einer Bulldogge, die seit Jahrzehnten alle Rivalen in ihrem Territorium bezwungen hat, die Augen unter Brauen verborgen, die so borstig waren wie ein neuer Rasierpinsel, und schaute mir zu, wie ich mit dem Geldschein spielte. Er wusste, dass er mich hatte, und er wusste, dass ich es wusste, was nicht das Geringste an der Sache änderte. Die Zeitungen schrieben letzthin nur noch in den süßesten Tönen von ihm: Christian Leutgeb, der Retter unserer Stadt, der Gönner mit dem goldenen Herzen, der Philanthrop, der selbst auf dem Pissoir noch Rosenwasser produzierte. Zeitungen sind vergesslich, und außerdem gehörten ihm inzwischen die meisten davon.

»Peter Bernward, Privatermittler«, las er die Schrift auf meiner Karte vor. »Wie ernst ist es Ihnen mit dem Wörtchen ›privat‹?«

»Schauen Sie ins Guinness-Buch unter *Weltrekord im Klappehalten*. Da steht mein Name.«

Er betrachtete mich stumm. Entweder stand es mit seinem Humor nicht zum Besten oder der Blick, der mich fühlen lassen sollte, dass ich etwas war, was er gerade an seiner Schuhsohle entdeckt hatte, gehörte zu seinem Standardrepertoire. Ich bemühte mich nach Kräften, mich nicht so zu fühlen.

Leutgeb stand auf und trat ans Fenster. Ich wünschte mir nicht zum ersten Mal, mein Büro wäre nicht so eng, dass es vom Besucherstuhl bis zum Fenster eigentlich nur ein langer Schritt war, aber zum ersten Mal wünschte ich es mir angesichts eines Besuchers in meiner Bude. Im Regelfall fühlen sich die Klienten eines Privatschnüfflers schäbig, wenn sie vor ihm sitzen. Das schien sich heute auf die Gegenseite verlagert zu haben. Ich sah ihm zu, wie er die Hände auf dem Rücken zusammenlegte, zum Fenster hinausspähte und keine Schwierigkeiten damit zu haben schien, dass die Stille im Raum immer dicker wurde.

»Friedlicher Ausblick«, sagte er schließlich.

»Das machen die Gartenzwerge«, erklärte ich. »Schauen Sie nicht zu genau hin, einer meiner Nachbarn hat einen exhibitionistischen Zwerg im Garten stehen. Er trübt die Idylle ein bisschen.«

Ich musterte sein Halbprofil. Ich wusste, dass er nicht in die Ansammlung fantasielos gestalteter Gärten blickte, die sich unter dem Giebelfenster meines Büros als Schachbrett der Mittelmäßigkeit aneinander reihten. Aus dem Büro nebenan hörte ich leise ein rhythmisches Pochen. Ich hätte es für etwas anderes gehalten, wenn ich nicht gewusst hätte, dass der erfolglose Grafiker auf der anderen Seite der Mauer einen Tennisball gegen die Wand warf, wenn er mit der Arbeit nicht weiterkam. Leutgeb starrte über die Dächer der Siedlung bis dorthin, wo sich die Türme des Martinsdoms und der Jodokskirche aus der Silhouette der Stadt erhoben und, wie ein Schatten darüber, der dunkle Höhenrücken der Isarhangleiten.

»Es geht um meine Frau. Ich glaube, sie hat einen Liebhaber. Ich will Beweise, bevor ich sie zur Rede stelle.«

Ich nickte. Er schien es zu sehen, obwohl er sich nicht umgedreht hatte.

»Es ist Ihre Arbeit, solche Beweise beizubringen.«

»Wenn nichts anderes gewünscht ist, pflege ich Fotos zu machen.«

»Was sollte anderes gewünscht sein?«

»Die Wünsche meiner Kunden sind mir Befehl.«

Er grunzte. »Ich wünsche jedenfalls nicht, dass Sie ... nun ... dass Sie ihr ...«

»Sie möchten nicht, dass ich Ihrer Frau dabei zuschaue, wie sie's mit einem anderen treibt.«

Leutgeb drehte sich mit einem Ruck um und fixierte mich, und ich verwandelte mich in etwas, was er nicht einmal an der Schuhsohle haben wollte. »Ich nehme an, Sie empfinden Ihre Indiskretion als belustigend.«

Ich seufzte. »Ich kann eine versteckte Kamera mit einem Bewegungssensor koppeln und beides so programmieren, dass in bestimmten Zeitabständen automatisch ein Bild geschossen wird, sobald der Sensor die erste Bewegung wahrgenommen hat. Auf den Chip passen über zweihundert Bilder. Ich kann den Chip mit einem Passwort, das nur Sie kennen, vor dem Lesezugriff schützen. Damit ist sichergestellt, dass ich meine schmutzigen kleinen Fantasien nicht an den Bildern befriedige.«

»Sie haben keinen Grund, jetzt beleidigt zu ...«

»Voraussetzung ist jedoch, dass ich vorher schon den Ort kenne, an dem sich Ihre Frau mit ihrem Liebhaber trifft.«

»Das zumindest ist einfach.« Er bleckte die Zähne. »Ich habe hunderttausende in das verdammte Ding gesteckt, weil meine Frau sich wünschte, dass ich es sanieren lasse.«

»Die Leutgeb-Villa«, sagte ich.

»Es heißt Gartenschlösschen.«

»Das war, bevor Sie hunderttausende in das verdammte Ding steckten, um es zu sanieren.«

»Die Übergabe an die Stadt erfolgt erst nach der Bürgermeisterwahl. Meine Frau hat einen Schlüssel. Sie wird wahrscheinlich morgen dort sein. Schaffen Sie das?«

»Nennen Sie mir nur rechtzeitig einen Ort, an dem ich Sie übermorgen treffen kann, um Ihnen den Chip zu übergeben.«

Leutgeb riss sich mit einem Ruck vom Fenster los. Ich wusste, dass man von hier aus bei schönerem Wetter die kleine Barockvilla auf ihrem exponierten Platz auf dem Kamm der Isarhangleiten hätte sehen können. Mein Besucher stapfte zur Tür. Ich hielt den Geldschein hoch. »Der übliche Landshuter Spesensatz für Schnüffler lautet zweihundert pro Tag«, sagte ich. »Zusammen mit dem Chip sind das zweihundertachtzig.«

Leutgeb sah mich unbewegt an. »Der Rest ist für Ihre Unannehmlichkeiten.«

Ich bekam die Kneipentür nur auf, indem ich sie einem Kerl, der dahinterstand, so lange ins Kreuz drückte, bis er beiseite trat. Die Luft war so dick wie vierzehn Tage alte Socken. Ich kämpfte mich zum Tresen durch und eroberte einen unbequemen Stehplatz zwischen zwei Parfümwolken. Die Parfümwolken betrachteten mich von oben bis unten. Eine von ihnen begann zu lächeln.

»Kennen wir uns?«, schrie sie mir ins Gesicht. »Ich bin Johanna. Catwalk-Queen, Sie wissen schon.«

Ich starrte sie an.

»Catwalk-Queen – mein Geschäft … unter den Bögen. Meine Freunde nennen mich Gianna.«

»Ich bin vom Finanzamt«, sagte ich. »Haben Sie Ihre Steuern bezahlt?«

Sie wandte sich ruckartig ab und ich bekam eine Chance, meine Bestellung aufzugeben. Das Gesicht des Wirts leuchtete auf.

»Peter!«, rief er. »Weiß Hans, dass du hier bist? Wie lange bist du schon da? Was sagst du zu dem Almauftrieb hier?

Hast du diese Bude jemals so voll gesehen? Was hältst du von meinem Plakat?« Er brauchte ungefähr eineinhalb Sekunden, um die fünf Fragen zu stellen.

Ich folgte seinem Fingerzeig. Über dem Tresen hing quer aufgespannt ein mit mehr Begeisterung als Sachkenntnis gebasteltes Plakat. HANS IRLICHER – OBERBÜRGERMEISTER, las ich. Die Initialen waren vergrößert und bunt: H I O B. Der Wirt strahlte.

»Tolles Wortspiel«, sagte ich.

»Äh?«

»Vergiss es. Was für einen Wein kannst du mir empfehlen?«

Er beugte sich über die Theke, um ein Geheimnis mit mir zu teilen. »Ungarischen Roten. Super Traube.«

»Wie heißt er?«

»Woher soll ich das wissen? Mein Nachbar hat einen Cousin, der arbeitet als Matrose auf einem Donaulastkahn. Der schmuggelt das Zeug in Containern aus Ungarn raus. Ein Wahnsinnsgesöff.«

»Bring mir 'n Pils«, sagte ich.

Er begann, am Zapfhahn zu hantieren, und schüttelte dabei den Kopf. »So ein Rummel«, sagte er und wiederholte: »Hast du diese Bude *jemals* so voll gesehen?«

Ich lehnte mich mit dem Rücken an die Bar und betrachtete das Volk, das sich langsam durcheinander mischte. Die Bewegung hatte ein Ziel: eine Gruppe Menschen unterhalb des Fernsehapparats. Die Kiste war eingeschaltet, ein Musiksender zeigte einen dicklichen, blonden Burschen mit nachlässiger Rasur und einem Hemd, das länger war als seine Jacke und farblich zu nichts passte, was er trug.

Jemand wühlte sich aus der Menschentraube heraus, spähte durch den Raum und kniff die Augen zusammen, als er mich erblickte. Dann arbeitete er sich zu mir durch. Das dauerte eine Weile, weil er auf dem Weg zu mir zwei Dutzend Hände schütteln musste.

»Ist das dein Bier?«, fragte er schließlich atemlos.

Ich nickte. Er schnappte sich das Glas und trank es halb aus. Dann stöhnte er und schloss die Augen. »Den halben

Abend trinke ich schon Prosecco mit irgendeinem süßen Bockmist drin. Mein Hals klebt zusammen.«

»Kir royal«, sagte ich. »Da, wo man richtig modern ist, war er vor ungefähr zehn Jahren in.«

»Noch einen Lord Mayor Energizer, Hans?«, schrie der Wirt.

»Was soll denn das sein?«, fragte ich.

Hans Irlicher sah mich an. »Da, wo man richtig modern ist, nannte man ihn vor zehn Jahren Kir royal.«

»Ich werde alt«, sagte ich.

»Bring uns beiden noch ein Pils. Ich freue mich, dass du gekommen bist, Peter.«

Hans blickte sich um und fuhr sich dabei gleichzeitig über die Augen. Sein Blick fiel auf die Parfümwolke, die mit den Lidern klimperte und Anstalten machte, ihn in ein Gespräch zu ziehen.

»Das ist Gianna, die Catwalk-Queen«, sagte ich. »Sie hat ihre Steuern bezahlt.«

Die Parfümwolke erdolchte mich mit einem Blick und drehte uns den Rücken zu. Hans zuckte mit den Schultern.

»Die eine Hälfte hier unterstützt mich, weil sie dem jetzigen Amtsinhaber eins auswischen will. Die andere Hälfte unterstützt eigentlich meinen Konkurrenten, ist aber nach den letzten Umfragewerten zu mir übergelaufen, weil sie auf der Gewinnerseite enden will.«

»Schön, wenn man sich auf so viele Leute verlassen kann.«

»Ich möchte mich auf dich verlassen. Hast du dir mein Angebot überlegt?«

Ich sah zu Boden.

»Komm in mein Team. Du bist der Einzige, dem ich wirklich vertrauen kann. Wir beide können aus dieser Stadt was machen und den Filz ein für alle Mal ausräumen.«

»Der neue Oberbürgermeister und sein Kofferträger.«

Er sah mich betroffen an. »Du weißt, dass ich dich nicht als das sehe.«

Ich winkte ab. »Wie hoch wirst du die Wahl gewinnen? Hundert Prozent der Stimmen?«

»Solange mich nicht noch im Endspurt jemand mit Dreck bewirft ...«

»Du hast doch ’ne blütenweiße Weste.«

»Darauf sieht man den Dreck viel leichter.«

»Armer Kandidat. Dein Pils geht auf meine Rechnung.«

»Kann ich auf dich zählen, Peter?«

Ich trank mein Bier aus und gab das leere Gefäß dem Wirt. Er stellte die neuen Gläser vor uns auf den Tresen. Ich zupfte an dem papierenen Tropfenfänger am Fuß meines Glases.

Irgendwo rief jemand, dessen Stimme sich über den Lärm erhob: »... eine Scheißüberraschung erleben, verlasst euch drauf!«, und eine andere Stimme kreischte vor Entzücken. Ich wandte mich um und musterte die Leute.

»Mein Spesensatz beträgt zweihundert plus Auslagen«, sagte ich.

Hans starrte mich an. Sein Humor war heute so stark entwickelt wie das Bruttosozialprodukt von Mosambik. Ich seufzte und legte ihm eine Hand auf die Schulter. »Wenn du mich rufst, komme ich. Ich habe die Schnauze sowieso voll von meinem Job. Nur noch ein letzter Auftrag.«

»Mit dir an meiner Seite ist das Rennen um die Wahl gelaufen«, erklärte er und lächelte zum ersten Mal aus vollem Herzen. Wir tippten die Gläser aneinander. Hans trank sein Glas leer und stellte es zurück.

»Ab jetzt nur noch Wasser für mich«, sagte er zum Wirt. »Schütt irgendwas rein, damit es nach diesem Drink aussieht.«

»Lord Mayor ...«

»Genau. Ich will nicht morgen in der Zeitung eine Spekulation darüber lesen, ob ich in den letzten Tagen zu viel getrunken habe oder ob ich keinen Alkohol vertrage oder ob die städtischen Brauereien es sich doch nochmal überlegen sollten, mich zu unterstützen.«

Er knipste ein Lächeln an, das zu viele Backenzähne zeigte, und stürzte sich wieder ins Gewühl. Die Parfümwolke sah ihm nach. Unsere Blicke begegneten sich. Ich hob ihr mein Glas entgegen. Sie wandte sich sofort wieder ab. Ich trank mein Pils aus, bevor es so schal werden konnte wie die Luft hier drin.

Als ich die Kamera am übernächsten Tag abholte, war der Chip voll. Ich hatte Sensor und Kamera so programmiert, dass der Verschluss alle dreißig Sekunden auslöste, sobald der Bewegungssensor zum ersten Mal angesprochen hatte. Damit hatte ich grob gerechnet die Aktionen von gut eineinhalb Stunden aufgezeichnet. Nicht schlecht; aber wenn man wusste, was für einen Zahn der alte Leutgeb zur Frau genommen hatte, war einem klar, dass ein Liebhaber, der ihren Ansprüchen genügte, mindestens für diese Zeitspanne pausenlos zur Verfügung stehen können musste – Wortspiel nicht beabsichtigt.

Leutgeb hatte auf das Szenario mit dem Passwortschutz verzichtet. Ich fühlte einen kurzen Anflug von Versuchung, gewann (ich war mir sicher, dass Leutgeb genau gewusst hatte, dass ich die Bilder so oder so nicht ansah), nahm den Chip aus der Kamera, steckte ihn ein und fuhr zum alten Kieswerk bei den Badeseen hinaus, wo ich mich mit Leutgeb verabredet hatte. Im Portemonnaie hatte ich vierhundertzwanzig Mäuse, im Ohr die Worte von Hans Irlicher und im Herzen die Hoffnung, dass ich zum letzten Mal die dreckige Wäsche anderer Leute gewaschen hatte.

Warten gehört zu meinem Geschäft wie alles andere. Daher war ich auf längere Wartezeit gefasst, als ich ein paar Minuten vor dem verabredeten Termin beim alten Kieswerk ankam, abseits parkte und mich durch eines der in der Außenwand klaffenden Löcher des maroden Gebäudes ins Innere verzog. Der Wind pfiff durch die Ruine, als wäre es Herbst und nicht Sommer. Ich bezog ein bisschen Wärme aus dem Flachmann, der sich wie ein zuverlässiger Freund im Wagen eingefunden hatte, und machte mir klar, dass dies nur eine der schlechten Angewohnheiten war, von der ich lassen musste, wenn ich Hans bei seinem Job als Oberbürgermeister ein verlässlicher Helfer sein wollte. Ich stellte fest, dass mich diese Aussicht nicht sonderlich betrübte; meine schlechteste Angewohnheit war das Schnüfflerleben, das ich führte, und davon zu lassen würde mir ein Vergnügen sein. Als ich kurz darauf die Reifen auf dem Kies knirschen hörte, war ich überrascht.

Noch überraschter war ich, als ich sah, wer mit dem Auto gekommen war.

Wenn Christian Leutgeb die alte Bulldogge darstellte, die jeden Gegner aus ihrem Revier gebissen hatte, dann war Susanne Leutgeb der würdige Preis, um den sich jedes dieser Gemetzel gedreht hatte. Alles, was man von ihr sehen konnte, war dort, wo es hingehörte, und sah an dieser Stelle verteufelt gut aus. Sie gehörte zu den Frauen, bei deren Anblick die Männer die Finger in den Mund stecken, um zu pfeifen, und es dann doch nicht wagen. Sie fuhr ihren Wagen um die Ecke, marschierte dann vor das Gebäude, während ich noch ratlos durch die Spalten in der Verschalung hinausspähte, und rief: »Ich weiß, dass Sie da drin sind, Bernward!«

Ich hielt es für das Klügste, meinem imaginären Guinness-Rekord nachzueifern. Sie wartete nur ein paar Sekunden lang.

»Ich habe neben Ihrem Auto geparkt«, sagte sie. »In zehn Sekunden gehe ich dorthin zurück, schlage die Scheibe ein, zerreiße meine Kleider, schneide mich mit einer Glasscherbe dort, wo man es nicht sieht, blute Ihre Karre voll und schreie ›Vergewaltigung‹.«

»Offensichtlich ist heute kein guter Tag für das Guinness-Buch«, sagte ich, als ich hinausging.

Sie lächelte mich an. Für ein ähnliches Lächeln war vor zweitausend Jahren der Trojanische Krieg ausgebrochen.

»Ich hatte Sie für den Typ gehalten, der einen schicken roten Zweisitzer fährt, mit einer Flasche Schnaps und einem Revolver im Handschuhfach und einem Notizbuch voller Telefonnummern, hinter denen Namen wie Yvonne, Jessica oder Natalie stehen.«

»Den Wagen fährt heute mein Gärtner«, sagte ich. »Das Notizbuch hat er auch.«

Ihr Lächeln bewegte sich um keinen Zentimeter und sagte: Du kannst nicht mal so hoch pinkeln, dass meine Schuhe nass würden. »Na schön. Geben Sie mir den Chip mit den Fotos. Über zweihundert. Ein Bewegungssensor löst die versteckte Kamera aus, die dann in bestimmten Zeitabständen automatisch ein Bild schießt.«

»Sie wissen ja gut Bescheid.«

»Ich mag Männer, die nicht aus leerer Geste heraus Widerstand leisten. Andererseits«, sagte sie und kramte in ihrer Handtasche, »mag ich diese Männer nicht genug, um mir von ihnen unnötig Zeit stehlen zu lassen.« Sie richtete eine kleine Pistole auf mich. Ihre Hand zitterte nicht einmal, als sie den Hahn spannte. »Sie hätten Ihr Handschuhfach ausräumen sollen, bevor Sie hierher kamen. Glauben Sie bloß nicht, dass ich danebenschießen werde.«

»Sie können mir den Chip abnehmen, aber es rettet Sie nicht. Wenn Ihr Mann nachher kommt und das Ding verlangt, ist das, was Sie gerade tun, so gut, als würde ich ihm die Bilder zeigen.«

»Sie haben sie tatsächlich nicht angesehen, stimmt's?«

In mir keimte ein merkwürdiger Verdacht. »Stimmt«, sagte ich.

Sie holte Handschellen aus ihrer verdammten Tasche heraus und warf sie mir vor die Füße. »Fesseln Sie sich da drüben an den Stahlträger. Vorher übergeben Sie mir den Chip.«

Ich tat ihr und der Mündung ihrer Pistole den Gefallen. Ihre Handtasche trat ein drittes Mal in Aktion und gab eine Digitalkamera frei. Sie legte den Chip ein und ich sah ihr dabei zu, wie sie die Bilder im Betrachtungsmodus über den kleinen Monitor jagte. Schließlich kam sie zu mir herüber. Sie hielt mir die Kamera mit der Rückseite hin, gerade nah genug, dass ich nicht mit der freien Hand danach greifen konnte.

»Verstehen Sie jetzt?«, fragte sie.

Sie hatte das Bild mit dem Zoom so weit vergrößert, dass nur noch das glücksverzerrte Gesicht und der Oberkörper eines Mannes zu sehen waren. Ich schaute zweimal hin, weil ich es beim ersten Mal nicht glauben konnte. Sie nahm die Kamera herunter und fuhr den Zoom zurück. Was ich nun sah, ließ darauf schließen, dass ich im Notfall immer noch auf eine Zukunft als Fotograf im Pornogewerbe hoffen konnte – und darauf, dass Hans Irlicher die eineinhalb Stunden in der Leutgeb-Villa wenigstens genossen hatte.

»Ihr Freund wird morgen nach einem Gespräch mit meinem Mann vom Wahlkampf zurücktreten«, sagte sie. »Wahrscheinlich wird er gesundheitliche Gründe vorschützen. Irgendwas muss man den Medien ja erzählen, nicht wahr?«

»Warum?«, hörte ich mich fragen.

»Sein Konkurrent steht auf der Gehaltsliste meines Mannes. Es wäre für seine Geschäfte hilfreich, wenn er die Bürgermeisterkette bekäme.«

»Ich kann diese Geschichte ganz einfach auffliegen lassen.«

»Seien Sie kein Spielverderber. Was würde Irlichers Familie sagen? Soviel ich weiß, sind Sie der Taufpate seines ältesten Sohnes, habe ich Recht?«

»Ich hoffe, Ihrem Mann hat die Vorstellung davon, was Sie in der Leutgeb-Villa getrieben haben, gefallen.«

»Er freut sich schon auf die Bilder, soll ich Ihnen ausrichten.«

Es hatte keinen Zweck. Ich wusste, wenn ich weitersprach, würde ich zu brüllen anfangen oder mich übergeben. »Und nun?«, fragte ich zuletzt.

Sie ließ einen Schlüssel in sicherer Entfernung zu Boden fallen. »Sie finden bestimmt einen Weg, wie Sie da rankommen und sich befreien können. Für läppische zweihundert am Tag plus Ausgaben haben Sie ja ganz anständige Arbeit geleistet.«

»Ihr Mann hat mir fünfhundert gegeben.«

»Der Rest ist für die neuen Autoreifen. Ich musste Ihre zerstechen. Ich weiß ja nicht, welche Tricks Sie kennen, um sich schneller zu befreien, als ich ahnen kann.« Sie schenkte mir ein strahlendes Lächeln, drehte sich um und marschierte davon. Ich zerrte ein bisschen an der Handschelle, um zu demonstrieren, dass ich es ernst meinte, dann ließ ich mich zurücksinken. Ich hörte ihre Reifen auf dem Kies knirschen. Ich holte den Flachmann aus der Jacke. Mit ihm als Verlängerung meines Armes würde ich den Handschellenschlüssel zu mir herüberziehen können. Aber das hatte Zeit. Ich schraubte den Flachmann auf und setzte ihn an. Ich wünschte mir, dass die Welt nicht rund wäre und der Himmel nicht blau und dass ich es irgendwann schaffen würde, wieder in den Spiegel zu blicken.

Es sah so aus, als ob meine schlechten Angewohnheiten und ich es noch eine Weile miteinander aushalten mussten.

Rita Knott

Ciao, ciao, Aschaffenburg

Die Stimmen erreichten zwar Rosis Ohr, aber sie klangen wie unter Wasser. »Kostenvoranschlag … ganz vernünftig … viel Arbeit«, hörte sie Gregor Holzmeisters kräftiges Organ.

Die sieben Damen und Herren des Organisationskomitees für die *Italienische Nacht,* allesamt Aschaffenburger Geschäftsleute, diskutierten sich heiser.

Gregor Holzmeister schlug mit der Hand auf den Tisch, dass die Gläser wackelten, in denen der Steinpilzcappuccino serviert worden war.

»Ihr seid mir vielleicht ein undisziplinierter Haufen. Also, ich bitte um Gehör und fasse zusammen …«, schimpfte er, aber man merkte seiner Stimme das Vergnügen an, das diese Diskussion ihm bereitete.

Wichtigtuerisch zog er seinen Notizblock zu sich, doch in dem Moment wuselte Tina Bauer mit den ersten Tellern Gnocchi mit Lachs und Sahnesoße herein und lud ihre Last ab.

Rosi schielte nach Matthias, ihrem Bruder. Er ließ sich nichts anmerken, tat wirklich so, als wäre da nichts zwischen ihm und dieser fetten Küchenmaus. Rosi schluckte den Kloß hinunter, der ihr die Kehle eng machte. Ihr kleiner, lebensuntüchtiger Bruder, der sie ausnahm nach Strich und Faden, hatte was mit der Bauer. Und wenn Rosi heute Morgen nicht kurz entschlossen ins Industrieviertel gefahren wäre, um Tischdecken für das Fest zu besorgen, wüsste sie jetzt noch nicht Bescheid. Matthias hatte sogar den Arm um die Schultern der Frau gelegt. Tinas Wangen rosig, ihr Gang frei, ein dunkelblaues T-Shirt hatte ihr so etwas wie Eleganz verliehen. Und auch Matthias, eifrig redend und gestikulierend, war nicht der Bruder gewesen, den sie kannte. Bevor sich Rosi von dem Schreck erholt hatte, waren die beiden im Elektrogroßmarkt verschwunden.

Brechreiz würgte Rosi. Sie schob ihren Teller beiseite. Hatten die zwei sich vielleicht schon Dinge für einen gemeinsamen Hausstand angeschafft? Warum sonst diese Heimlichtuerei? Dass sie von Matthias keine Antwort erhalten würde, wenn sie danach fragte, wusste sie, also ersparte sie sich zumindest diese Demütigung.

Aber ihr gegenüber den Unfähigen spielen!

Worüber hatten die zwei heute Morgen nur getuschelt?

Und jetzt servierte diese dumme Pute das Essen natürlich mitten im Gespräch, ohne das mindeste Gefühl für Timing. Rosi verdrehte entschuldigend die Augen.

»Ach, für das Essen lassen wir uns gern stören«, freute sich Holzmeister. Auch die anderen aus der Gruppe waren sofort besänftigt und kurze Zeit darauf hörte man nur noch das Kratzen des Bestecks auf den Tellern. Das heißt, Brüderchen Matthias schmatzte, dass es eine wahre Pracht war. Verschlang wie immer alles und wie immer auf ihre Kosten. Ein paar einfache Spagetti hätten es für ihn genauso getan.

»Also, Matthias, du hast wie immer ein Auge auf die anfallenden Elektroarbeiten«, nuschelte Holzmeister und riss eine Scheibe von dem goldenen Weißbrot entzwei, das Luigi selbst buk und mit Safran würzte.

»Selbstverständlich macht er das«, sagte Rosi und unterdrückte ihre Wut. Zweifelsohne würde Matthias wieder versagen, aber Holzmeister war der beste Freund ihres Vaters und deshalb spielte sie das Spiel mit. Jeder am Tisch wusste, dass die Hauptarbeit der Dekoration, wozu auch die Beleuchtung zählte, bei ihr liegen würde. Sie würde sich mit Mike Köchler herumschlagen müssen, der sich um die Elektronik kümmerte. Momentan füllte Mike gerade sein Glas mit Rotwein auf und zwinkerte ihr zu.

»Wir schaffen das schon«, meinte er lächelnd.

Rosi wusste, dass sie ihm gefiel, und versuchte zurückzulächeln, aber es kam nur ein hilfloses Grinsen zu Stande. Verdammt, wenn Matthias ihr entglitt, strich Papa das stattliche Sümmchen, das er ihr monatlich für ihren Bruder zahlte. Wenn nur das Restaurant besser ginge, doch die Geschäfte liefen mittlerweile miserabel. Und es war wirklich schwer, im Selbstanspruch herunterzugehen. Schließlich war das *Alessandro* das edelste italienische Restaurant Aschaffenburgs, hoch oben auf den Hügeln, mit einer fantastischen Aussicht.

Luigi erst hatte ihr klar gemacht, was Qualität hieß. Und das bezog sich nicht nur aufs Kochen.

Jetzt trat er aus der Küche an den Tisch, sie fühlte es an ihren Nackenhärchen, die sich aufstellten. Rosi hatte viele Männer gehabt. Sie hatte auf Geld, Auto, Prestige geachtet, doch mit Luigi war alles anders. Ein römischer Gott, auch wenn er aus einem Kaff irgendwo in den Abruzzen kam. Grinsend nahm er nun die Komplimente der Gäste entgegen, während er einen Stuhl heranzog und sich neben sie setzte.

Verstohlen warf sie einen Blick auf ihn und immer noch verschlug es ihr den Atem.

Anfangs hatte Luigi bei den Vorbereitungen zur *Italienischen Nacht* begeistert mitgemacht, einzigartige kulinarische Ideen eingebracht, die aus seiner Heimat stammten, wo sein Vater ein kleines Lokal betrieb.

Doch seit einigen Wochen zog er sich zurück. Die deutsche Gründlichkeit gehe ihm auf die Nerven, sagte er.

»Frau Semmler«, Rosi zuckte zusammen, die Bauer tippte ihr auf die Schulter, »Sie wollten sich doch die Wände in meinem Appartement ansehen. Sie wissen schon …«.

Rosi seufzte. Sie drückte Luigi ihre Zigarette in die Hand, erhob sich, straffte sich, blickte auf ihre Angestellte, die einen halben Kopf kleiner war, hinab und warf dann einen kurzen Blick hinunter auf ihr eigenes Dekolletee, das sich seidig glänzend über den Knochen spannte. Verheißungsvoll und zerbrechlich. Das lange, schwarze Sommerkleid schmiegte sich lässig an ihren mageren Körper. Seit sie in einem Spielfilm gesehen hatte, wie Frauen mit wiegenden Hüften und weit ausgeschnittenen Kleidern Rache für ihre von der Mafia ermordeten Männer forderten, trug sie nur noch

Schwarz. Sie hatte sich sogar die Haare dunkel färben lassen, doch ihrem Papa hatte das nicht gefallen.

Dass sie Luigi kennen gelernt hatte, der das Italienische in ihr förderte, aber das Blond liebte, versöhnte sie mit ihrer fränkischen Herkunft.

Als sie mit der Bauer im Schlepptau den Raum verließ, drehte sie sich noch einmal um zu Luigi. Der zog an ihrer Zigarette und warf ihr einen dunklen Blick zu. Rosis Brust hob sich, ein Wohlgefühl durchrieselte sie und nur mit Mühe konnte sie sich auf die Bauer und ihr Anliegen konzentrieren.

Tina sah aus dem Fenster, das leider nicht die Schönheit Aschaffenburgs zeigte, sondern nur eine Mauer, die zum Steingarten gehörte.

Ihre Arbeitgeberin schritt das siebzehn Quadratmeter große Wohnzimmer ab. Mit der Hand fuhr sie leicht über die Schimmelstellen und rümpfte die Nase.

Wäre die Frau nicht so falsch gewesen, sich an ihren Bruder heranzumachen, um in eine der angesehensten Familien Aschaffenburgs aufgenommen zu werden, hätte sie Rosi leidgetan. Gelernte Hauswirtschafterin, hatte nach der Heirat den Beruf aufgegeben, jetzt war sie seit einem halben Jahr geschieden und spülte und werkte seit drei Monaten in der Küche des *Alessandro.*

Selbst schuld, dachte Rosi. Solche Frauen verderben es sich mit ihrer gesamten Familie und dann jammern sie, wenn sie arbeiten gehen müssen.

Am liebsten hätte sie Tina hinausgeschmissen, aber für die Unterkunft konnte Rosi ihr noch ein paar Euro vom Lohn abziehen und sie brauchte wirklich jeden Cent. Das Restaurant verschlang Unsummen und Papa schien in letzter Zeit finanziell etwas zugeknöpft. Wenn sie wenigstens das Appartement im Dachgeschoss hätte vermieten können! Aber Papa hatte ihr dieses Haus inklusive Restaurant nur unter der Bedingung gekauft, dass Matthias bis an sein Lebensende Wohnrecht hatte.

Ein Sorgenkind war er, seit Rosi denken konnte, immer hatte sie Rücksicht auf ihn und seine Krankheit nehmen müssen, von der niemand wusste, worin sie eigentlich bestand. Sie äußerte sich in Arbeitsunfähigkeit und Depressionen, die es erforderten, dass er zehn Stunden am Tag schlief und drei Stunden aß. Zwei Jahre war Matthias jünger als sie, heiß ersehnter Thronfolger für Papas Brotfabrik, der sich allen väterlichen Ambitionen versagt hatte.

Ein Klotz an ihrem Bein, ein Nagel zu ihrem Sarg.

Vom Fenster her sah Tina Bauer sie erwartungsvoll an und zurrte die dunkle Leinenweste über der Brust zusammen, die ihre überflüssigen Pfunde verbergen sollte. Die Schürze hatte sie abgelegt. »Es ist halt so, dass der Schimmel doch recht ungesund sein soll ...« Die Stimme versickerte.

»Ich kümmere mich darum«, sagte Rosi, nickte ihr zu und ging zurück zu den anderen.

*

Schwer atmend lehnte sich Gustav Semmler gegen seinen Mercedes. Zusammen mit seiner Frau hatte er Rechen, Schaufel und alles, was man so für die Gartenpflege brauchte, in den Kofferraum geladen.

»Wenigstens ist Matthias' Balkon pflegeleichter als Rosis Garten«, seufzte seine Frau. Ihr Mann gab ein zustimmendes Knurren von sich. Besorgt betrachtete Christa Semmler sein zerfurchtes Gesicht von der Seite. In letzter Zeit klagte er über nachlassende Kräfte, hatte sogar überlegt, den Führerschein abzugeben, doch sie mussten den Kindern einfach noch zur Seite stehen. Trotzdem – Christa spürte seine Bitterkeit, seine Enttäuschung über das Versagen der Kinder, die ohne die Hilfe der Eltern nichts zu Stande brachten. Schließlich ging ihr Mann auf die fünfundachtzig zu und sie war gerade mal zwei Jahre jünger als er.

»Ich weiß jetzt, was wir Rosi zum vierzigsten Geburtstag schenken«, murmelte er, während er den Wagen über die schmalen Wege zur Haibacher Hauptstraße steuerte. »Ein

Abo bei *Pflanzen Maier*, dann können wir uns zumindest die Plackerei im Garten sparen.«

Eine Antwort blieb Frau Semmler ihm schuldig. Ihr Mann war im Geiste so sehr mit Rechnen beschäftigt gewesen, dass es ihm nicht mehr gelang, das Lenkrad noch rechtzeitig herumzureißen, als er in der tief stehenden, glutroten Abendsonne den Lastwagen bemerkte, der frontal auf sie zusteuerte.

*

Luigi stützte Rosi auf dem Weg zur Kanzlei von Notar Dr. Gernot Schmid. Rosi hatte ihr schwarzes Kostüm an, ihre Augen waren blank geweint, die blonden Haare leuchteten im Wettstreit mit der Sommersonne.

Rosi war Realistin. Nach dem ersten wilden Schmerz hatte sie akzeptiert, dass sich ihr Leben komplett ändern würde. Mit dem Erbe konnte sie in ihr Restaurant investieren, das Haus restaurieren und mit Luigi verreisen, zum Beispiel in das kleine Dorf in den Abruzzen.

Luigi redete nicht viel über seine Vergangenheit. Manchmal kam es ihr so vor, als hätte ihn einfach der Main in Frankfurt an Land gespült, bevor er über geheimnisvoll verschlungene Pfade in der Aschaffenburger Altstadt zu ihr fand, just in dem Moment, als ihr Restaurant im Umbau war und sie im Bistro einer Freundin in der Sandgasse ein Glas Weinschorle trank.

Und was Matthias betraf: Trotz seines Verhältnisses mit Tina würde sie sich um ihn kümmern, so wie sie es den Eltern immer versprochen hatte.

Im Büro von Dr. Schmid spürte sie dessen wohlgefälligen Blick über ihre Gestalt gleiten (oder: spürte sie kurz dessen wohlgefälligen Blick auf sich ruhen oder …). Sie lächelte ihn traurig an und legte eine Hand auf Matthias' Arm, der rechts von ihr Platz genommen hatte.

Das Testament besagte, dass das gesamte Erbe, neunhunderttausend Euro, an Matthias ging, denn Rosis Ausflüge in verschiedene Berufe mit dem Einrichten der jeweiligen Geschäfte (eine Bäckerei, ein Kosmetikatelier, ein Nagelstudio, ein Delikatessengeschäft, das *Alessandro*), das Haus und die teure, im Ausland vollzogene Ausbildung zur Fremdsprachenkorrespondentin, von der nie ein Zeugnis vorgezeigt worden war, hätten genügend Geld verschlungen. Die größte Sorge der Eltern galt Matthias. Ihn wollten sie abgesichert wissen. Falls er eines Tages Betreuung brauchte, sollte für ihn gesorgt sein.

Außerdem habe Rosi genügend Mumm in den Knochen, so wörtlich ihre Mutter, allerdings aus dem Mund Dr. Schmids, ihr Leben allein zu meistern.

Aber, sollte Matthias vor Rosi sterben, so würde natürlich sie ihren Bruder beerben.

Rosi wusste nicht, wie sie die Treppe hinunterkam. Das Leben und Treiben in den Altstadtgassen nahm sie nur wie durch einen Nebel wahr. Blind und taub folgte sie Matthias, der sie und Luigi in ein vornehmes Lokal führte, wo er einen Tisch erkämpfte. Rosi sah ihm zu wie einem Fremden, schaute in sein strahlendes Gesicht, vernahm Begriffe wie Verantwortung, Zukunft, Chancen, spürte einen Eifer in seinen Worten, der nichts mit ihr zu tun hatte. Luigi warf ihr ab und zu einen warnenden Blick zu – oder war es ein besorgter? – und übernahm das Gespräch mit ihrem Bruder.

Dann ließ auch Luigi sie allein, er habe etwas Dringendes zu erledigen, seine Familie habe sich gemeldet, keine Bange, kein Grund zur Beunruhigung. Morgen sei er zum Frühstück bei ihr. Matthias besorgte ihr ein Taxi, nahm ihr ihre Verzweiflung nicht übel.

Mit zitternder Hand sperrte Luigi seinen Z3 auf. Im Licht der Straßenlampe schien sein Gesicht leichenblass. Er musste allein sein und über alles nachdenken. Er würde nicht die übliche Route nehmen, die zu seiner kleinen Absteige führte. An der Kreuzung standen sie in letzter Zeit öfter und fuhren ihm nach. Nicht dass sie ihn direkt bedroht hätten.

Sie zeigten nur, dass sie da waren. Warteten, dass er endlich seine Schulden beglich. Während seiner Frankfurter Zeit war er dem Zauber des Spiels erlegen. Die Bilanz hatte ihn schließlich dazu gezwungen, das entsprechende Milieu zu verlassen. Doch die Eintreiber hatten ihn auch hier aufgespürt. Höchste Zeit, dass er sich von Aschaffenburg verabschiedete.

*

Die nächsten acht Wochen bis zur Eröffnung des Schlossfestes verbrachte Rosi wie in einem schlechten Traum. Sie schlief kaum oder nur mithilfe von Tabletten, war noch magerer geworden. Eine unsichtbare Wand hatte sich zwischen sie und die Realität geschoben.

Die Eltern hatten sie abgrundtief enttäuscht, ihre Sorge um die Älteste war nicht echt gewesen.

Und noch etwas war passiert. Zuerst war es nur ein vages Gefühl gewesen, das sich aber verdichtet hatte zu einer Klammer, die ihr das Herz abdrückte: Luigi war dabei, ihr zu entgleiten. Und sie konnte nur zusehen, wie er sich von ihr entfernte, unaufhaltsam. Wie eine Marionette, an der immer dann eine unsichtbare Hand zerrte und sie von ihr wegzog, wenn sie nach ihr greifen wollte.

Gregor Holzmeister musste sie förmlich dazu zwingen, an der Eröffnung zur *Italienischen Nacht* teilzunehmen. Er hatte die letzten Arbeiten von ihr übernommen, ließ es aber so aussehen, als sei alles ihr Werk.

Als sie mit Luigi durch das Schlossportal schritt, meinte sie, etwas von ihrer alten Stärke zu spüren.

Riesige Fackeln an den Wänden warfen gezacktes Licht auf das Treiben. Zur Erinnerung an die ersten italienischen Gewürzhändler, die in Aschaffenburg heimisch geworden waren, versammelten sich jedes Jahr ihre Landsleute im Schlosshof und beschworen die Vergangenheit herauf. Das Innere des quadratischen Hofes war freigehalten für hölzerne Tische und Bänke, an dem Gemäuer des Schlosses entlang standen die Buden und boten ihre Waren feil. Gewürze, Tuche, Pastagerichte. Es wurde gebacken, gebrutzelt oder Wein kredenzt. Auf einem Podium stimmte ein schwergewichtiger Barde auf einer Leier eine betörende Barockmelodie an.

Dann geschah alles auf einmal.

Ein fremder Mann trat überraschend zu Luigi und bat ihn um eine kleine Unterredung.

Rosi erspähte Tina im innigen Gespräch mit Matthias, abseits von der Menge, zwischen der letzten Bude und der Mauer.

Plötzlich tanzten Lichtreflexe über den Hof, hunderte von Menschen hoben die Köpfe, lugten misstrauisch nach oben. Der Lichtbaum am gelben Turm gab unerwartete Signale. Köchler hatte ihn unter Matthias' Assistenz angebracht.

Rosi fing Matthias' Blick ein, Matthias nickte, zeigte mit dem Arm nach oben und dann mit dem ausgestreckten Daumen auf seine Brust, wandte sich Richtung Turm.

Rosi stöhnte auf. Sie musste Matthias daran hindern, auf eigene Faust an der Elektrik herumzubasteln. Durch eine kleine Seitentür gelangte sie ins Schloss und jagte den Korridor entlang. Keuchend erreichte sie den gelben Turm, rannte die Treppe hoch. Schwer atmend kam sie oben an.

Matthias bückte sich gerade nach einem riesigen Kabel, das von der Fensteröffnung an der Mauer entlang auf den Boden fiel und sich dort weiterschlängelte. Er richtete sich auf. Rosi stützte sich erschöpft an der Mauer ab.

Wie selbstsicher er dastand, ihr kleiner gerissener Bruder, der sich eine Freundin zugelegt hatte, der sein Geld bald in eine Ehe, in Kinder stecken würde. Wie hatte sie nur glauben können, dass Matthias sich erweichen lassen und sein Geld in ihr Restaurant und eine gemeinsame Zukunft investieren würde.

Doch so einfach gab sie sich nicht geschlagen.

»Matthias, bitte! Ich brauche dich. Du kannst doch gar nicht für dich selbst sorgen … Und nach allem, was ich für dich getan habe ...« Fieberhaft suchte sie nach den richtigen Worten.

Matthias musterte sie kopfschüttelnd. »Wovon redest du bloß? Du hast gemacht, was du wolltest und kräftig kassiert dafür. Glaubst du, ich weiß nicht, dass Papa dir Geld für mich gegeben hat?«

Er bückte sich wieder, kramte in einem Kasten herum, sodass sie ihn kaum verstehen konnte. »Hör zu, keiner hat dich zu etwas gezwungen. Und jetzt geht's mir das erste Mal in meinem Leben gut. Ich kann es nicht ändern, dass es mit dem Tod unserer Eltern begonnen hat. Ich habe Pläne, ich, Matthias Semmler, Tina und ich ...« Er beugte sich aus dem Fenster, streckte sich nach einer Lampe des Lichtbaums.

In Rosis Ohren klang das Stimmengewirr vom Hof wie dumpfe Musik. Im nächsten Augenblick spürte sie die Muskeln unter Matthias' feinem Hemdstoff, wunderte sich, wo das Fett geblieben war, dann war ihr Bruder verschwunden. Und noch während er stürzte, zog sie sich aus dem Fenster zurück.

Luigi hörte den Aufschrei und einen dumpfen Aufprall, begleitet von einem ohrenbetäubenden Krach. Er fuhr herum. Nach einem Moment entsetzter Stille, die die ganze Festgesellschaft lähmte, bahnte er sich den Weg zu einem Gewürzstand.

Mit ausgebreiteten Armen lag dort Matthias auf dem Rücken, Olivenmatsche, zerstoßenes Basilikum und gepresster Knoblauch sprenkelten wie Sommersprossen Gesicht und Körper, der einen Holztisch glatt durchschlagen hatte.

*

Ruhig saß sie im Gras, lauschte auf das leise Plätschern und Schmatzen des Mains, die einzigen Geräusche in der immer noch warmen Septembernacht. Kleine Nebelteppiche, die vom Fluss heraufzogen, verhüllten Teile der Wiese. Luigi stand ein paar Meter von ihr entfernt.

Er konnte es nicht fassen, dass sie alles hingeschmissen hatte, bereit, ihm überallhin zu folgen. Eine solche Abenteuerlust hätte er ihr gar nicht zugetraut, aber dieses Weib steckte voller Überraschungen.

Motorengeräusch kündigte ein Auto an. Das Herz des Italieners tat einen heftigen Schlag. Wenn jetzt alles klappte, hatte er mehr erreicht, als er je zu hoffen wagte.

Der Wagen holperte über den Weg, kam zögernd zum Stehen. Spannung legte sich wie eine kalte, graue Decke über Luigi. Als die Tür des Wagens sich öffnete, hielt er die Luft an.

Rosi im langen Schwarzen stieg aus und begann langsam auf ihn zuzugehen, ihr Gesicht ein teigiger weißer Mond. Das Haar leuchtete silbern. In der Hand hielt sie einen Rucksack, den Luigi schon bei Matthias gesehen hatte.

»Neunhunderttausend, du kannst nachzählen.« Mit einer eckigen Bewegung reichte sie ihm den Beutel.

Ein Rascheln kündigte an, dass Tina sich vom Boden erhob.

»Frau Semmler, Sie haben einen Fehler gemacht«, erklang ihre Stimme, so schüchtern wie eh und je, hinter Luigis Rücken. Dann stand sie bei ihnen. »Wir wussten nichts, wir haben nichts gesehen, aber als Sie sofort einwilligten, Luigi das geforderte Geld zu zahlen, war uns klar, dass wir mit unserer Vermutung richtig lagen.«

Rosi streifte die Bauer nur mit einem flüchtigen Blick. »Du nimmst also sie mit nach Italien«, sagte sie mit flacher Stimme. »Wie lange geht das schon mit euch beiden?«

»Fast seit dem ersten Tag, als sie bei dir eingezogen ist.«

»Ich dachte, sie hätte was mit Matthias?«

Luigi schüttelte den Kopf und schnalzte mit der Zunge. »Dein Bruder wollte uns nach Italien begleiten. Er wollte sein Geld in unser gemeinsames Restaurant stecken. Er hatte Tina lieb gewonnen wie eine Schwester.«

Er sah Rosi in die Augen. »Ciao, Bella«, sagte er leise. Dann drehte er sich um und ging mit Tina zum Auto.

Erik Ode

Der Kommissar und ich

Ort der Handlung: Ein leeres Weinlokal in Rottach-Egern.
Zeit der Handlung: Früher Abend

Holztische, einfache Bänke und Stühle. An einem Ecktisch sitzt der einzige Gast des Lokals. Er schenkt aus einem Steinkrug hellen Rotwein in sein Glas, trinkt und denkt nach.

Auf dem Tisch stapeln sich eng beschriebene Manuskriptseiten, an denen er seit Wochen und Monaten gearbeitet hat. Sie enthalten sein Leben. Noch eine Seite liegt vor ihm, die letzte Seite von allen.

Es herrscht ungewisses Dämmerlicht. Der Gast muss die Augen etwas zusammenkneifen, um besser zu sehen.

Die Tür im Hintergrund wird geöffnet.

Ein Mann kommt herein. Er trägt einen etwas unmodernen Regenmantel und einen biederen Herrenhut mit kleiner Krempe. Er sieht aus wie Kommissar Keller. Er sieht auch aus wie der einsame Gast am Ecktisch.

Kommissar (räuspert sich): Guten Abend, Herr Ode.

Ode: Das dachte ich mir. Einmal wird es passieren, dass ich mit Ihnen sprechen werde.

Kommissar: Ist es Ihnen unangenehm, sich mit mir zu beschäftigen?

Ode: Nee.

Kommissar: Darf ich Platz nehmen bei Ihnen?

Ode: Sie nehmen so viel Platz ein bei mir, bitte, nehmen Sie, was Sie wollen.

Der Kommissar kommt an den Tisch, setzt sich gegenüber von Ode, holt Zigaretten aus der Manteltasche, bietet Ode eine an. Sie rauchen und schweigen.

Ode (etwas heftig): Typisch! Der Kommissar kommt herein und was macht er? Nichts. Sitzt da und hört zu. Kein Gefühlsausbruch, kein auf den Tisch hauen, nicht einmal ein richtiges freies Lachen hat er auf Lager, der Kommissar!

Kommissar: Schade.

Ode: Was ist schade?

Kommissar: Ich hatte gehofft – nun, dass Sie mich nicht so stark ablehnen würden. Immerhin sind wir uns recht ähnlich, wie Sie selbst sagten, Herr Ode.

Ode: Es sollen sich auch schon mal Zwillinge geprügelt haben. Was verlangen Sie denn? Den Schwur ewiger Freundschaft und Treue?

Kommissar (spielt mit der Zigarettenschachtel): Muss nicht sein. Verständnis genügt, höchstens etwas Dankbarkeit könnte noch dazukommen. Immerhin habe ich Ihnen Erfolg gebracht.

Ode: Ich habe Ihnen Erfolg gebracht, so rum stimmt's nämlich auch. Aber bitte, wenn Sie wollen, gut. Nur bin ich in dieser Beziehung reichlich verwöhnt, ich hatte auch schon Erfolg, sehr lange vor Ihrem Erscheinen.

Kommissar: Richtig. Nur nicht in der Größenordnung. Durch mich sind Sie erst richtig berühmt geworden. Populär, beliebt bei Millionen. Jedes Kind kennt Sie.

Ode: Jedes Kind kennt erst einmal Sie, Herr Kommissar.

Kommissar (lächelnd): Mich? Sie vergessen, dass es mich nur alle paar Wochen eine Stunde im Fernsehen gibt.

Ode (ebenfalls lächelnd): Nein, ich vergesse es nicht. Ich weiß nur zu gut, dass es mich jedes Mal drei Wochen angestrengte Dreharbeit kostet, damit Sie für eine einzige Stunde im Fernsehen existieren können. Aber viele Menschen vergessen es, sie verwechseln mich mit Ihnen. Und meine

Beliebtheit in vierundzwanzig Ländern ist fest gekoppelt mit Ihrer Beliebtheit. Die Art des Ruhmes ist übrigens etwas ganz anderes als etwa der Ruhm eines Filmstars. Die Stars werden verehrt und angehimmelt und bestaunt. Wenn man im Fernsehen bekannt wird, sieht die Beliebtheit ganz anders aus.

Kommissar: Nämlich?

Ode: Man ist ein alter Bekannter des Fernsehzuschauers. Man erscheint bei ihm in der guten Stube, ist bei jedem Zuschauer zu Hause. Das verwischt jegliche Distanz. Wenn ich mich auf der Straße blicken lasse, haut mir bestimmt einer der Vorübergehenden kameradschaftlich auf die Schulter und sagt: »Mensch, der Kommissar, wie geht's denn?«, und unterdessen haben genügend Leute meine Adresse in Rottach-Egern raus und marschieren völlig unbefangen in meinen Garten, klopfen gegen die Scheiben der Terrassentür und verlangen ihr Autogramm. Es gibt Busunternehmer, die haben für ihre Rundfahrten rund um den Tegernsee fest als besonderes Bonbon für die Touristen eingeplant: Besichtigung des Hauses von Erik Ode.

Kommissar (etwas amüsiert): Lästig, nicht wahr?

Ode: Kein Mensch ist begeistert, wenn er kein Privatleben mehr hat. Selbst als ich mal auf dem Lokus saß –

Kommissar (unterbricht ihn sanft): Wissen Sie, wie Sie mir vorkommen, Herr Ode? Wie ein Mann, der plötzlich zu Geld gekommen ist und nun über die hohen Steuern stöhnt.

Ode (lacht): Mit Bemerkungen über hohe Steuern machen Sie sich auch nicht sympathischer. Klar, wenn kein Hahn mehr nach mir krähen würde, dann wäre ich auch nicht glücklich. Ich bin froh darüber, dass ich so gut bei den Zuschauern ankomme, ich bin auch bereit, sehr viel dafür zu arbeiten. Muss ich aber deswegen mit meinem Privatleben bezahlen?

Kommissar (betrachtet mit freundlichem Interesse sein Gegenüber): Spielen Sie mich denn nicht gerne?

Ode: Manchmal gehen Sie mir auf die Nerven mit Ihrer passiven Art, mit der überlegenen Miene des stillen Besserwissers. Ihnen fehlt ein Fehler. Wenn Sie wenigstens ein bisschen mehr Humor besitzen würden.

Kommissar: Ich wundere mich, mein lieber Ode. Wir sind so viele Jahre zusammen, wir waren oft ein Herz und eine Seele. Und jetzt reden Sie nur von dem, was uns trennt.

Ode: Wir standen uns noch nie allein gegenüber wie heute.

Kommissar: Warum lassen Sie mich dann nicht einfach verschwinden?

Ode: Das werde ich auch tun. Es ist ganz einfach. Sie sind meine Figur, ich kann Sie verschwinden lassen durch ein einfaches Fingerschnippen.

Kommissar: Bitte, wenn Sie meinen.

Ode schnippt mit den Fingern und nimmt einen Schluck aus seinem Rotweinglas. Doch der Kommissar bleibt da.

Kommissar: Sehen Sie, ganz so einfach geht es nicht. Ich bin nämlich nicht Ihre Figur allein. Ich bin die Figur des Autors und einer ganzen Reihe anderer Menschen auch noch. Ich bin das Produkt eines ganzen Teams.

Ode (nickt): Stimmt. Es gibt für mich nur einen Weg, Sie zum Verschwinden zu bringen. Ich selbst muss gehen.

Ode steht langsam auf, geht zur Tür. Dreht sich noch einmal um und schaut zum Kommissar, der ruhig sitzen geblieben ist. Ode geht hinaus. Der Kommissar steht auf und blättert in dem hohen Stapel der Manuskriptseiten, die auf dem Tisch liegen. Er liest, nimmt einen Kugelschreiber und schreibt unter die letzte Seite ein Wort. Langsam verliert er an Kontur, er verschwimmt, wird nebelhaft und löst sich auf. Nach einer ganzen Weile kommt Ode wieder herein.

Ode (leise): Kommissar? – Wo bist du?

Als sich nichts rührt, kommt er zum Tisch zurück.

Er sieht die letzte Seite. Er entdeckt das Wort, das der Kommissar geschrieben hat. Es lautet: *Ende.*

Frauke Schuster

Der Tod von Ötting

Eigentlich war er viel zu müde nach der letzten nervenzehrenden Nacht, deprimiert außerdem, aber er brauchte das Geld!

Widerwillig riss sich Hubert vom Frühstückstisch los, um über den noch nachtschlafenden Altöttinger Kapellplatz in den Laden zu schlurfen, wo er als Erstes die seidene Spitze und das Nähzeug aus dem Kellerraum holte, den er den Kunden gegenüber liebevoll als seine ›Gruft‹ bezeichnete.

Die Spitze fühlte sich neu und steif an und schimmerte elfenbeinfarben, was Hubert äußerst ansprechend fand. Aus einer Schublade fischte er ein paar zartgoldene Wachsperlen und drei winzige seidene Troddeln. Zuletzt kramte er nach dem altmodischen Fingerhut, den er zusammen mit dem Devotionalienladen von Tante Zilla – der Herr sei ihrer Seele gnädig und das ewige Licht leuchte ihr! – geerbt hatte, und setzte sich in dem noch für das allgemeine Publikum geschlossenen, mit Kerzen, Gnadenbildchen und Kunststein-Madonnenstatuen voll gestopften Verkaufsraum an die Arbeit. Zugegeben, die ersten Male hatte er entweder leichte Gewissensbisse verspürt oder war sich völlig bescheuert vorgekommen mit der filigranen Brüsseler Spitze zwischen seinen dicken Fingern ... Doch mittlerweile war die feine, sakrale Näherei längst Routine geworden und er konnte nebenbei darüber nachgrübeln, was gestern in Salzburg am Roulettetisch wieder schief gelaufen war. Zweihunderttausend! Wie gewonnen, so zerronnen ... Nein, viel schneller zerronnen als gewonnen, wenn er all die Zeit und Mühe bedachte, die er auf seine Arbeit verwandte. Vielleicht sollte er nächsten Samstag wieder verstärkt auf Zahlen setzen? Die Null zum Beispiel, mit der hatte es letzten Monat so prächtig geklappt, bis – ja, bis zu dieser Pechsträhne, die ihn wieder mal bis auf den Grund ruiniert hatte!

Als Hubert eine Stunde später gähnend die Ladentür aufschloss, um die fahrbaren Tische mit Opferkerzen hinauszuschieben, fiel ihm der Mann sogleich auf. Wie eine Erscheinung aus einer Zwischenwelt stand er im morgendlichen Dunst, die Schultern unter dem schäbigen schwarzen Mantel hochgezogen, den schwarzen Hut tief in das wachsbleiche, uralte Gesicht geschoben, das der Schein der niedrigen Laterne geisterhaft illuminierte. Ein Gesicht, in dem man den Totenschädel quasi durch die leichenweiße Haut schimmern sah. Der *Tod von Ötting!* Die Assoziation mit dem Sensenmann auf der Uhr in der Pfarrkirche drängte sich von selbst auf. So ungefähr musste der *Tod von Ötting* in seinen letzten Lebenstagen ausgesehen haben … Und Hubert erinnerte sich daran, dass er die kleine Skelettfigur, die aufgrund ihres mechanischen Werks Tag und Nacht ihre silbrige Sense schwang, um die Gläubigen an ihre Sterblichkeit zu gemahnen, nie recht hatte leiden können.

Der Mann kam nicht näher, sondern blieb etwa auf halbem Weg zwischen der Gnadenkapelle und Huberts noch morgenstillem Laden stehen, doch es war unverkennbar, dass er eben diese Devotionalienhandlung im Blick behielt. Ein leiser, warnender Schauer kroch über Huberts kräftigen Rücken. Rasch zog der Händler sich ins Ladeninnere zurück, drehte sich vom Fenster weg und begann mit fahrigen Händen, die am Vortag neu eingetroffenen Bronzekreuze und Rosenkränze auf dem Ausstellungstisch zu ordnen.

Wer mochte der Kerl sein? Ein Polizist? Quatsch, versuchte sich Hubert zu beruhigen, der Typ sah aus wie zweihundert! Wenn der überhaupt jemals zu den Bullen gehört hätte, wäre er längst in wohlverdienter Pension, züchtete Kanarienvögel oder Kürbisse oder schrieb seine Memoiren. Also einfach irgendein Spinner? Oder ein Dieb? Vielleicht hatte er vorgehabt, den Laden im Morgengrauen auszurauben, und nur Huberts Anwesenheit hatte ihn gehindert?

Unsinn! Auch dafür war der Kerl schlichtweg zu greisenhaft, jenseits von Gut und Böse gewissermaßen. *Jenseits?* Hubert begann, am ganzen Körper zu schlottern. Ein Besucher aus dem Jenseits? Er dachte an Tante Zilla, an die Näherei, die er eben erst beiseite gelegt hatte, an den *Tod von Ötting*, und trotz der morgendlichen Kühle brach ihm der Schweiß aus allen Poren.

Lange konnte er diesen trüben Gedanken nicht mehr nachhängen, denn bald schon ergossen sich aus den ersten Bussen Scharen von Wallfahrern auf den Platz. Die Menschen drängelten sich um die Verkaufstische, von hier und dort wurde auf Bayrisch, Englisch und Italienisch nach Preisen gefragt, und als Hubert endlich wieder dazu kam, sich umzusehen, war der merkwürdige Fremde in seinem dunklen Mantel verschwunden, als hätte er sich zusammen mit dem Dunst aufgelöst ...

Aber am nächsten Morgen stand der ›Tod‹, wie Hubert den unheimlichen Besucher insgeheim taufte, erneut vor seiner Tür. Deutlich näher diesmal: Anstatt sich wie am Vortag mit Beobachtungen aus der Ferne zu begnügen, trat er nun direkt an das größere der beiden liebevoll dekorierten Schaufenster heran und betrachtete die dort ausgestellten teuren Kerzen mit den bunten Madonnenbildern.

»Kann ich Ihnen helfen?« Hubert musste all seinen Mut zusammenraffen, um vor die Tür zu treten und die Frage zu stellen.

Der ›Tod‹ antwortete nicht gleich, sondern schritt an ihm vorbei in den Laden und ein langer, schwarzer Schatten fiel wie ein Unheil verkündendes Omen über den Stuhl, auf dem Hubert für gewöhnlich mit seiner Näharbeit saß.

»Etwas ... *Besonderes*«, verlangte der Mann mit einer sonoren Stimme, die aus einer anderen Welt zu kommen schien. »Ich suche etwas ganz *Besonderes.* Sie verstehen? Etwas *Besonderes* für eine Kapelle.«

Das Gefühl unbestimmten Grauens verstärkte sich, während er sprach, doch Hubert zwang sich, es zumindest vorübergehend zu ignorieren, denn die Worte des Fremden weckten in ihm zugleich den stets paraten, gierigen Geschäftssinn. Etwas *Besonderes,* das bedeutete im Jargon der Eingeweihten, dass ein gewinnträchtiges Geschäft anstand, und, Himmel, er brauchte das Geld dringend!

»Hier herunter, bitte!« Erst vor einem Jahr hatte Hubert sämtliche elektrische Leitungen aus den falschen Gewölben des Kellerraums gerissen und die roh behauenen Wände in vielen Stunden Arbeit mit Kerzenruß geschwärzt, sodass er jetzt seine Schätze stilecht im flackernden Licht von Ölfackeln präsentieren konnte.

»Von der heiligen Katharina«, sagte er, seine Stimme gewohnheitsmäßig zu einem ehrfurchtsvollen Flüstern dämpfend, während er das mit rotem Samt ausgeschlagene, etwa handlange Kästchen öffnete.

Lange starrte der ›Tod‹ auf den fein in silbrige, perlenbestickte Seide gefassten Schlüsselbeinknochen.

»Katharina von Schweden?« Seine tiefe Stimme hallte in der Gruft, durch geisterhafte Echos verstärkt, und unwillkürlich wich Hubert zurück.

»Nein, nein, die ... heilige Katharina von Siena! Die ... die Patronin der Sterbenden ...« Eiseskälte schien von irgendwoher in die Gruft zu strömen und Hubert wünschte sich plötzlich, er hätte den Mann nie hier heruntergebracht.

»Ist es ... echt?« Der ›Tod‹ beugte sich über das Reliquienkästchen; seine Nase zeigte ein klassisches römisches Profil, seine hohen Wangenknochen schimmerten deutlich sichtbar durch die knittrige Haut.

»Natürlich!«, krächzte der Devotionalienhändler, plötzlich heiser. »Ich verkaufe ausschließlich erstklassige Ware!«

Der ›Tod‹ stieß einen Laut aus, der wie ein Bellen klang, doch möglicherweise ein Lachen sein sollte. »Sind Sie sicher?«

Obwohl er eben noch gefroren hatte wie in der Arktis, traten Hubert nun Schweißperlen auf die Stirn, sammelten sich zu Bächen und seine sonst so redefreudigen Lippen weigerten sich, auch nur ein einziges, armseliges Wort hervorzubringen. Stumm fummelte er in einer Schublade nach einem Blatt Papier, faltete es auf, deutete mit seinem dicken Finger auf den tintenblauen Stempel des Zertifikats.

»Ich komme heute Abend wieder!«, verkündete der ›Tod‹ schließlich. Der simple Satz klang wie eine Drohung, aber trotz seines anhaltenden Grauens konnte Hubert nicht umhin zu bemerken, welch hübsche Schädelform sich unter der Pergamenthaut verbarg …

»Ja, natürlich!«, sagte er schwach. »Überlegen Sie es sich in aller Ruhe.«

Eine Stunde später kniete Hubert in der Gnadenkapelle, den Blick auf die schwarze Madonna gerichtet, deren unergründliche Miene er nie so recht hatte deuten können. Aber die wundertätige Frau hatte so vielen geholfen, warum also sollte sie ausgerechnet ihn zurückweisen?

»Die Tante hätte nichts dagegen, bestimmt nicht, das kannst du mir glauben!« Er wisperte nur, wagte inmitten der um Gnade oder Heilung flehenden Betenden nicht laut zu sprechen. »Ich bin mir sicher, dass es sie sogar gefreut hätte, du weißt ja, wie fromm sie war, die Tante Zilla!« Demutsvoll senkte er den Blick auf den von vielen Füßen ausgetretenen Steinboden, nacheinander sämtliche Mariengebete murmelnd, die ihn die Tante vor langen Jahren gelehrt hatte. Und als er wieder aufsah, schien ihm, als hätte sich der strenge Blick der Madonna ein klein wenig gemildert.

In wesentlich besserer Laune kehrte Hubert in sein Geschäft zurück.

Der unheimliche Fremde erschien abends erst, als sich bereits tiefes, sternenloses Dunkel über den Kapellplatz senkte wie ein schwarzes, alles verhüllendes Grabtuch.

»Haben Sie es sich überlegt?«, fragte Hubert und diesmal glaubte er, kaum mehr Grauen zu empfinden gegenüber dem seltsamen Kunden. Denn vom Kapellplatz klangen genau zur richtigen Stunde die zuversichtlichen Marienlieder der Wallfahrer herüber: *»Zum Gnadenort im Bayernland Altötting hast erkoren. Der Bittende stets Hilfe fand …«* Ja, die

Madonna hatte ihm ihre Gnade geschenkt, würde ihre Hilfe nicht versagen, die heilige Frau stand zu ihrem Wort! Und die Mutter Gottes war allemal stärker als der Tod, da hatte er volles Vertrauen. Dank Tante Zillas perfekt katholischer Erziehung.

»Fünfzig Prozent!«, sagte der Fremde und jetzt klang auch seine Stimme anders, hart und nüchtern, geschäftsmäßig fordernd. »Ich verlange fünfzig Prozent von Ihrem Umsatz, sonst …!« Er ließ den Satz unvollendet.

»Fünfzig …?! Sie sind wohl … Sie sind wohl verrückt!«, stammelte Hubert. »Mit welchem Recht …?«

Der Fremde starrte ihn an, aus Augen, finster wie die schwärzeste Nacht, bis Hubert unsicher den Blick abwandte und erneut Schweißtropfen von seiner Stirn rannen.

»Jede Analyse Ihrer – äh – ›Reliquien‹ würde ergeben, dass die Knochen nicht aus dem Mittelalter, sondern aus einer Zeit von … vor circa einem Jahr datieren«, sagte der Fremde und in seinen alten Augen glühte ein Feuer, das Hubert in Panik versetzte. »Starb damals nicht eine Tante von Ihnen?«

Der Laden begann sich um Hubert zu drehen wie in einem verrückten Karussell. Der *Tod von Ötting* … Nur der Tod selbst konnte über dieses Wissen verfügen! Das Grauen überwältigte ihn, er vermochte sich nicht mehr auf den Füßen zu halten, sank auf einen Stuhl. Und die Madonna? Warum half sie ihm nicht? Würde sie ihn, Hubert, im Stich lassen, obwohl er ihr erst heute Mittag seine prachtvollste Kerze, eine Fünfundfünfzig-Euro-Kerze feinster Machart aus der renommierten Altöttinger Wachszieherei, gebracht hatte?

»Wer sind Sie?«, flüsterte er und das Entsetzen verwandelte seine Stimme in unschönes Quäken.

Der ›Tod‹ ignorierte die Frage. »Für den Anfang«, sagte er kühl, »würden mir hunderttausend reichen. Morgen Abend, gleiche Zeit.« Und damit verschwand er.

Hubert blieb sitzen, bis das Zittern nachließ, und holte dann wie in Trance die letzten Tische herein. Auch die Theres vom Geschäft nebenan war mit Aufräumen beschäftigt.

»Was wollte denn der Totengräber bei dir?«, fragte sie und Hubert starrte sie verblüfft an.

»Totengräber?!«

»Na, der Alte vorhin! Der war Totengräber in Altötting, vierzig Jahre lang oder so. Aber jetzt tickt er nicht mehr richtig.« Die Theres tippte sich mit bezeichnender Geste an die Stirn. »Schleicht nachts über den Friedhof, um sicherzustellen, dass die Toten ihre Ruhe haben. Na ja, jeder spinnt eben auf seine Weise!«

Totengräber, dachte Hubert. Welch passendere sterbliche Hülle konnte sich der Tod zulegen als die eines Totengräbers! Der Kerl musste ihn bei einer seiner nächtlichen Wachrunden beobachtet haben, damals, vor einem Jahr, als er, Hubert, das Grab von Tante Zilla ... Aber er hatte das Geld doch so dringend gebraucht, mit all den Fahrten ins Klessheimer Schloss nach Salzburg, wo die Spieltische unter barockem Stuck lockten, wo prickelnder Champagner über die Verluste hinwegtröstete – wenn man ihn bezahlen konnte ... Vermutlich hatte der Alte das Jahr gebraucht, um auszuspionieren, wofür Hubert die Knochen seiner friedlich in ihrem Bett verschiedenen Tante ... Aber jetzt hatte der Alte ihn aufgestöbert. Und vollkommen in der Hand.

Hubert verbrachte eine ausgesprochen unruhige Nacht, die erste seit Langem, in der er nicht an die Spieltische im Salzburger Schloss oder an die einfacheren Varianten im Burghauser Spieltempel dachte und stundenlang über die sonst so immens wichtige Frage nachgrübelte, ob nächsten Samstag *Rouge* oder vielleicht eher *Noir* gewinnen würde.

Was sollte er nur tun? Er hatte keine hunderttausend, musste im Augenblick froh sein, wenn er irgendwie über die Runden kam. Alles, was ihm die als ›Reliquien‹ gefassten Knochen und Knöchelchen der Tante je eingebracht hatten, war doch den Weg aller Jetons gegangen, vom gierigen Rechen des Croupiers grausam dahingerafft! Natürlich, da war neben dem gerade fertig gestellten Schlüsselbein noch der Mittelfußknochen in der Gruft, den er in Rot und Gold gefasst hatte und für den sich dieser Mann aus Tokio interessierte. Zunächst hatte Hubert sich ja gewundert, dass überhaupt jemand aus Japan … Aber mittlerweile wusste er, dass dort viele Katholiken lebten, und in Asien lagen nun mal die Märkte der Zukunft, offenbar sogar in seinem Gewerbe. Dumm nur, dass der überkorrekte Japaner auf einem zweiten Gutachten vor dem Kauf bestand. Und Siggi, der die perfekt gefälschten Papiere normalerweise so zuverlässig besorgte, hockte ausgerechnet jetzt im Knast und würde erst in zwei Wochen wieder arbeiten können. Der Japaner ließ sich zwar problemlos vierzehn Tage vertrösten, aber galt das auch für den ›Tod‹?

Hubert hätte nie gedacht, dass es mal einen Tag geben könnte, an dem er freiwillig auf sein Frühstück verzichten und selbst zu Mittag nur eine einzige, windige Leberkäs-Semmel hinunterbringen würde. Aber der *Tod von Ötting* hatte ihm auf dem Magen geschlagen, er grübelte den ganzen Tag darüber nach, wie er entweder dem Japaner eine Anzahlung herausleiern oder den ›Tod‹ zum Warten überreden könnte.

Am Abend flüchtete er wieder in die Gnadenkapelle, drei reich verzierte, lange Votivkerzen unter dem Arm, jede zu neunzehn neunzig, die er trotz seiner angespannten Finanzlage in der Hoffnung stiftete, die Madonna würde nochmal ein Einsehen haben und ihn mit einem blauen Auge davonkommen lassen.

Als er in den Laden zurückkehrte, war der Totengräber bereits da, streng, schwarz und unnachgiebig.

»Unten«, murmelte Hubert, müde nach der schlaflosen Nacht, mit einem ängstlichen Blick zum Laden der neugierig-hellhörigen Theres nebenan. »Reden wir unten. Wo keiner mithört.«

Er öffnete die Tür zur Gruft und der ›Tod‹, in plötzlicher Gier, betrat als Erster die Treppe. In diesem Moment sah Hubert seine einzige Chance, stieß mit beiden Händen zu, so fest er es vermochte …

Lange Zeit blieb er zitternd stehen, unfähig, auch nur ein Glied zu rühren, nervös abwartend, ob der ›Tod‹ sich wieder erheben würde. Aber die Figur im schwarzen Mantel lag reglos am Fuß der Treppe, ein elendes Häuflein hautüberspannter Knochen. Den Hut hatte der Alte beim Sturz verloren und mit seiner wächsernen Blässe, die nirgendwo von unschönem Rot gestört wurde, sah er aus, als sei er bereits seit ewigen Zeiten tot …

Ich habe ihn umgebracht! Jesusmaria, was hab ich getan?! Das echte Begreifen kam verzögert und Hubert musste sich gegen den Türrahmen lehnen, um nicht ohnmächtig umzufallen. Ich habe den ›Tod‹ getötet! Was soll ich tun, was soll ich bloß mit der Leiche tun?!

Und dann, mitten in seine Panik, das Schrillen des Telefons! Wer war das, hatte der ›Tod‹ vielleicht doch für die Polizei …? Unruhig wanderte Huberts Blick von der leblosen Figur im Keller zum Telefon und zurück. Wer rief ihn an um diese nachtschlafende Zeit? Wie in Trance zog sich Hubert zum Tisch zurück, hob den Hörer ans Ohr und vernahm die hohe Stimme des Japaners.

»Sorry …«, stammelte er. »I am sorry, but …« Und er setzte zu einer langwierigen gestotterten Erklärung an, warum das zweite Gutachten über den Fußknochen der heiligen Katharina noch nicht vorlag. Bis er begriff, dass der andere gar nicht wegen der Katharina anrief. Sondern im Auftrag eines Freundes, der auf der Insel Honschu, wo immer die sein mochte, irgendeine gewaltige Hängebrücke konstruieren wollte. Ob der Herr aus Altötting dafür vielleicht etwas vom heiligen Nepomuk besorgen könne, dem Beschützer der Brücken?

»Nepomuk? Sorry, I haven't got …«

Mit dem Hörer am Ohr war Hubert zögernd wieder zur Treppe gewandert, sah hinunter in die Gruft, wo der alte Totengräber verkrümmt auf dem Steinboden lag. Das warme Licht der Fackeln malte einen goldenen Schein um seinen klassisch schönen Schädel, fast wie ein Heiligenschein.

Huberts Gedanken irrten ab, zum Schloss Klessheim, zum

nächsten Samstag, zum Klimpern der Jetons in seiner Tasche. Von Tante Zilla war so gut wie nichts mehr übrig, was sich verwerten ließ. Aber sie konnte stolz darauf sein, was sie im Tod erreicht hatte, mehr als in ihrem Leben, denn ihre Gebeine lagen in den prachtvollsten Ruhestätten der Welt, in berühmten Kirchen und Kathedralen in ganz Europa und ihr Mittelfußknochen würde sogar nach Japan …

Während der Japaner munter weiterplapperte, über die Brücke und den heiligen Nepomuk, zog es Huberts Blick zurück zu dem Toten am Fuß der Treppe. Zu dem skelettartigen Körper, der wirklich aussah, als sei er Jahrhunderte tot und nicht erst ein paar Minuten.

»Moment! Wait a moment!« Huberts Stimme gewann plötzlich an Kraft, sein Mund verzog sich zu einem glücklichen Lächeln, während sein Blick unverwandt auf dem wundervollen Schädel mit dem goldenen Schein ruhte. »Was den Nepomuk betrifft: Ich glaube, da kann ich Ihrem Freund doch helfen, sogar mit einem ganz besonders kostbaren Stück …«

Andreas Mäckler

Die fröhliche Wirtin aus Landsberg am Lech

Als der wohlklingende Name *Lukullus* zum ersten Mal über der Tür aufgeleuchtet war, wähnte sich Angela am Ziel ihrer Träume. Lange hatte sie auf ihr eigenes Restaurant hingearbeitet. Es hatte sie eine Menge Geld gekostet, die heruntergekommene Kneipe in eine ansprechende Gaststätte zu verwandeln.

Doch nun kam keiner.

Dabei war die Eröffnung so viel versprechend gewesen. Freunde und der Landsberger Stadtrat hatten mit ihr gefeiert und fest versprochen, mindestens einmal die Woche bei ihr einzukehren. Außerdem wollten sie für Angelas Kochkünste werben. Und neue Gäste, da war Angela sicher gewesen, würden sich bestimmt bei ihr wohl fühlen und bald zu Stammgästen werden – schließlich sah sie gut aus und hatte Charme. Aber seit dem turbulenten Eröffnungstag hatte sich kein Mensch mehr blicken lassen.

So stand sie nun tagein, tagaus hinter der kleinen Bar im Eingangsbereich, an der sich nur ein paar Stammgäste aus der ehemaligen Kneipe festsaßen. Von denen dachte keiner je ans Essen. Angela konnte sich trotz ihrer schlechten Schulnoten in Mathematik leicht ausrechnen, wann sie endgültig pleite sein würde.

Da öffnete sich die Restauranttür und ein gepflegter alter Herr trat ein. Ein Gast! Er wollte tatsächlich etwas essen.

Mit diesem Wunsch verwandelte er die traurige Angela in eine fröhliche Wirtin. Sie blanchierte und häutete Fleischtomaten, briet Austernpilze in einer Pfanne an und servierte zum Hauptgericht eine knusprige Entenbrust in Calvadossoße.

Der alte Herr hob genussvoll die Augenbrauen und prostete ihr mit seinem Weinglas zu. Dann steckte er sich ein Stück Fleisch in den Mund, kaute bedächtig und schluckte es hinunter.

Angela blieb mit fragendem Blick vor ihm stehen, doch der alte Herr sagte nichts mehr. Stattdessen kippte sein Oberkörper auf den Tisch und blieb reglos liegen. Fassungslos starrte die Wirtin auf den Kopf in der Calvadossoße. Sie stieß einen gellenden Schrei aus. Die Stammtischbrüder am Tresen reckten die Hälse. Mit zitternden Fingern wählte Angela die Notrufnummer.

»Herzstillstand«, diagnostizierte der Notarzt kurz darauf.

Der alte Herr wurde aus dem Restaurant getragen, Angela blieb wie versteinert zurück. Sie räumte den Tisch ab und murmelte resigniert: »Wenigstens bezahlen hätte er noch können.«

Am nächsten Tag berichteten dicke Schlagzeilen im *Landsberger Tagblatt* von diesem traurigen Ereignis. Und viele Neugierige kamen zu Angela in die Altöttinger Straße und bestellten Entenbrust in Calvadossoße.

Die Hinterbliebenen des Toten richteten bei ihr einen Leichenschmaus für die Trauergäste aus. Der Friedhof befand sich ganz in der Nähe und die arme Angela sollte so über den erlittenen Schock leichter hinwegkommen. Tatsächlich machte das Klingeln des Geldes in der Kasse die Wirtin wieder rundum fröhlich.

Allerdings hielt die Freude nicht lange an, schon am nächsten Tag zog die alte Trostlosigkeit in die schöne Wirtsstube ein. Nur zwei bis drei verirrte Gäste stellten sich ein, die konnten Angela nicht ernähren.

Dann, als ihr Mut schon unter null gesunken war, ließ sich erneut ein alter Herr bei ihr nieder und studierte die Speisekarte. »Das sind ja Preise wie beim Tierarzt«, protestierte er und klappte die Karte zu.

Angela gelang es, ihn zu besänftigen. Sie ertappte sich bei dem Gedanken, dass es doch gar nicht so schlecht wäre, wenn auch dieser alte Herr plötzlich mausetot umfiele. Das gute Geschäft mit den Trauergästen …

»Bitte bestellen«, knarzte der Alte. Nach etlichen Nachfragen über die Größe der Portionen stellte er sich schließlich ein Menü aus den Beilagen zusammen.

»Möchten Sie zum Abschluss einen Kaffee – natürlich auf Kosten des Hauses?«, umschmeichelte ihn Angela.

»Oh, das ist ganz reizend von Ihnen, junge Frau!« Er sah sie wohlwollend an. »Spare, wo du kannst, dann hast du in der Not nichts zu leiden, sagte schon meine Großmutter selig.«

Angela konnte sich ein Kichern nicht verkneifen. Bloß nicht schwach werden, dachte sie, er hat es ja gleich überstanden. Als ehemalige Anästhesieschwester bereitete es ihr keine Mühe, den alten Mann von seinem krankhaften Geiz für immer zu befreien.

Nach dem zweiten Todesfall in ihrem Restaurant kam sogar ein Reporter von *Antenne Bayern,* um über das Unglück zu berichten. Und wieder tafelten die Trauernden im *Lukullus.* Angela war einmal mehr die fröhlichste Wirtin in der ganzen Stadt.

Um der erneuten Flaute rechtzeitig entgegenzuwirken, servierte sie auch dem nächsten älteren Gast, der ihr Restaurant betrat, freundlich, aber entschieden seine letzte Mahlzeit. Der arme Alte konnte gerade noch die Calvadossoße loben, da jagte es ihn blitzartig in die Höhe, als wäre eine Bombe unter seinen Füßen explodiert, um anschließend stocksteif auf den Stuhl zurückzusinken. Er röchelte und schloss für immer die Augen. Komisch, dachte Angela, jeder stirbt anders. Gleichzeitig war sie stolz darauf, wie geschickt sie ihr Metier beherrschte.

Die Kinder und Angehörigen des Toten entschuldigten sich für die Unpässlichkeit ihres Opas, er sei schon immer unberechenbar gewesen. Zur Entschädigung schmausten sie besonders ausschweifend bei Angela, die das Leben immer lebenswerter fand.

Morgens ging sie zum Schwimmen ins Inselbad und anschließend zur Massagepraxis Fink. Franzl wusste, was Frauen gefällt, und Angela schwebte nach jedem Mal entspannter die Promenade entlang. Sie erfreute sich an den mittelalterlichen Häuserfassaden am Lech. Im *Cortina Eiscafé* aß sie am liebsten den Schwarzwaldbecher mit Schattenmorellen und zwinkerte Alphonso zu – der hätte auch in ihrem *Lukullus* bedienen können. Und wenn abends die letzten Gäste gegangen waren, ging Angela auf einen Absacker zu Charlie Fischer in die *SonderBar* am Hellmair Platz und trank eine Bloody Mary oder auch zwei – je nachdem, wie der Tag so war.

Erst als eine weitere Leiche aus dem Restaurant getragen wurde, nahm Kommissar Bastian von der Polizeiinspektion Landsberg die fleißige Köchin unter die Lupe. In Trenchcoat und mit Hut betrat er unangemeldet ihr Lokal. Sie taxierte ihn mit allergrößtem Interesse. Zu jung, zu gesund, als Opfer ungeeignet, konstatierte sie und strahlte ihn aus himmelblauen Augen an.

Bastian bestellte Entenbrust in Calvadossoße, sprach dem Rotwein reichlich zu, ließ jeden Bissen genüsslich auf der Zunge zergehen und entlockte Angela ein paar Geheimnisse ihrer Kochkunst. Nein, sagte der Kommissar zu sich, als er rundum satt das Restaurant verließ, diese blauen Katzenaugen sagen die Wahrheit. Gleichzeitig bewunderte er sich für seinen Mut, hier überhaupt gegessen zu haben.

In den folgenden Tagen hatte Angela noch reichlich zu tun. Immer wieder kehrten die Trauergäste bei ihr ein, nachdem sie pietätvoll das frische Grab besucht hatten. Doch nach vier Wochen war es vorbei mit der Pietät und das Lokal blieb wieder leer.

Glücklicherweise ereignete sich ein neuer Todesfall im *Lukullus.*

Diesmal war es eine alte Dame, die ihr Kaffeekränzchen nicht überlebte. Und wie zuvor durfte Angela nach der Beerdigung die Trauernden bewirten. Auch diesmal kam der plötzliche Tod für die Angehörigen keineswegs überraschend, denn die übergewichtige Dame war schwer herzkrank gewesen. Die Anverwandten hielten eine Obduktion der Leiche für überflüssig, doch Kommissar Bastian war anderer Meinung. Noch am selben Abend suchte er das *Lukullus* auf und irritierte Angela mit bohrenden Fragen.

»Herr Kommissar, was kann ich dafür? Mein Restaurant liegt nun mal zwischen Friedhof und Altenstift. Da ist der Tod ständig zu Gast.«

»Und Sie sind seine Assistentin?« Bastian runzelte die Stirn. Ob er die Kollegen von der KPI benachrichtigen sollte? Schließlich war nicht seine Dienststelle in der Katharinenstraße, sondern die Kriminalpolizeiinspektion Fürstenfeldbruck – rund fünfunddreißig Kilometer entfernt – für die Aufklärung von Mord und Totschlag in Landsberg zuständig.

Angela reichte ihm die Karte. »Nun essen Sie erst mal was.« Sie nahm seine Bestellung auf. »Und was darf ich Ihnen zu trinken bringen?«

»Als Aperitif einen Kaffee«, sagte Bastian und streckte gemütlich die Beine aus.

Nach einigen Minuten stellte Angela den Kaffee vor ihn hin und verschwand wieder in der Küche. Der Kommissar zog eine Thermoskanne aus der Tasche und goss den Kaffee hinein.

Als Angela Entenbrust in Calvadossoße servierte, fragte sie mit hochgezogenen Augenbrauen: »Noch einen Kaffee?«

Der Kommissar sah blass aus. Er starrte unverwandt zur Decke. Angela zögerte einen Moment, dann rüttelte sie ihn an der Schulter. Bastian sackte zur Seite. Angela schüttelte den Kopf. »Der Kaffee war doch überhaupt nicht stark.«

Der Kommissar richtete sich auf und lachte sie an. »April, April.«

»Sollte das ein Witz sein?« Angela stemmte die Hände in die Hüfte. »So ein junger Mann wie Sie und so schlechte Scherze!«

»Verstehe«, sagte Bastian. »Ich bin erst in zwanzig Jahren dran.« Er schüttete den Entenbraten samt Soße seelenruhig in eine Plastikbox und stand auf. »Eins möchte ich Ihnen gern mit auf den Weg geben, meine Liebe: Gift ist kein guter Konjunkturhelfer.«

Angela lächelte dünn. »Wenn Sie lieber zu Hause essen wollen, hätten Sie es gleich sagen können. Dann hätte ich Ihnen das Essen eingepackt. Wir haben inzwischen einen Heimservice und liefern in der ganzen Stadt aus. Das kommt bei meinen Gästen gut an. Die Landsberger verstehen was von guter Küche.«

Volker Klüpfel und Michael Kobr

Allgäuer Weihnachtsfrevel

Das Gehen fiel ihm schwer. Tief sackten seine Stiefel bei jedem Schritt in den Schnee. Schon nach wenigen Metern ging sein Atem schnell und im Mondlicht trug er ihn wie eine milchige Fahne vor sich her. Er blieb stehen und wischte sich mit seinen Handschuhen den Schweiß von der Stirn. Die Sonne war bereits seit über einer Stunde untergegangen, aber es war so hell, dass die Bäume Schatten warfen. Jetzt, da er stehen geblieben war, fiel ihm auch die Stille auf. Nur sein Keuchen war zu hören, alle anderen Geräusche schien der Schnee zu verschlucken. Er begann zu frösteln und setzte sich wieder in Bewegung.

Noch etwa eine Minute stapfte er durch die Nacht, dann hielt er abrupt inne. Er hatte den Schatten gesehen und erkannt, dass er am Ziel war. Sein Opfer stand vielleicht noch fünfzig Meter von ihm entfernt, aber es gab keinen Zweifel, dass es der Richtige war.

Er sah sich um, um sicherzugehen, dass ihm niemand gefolgt war. Dann hatte er die Stelle erreicht. In seiner Manteltasche schlossen sich seine Finger so fest um das Holz, dass seine Knöchel weiß wurden.

Tu es!, rief er sich innerlich zu. Jetzt! Sachte zog er das Werkzeug aus der Tasche. Für einen Moment brach sich das Mondlicht in der stählernen Klinge und blitzte über sein verschwitztes Gesicht. Er wog das Beil in seiner Hand. Es war schwer. Sein Herz schlug schnell, er holte tief Luft, hob den Arm und trieb die Klinge mit einem Krachen in den Stamm der Tanne.

Unwillkürlich zuckte er zusammen: Er hatte nicht gedacht, dass er einen solchen Lärm verursachen würde. Sein zweiter Hieb war etwas zurückhaltender, auch der dritte und der vierte waren leiser. Beim fünften knackte es ein paar Sekunden und die Tanne geriet ins Wanken, schwankte ganz leicht nach vorn, schien es sich dann aber noch einmal zu überlegen. Er duckte sich, doch der Baum änderte seine Richtung erneut und glitt mit einem Zischen der Äste – als würde eine Windböe hindurchfahren – sanft in den tiefen Schnee.

Zufrieden betrachtete er sein Werk: Gut, der Baum war nicht besonders groß, aber ihn mit nur fünf Schlägen gefällt zu haben, war für einen Mann seines Alters beachtlich. Er packte sein Werkzeug wieder weg, griff den Baum an der Stelle, an der er ihn mit der Axt durchtrennt hatte, und zog ihn vorsichtig durch den Schnee hinter sich her.

Der Rückweg zu seinem Wagen kam ihm ungleich beschwerlicher vor als der Hinweg. Seine Oberschenkel brannten und seine Schulter schmerzte. Er war froh, dass er die Rücksitze seines alten Passats, den er jetzt am Waldrand erblickte, bereits umgeklappt hatte, denn er schwitzte und wollte sich nicht länger als nötig in der Kälte aufhalten. Und ein bisschen kam es ihm hier, im Niemandsland zwischen Württemberg und Bayern, unheimlich vor. Hier, ein kleines Stück oberhalb von Wuchzenhofen, wo sich sonst bestenfalls Fuchs und Hase Gute Nacht sagten – auch wenn er nicht so recht daran glauben wollte, dass sich die Tierwelt im Grenzgebiet nicht nur zweier Bundesländer, sondern auch zweier Mentalitäten besser verstand als die Menschen, die hier lebten.

In dem Moment, in dem er sein Auto erreicht hatte, zuckte ein greller Blitz vor seinen Augen auf. Für einen Moment war er geblendet und erst allmählich zeichneten sich hinter dem Lichtkegel die Umrisse zweier Menschen ab. Obwohl das gleißende Licht noch immer auf ihn gerichtet war, sah er, dass sie grüne Jacken und auf dem Kopf Uniformmützen trugen. Einer von ihnen seufzte tief und sagte dann: »Frohe Weihnachten, der Herr.«

*

Allmählich machte sich Erika ernsthaft Sorgen. Wieder schob sie den Vorhang des Wohnzimmerfensters zurück und lugte in den Hof. Kein Auto. Dabei war er schon über zwei Stunden weg und längst war es dunkel geworden. Sicher: Ihr Mann kam schon einmal später nach Hause. Als Kriminalkommissar in Kempten konnte er eben nicht immer pünktlich Feierabend machen. Aber heute? An Heiligabend? Er wusste doch, dass sie immer auf den Friedhof in Altusried gingen, wenn es dämmerte. Das war fester Bestandteil ihres Weihnachtsrituals: Friedhof, dann bei seinen Eltern Bescherung, zu Hause Kässpatzen, anschließend Geschenke und allgemeine, tief empfundene Freude. Danach eine Runde Plätzle und Glühwein und schließlich – mit einem Ächzen wegen des vollen Magens – in die Christmette.

Ob ihm irgendetwas passiert war? Die Straßen waren schneebedeckt und glatt. Nervös kaute sie auf ihren Fingernägeln.

Ihr Streit fiel ihr wieder ein. Das war aber auch eine Zumutung gewesen, die sie nicht wortlos hatte hinnehmen können. Bestimmt ein Dutzend Mal hatte sie ihn gebeten, ihn ins Wasser zu stellen. Immer wieder versprach er, es »gleich morgen, bestimmt« zu erledigen. Als er den Christbaum, den sie schon Ende November so billig im Baumarkt erstanden hatten, nach dem alljährlichen Heiligabend-Vormittag in der Stadt – an dem er, das wusste sie, obwohl er es nie sagte, immer noch ihr Weihnachtsgeschenk besorgte – aus der Garage geholt hatte, um ihn zu schmücken, sahen sie die Bescherung: Wie immer wartete sie gespannt, bis er das Netz aufschnitt, das die Äste zusammenhielt, freute sich auf den großen Moment der Enthüllung und den sicherlich schönen Baum. Doch was dann passiert war, hatte ihr die Tränen in die Augen getrieben: Als die Äste mit einem Schnalzen nach außen schnellten, erhob sich ein leises Prasseln und einen Atemzug später war das Wohnzimmerparkett von Tannennadeln übersät, während vom Baum nur noch ein dürres, braunes Gerippe mit ein paar traurigen Nadeln übrig blieb.

Man müsse ihn nur geschickt drehen, dann würde er wie neu aussehen, hatte Kluftinger nach ein paar Sekunden ungläubiger Stille noch versichert.

»Entweder dieser Baum oder ich«, antwortete Erika darauf mit zitternder Stimme.

Ein Satz, der ihr jetzt schrecklich leidtat. Wenn bloß nichts passiert war. Vielleicht hatte sie ja überreagiert. Wenn er nur käme! An Weihnachten mussten doch alle zusammen feiern. Notfalls auch ohne Christbaum.

*

»Glauben Sie mir, ich bin ein Kollege!«

»Natürlich, Herr Kollege. Drum haben wir Sie auch mit einer Axt und einer Tanne im Schlepptau nachts im Wald aufgegriffen. Da treffen wir Polizisten uns ja regelmäßig.«

Die zwei Beamten sahen sich an und grinsten. Der ungeliebte Weihnachtsdienst schien abwechslungsreicher zu werden, als sie erwartet hatten.

»Wenn ich es Ihnen sage. Ich bin bei der Kripo Kempten. Hier in Leutkirch wissen Sie halt nichts über mich, aber in Kempten bin ich der Polizei bekannt.«

Kluftinger horchte seinen Worten nach und fand, dass sie in dieser Situation wenig entlastend klangen.

Wieder sahen sich die Beamten an und der kleinere von beiden hob misstrauisch eine Augenbraue. »Wissen Sie was? Dann zeigen Sie uns doch einfach Ihren Dienstausweis«, sagte er.

»Ja meinen Sie, ich nehm meinen Dienstausweis mit, wenn ich nachts im Wald …« Kluftinger stockte. Er lief knallrot an und fuhr fort: »Ach, lassen Sie mich doch einfach mit meiner Frau telefonieren. Sie kann mir meinen Ausweis bringen.«

»Geben Sie mir die Nummer – ich ruf an. Obwohl ich nicht glaube, dass wir damit weiterkommen. Aber heut ist ja Weihnachten …«

*

Kluftinger saß auf der Bank vor dem Tresen des großen Büros wie ein armer, bußfertiger Sünder. Hätte er doch nur diesen saudummen Baum in einen Wasserkübel gestellt. Hätte er nur einmal auf Erika gehört. Hätte er ... Die Tür ging auf.

Erika betrat den Raum, sichtlich aufgelöst, blass und nervös. Trotzdem erschien sie ihm wie ein Engel. Seine Andacht erstarb jedoch schnell, als hinter ihr Annegret Langhammer, ihre beste Freundin, die Wache betrat. Für ein paar Sekunden hielt er die Luft an, dann entspannte er sich wieder. *Er* war nicht dabei, Gott sei Dank. Dr. Schlaumeier mit seinen guten Ratschlägen hätte Kluftinger jetzt auf keinen Fall ertragen. Auf Annegrets Mann, den Altusrieder Arzt und Kluftingers Intimfeind, konnte er in dieser kompromittierenden Situation sehr gut verzichten.

»Da bist du ja! Bist du verletzt? Ich hab gleich die Annegret angerufen, du hast ja das Auto mitgenommen, wir sind sofort hergekommen, was ist denn passiert?« Erika sprach, ohne Luft zu holen.

Kluftinger wusste nicht, wo er mit einer Erklärung anfangen sollte. Und so beschränkte er sich darauf zu sagen: »Nix passiert. Danke fürs Kommen. Und jetzt bitte den Ausweis.«

Verwirrt reichte Erika ihrem Mann das Dokument, das er siegessicher an die Polizisten weitergab.

Der große, hagere Beamte nahm ihn entgegen und bekam große Augen: »Entschuldigen Sie, Herr Hauptkommissar. Sie sind also tatsächlich *der* Kluftinger. Schon viel von Ihnen gehört ...«

Er hielt inne, da erneut die Tür aufging. Kluftingers ohnehin roter Kopf hätte nun im Dunklen geleuchtet, denn was er erblickte, ließ seine Backen glühen: In der Tür stand grinsend, in einen Daunenmantel gehüllt – der aussah, als habe man ihn aufgepumpt –, mit riesigen Antarktis-Überlebensschuhen und gekrönt von einer Pelzmütze Dr. Martin Langhammer.

»Ho, ho, ho«, polterte er mit tiefer Stimme. »Von drauß, vom Walde komm ich her, das Auto korrekt geparkt nun wär!«

Kluftinger verzog das Gesicht. Bevor er etwas sagen konnte, mischte sich der kleine Polizist ein. »Wobei – eigentlich tut das alles nichts zur Sache. Sie haben sich illegal einen Baum angeeignet. Polizist hin oder her. Ein Delikt, das wir verfolgen müssen.«

Schnell blickte Kluftinger zu Langhammer, der sich neben Annegret und Erika gestellt hatte und ihn mit einem überlegenen Lächeln bedachte. Nie würde Kluftinger diesen Ausdruck in seinem Gesicht vergessen.

Hilfe suchend blickte der Kommissar zu dem größeren Polizisten. Der hatte schließlich schon viel von ihm gehört.

»Also ... Sicher hat der Herr Kluftinger eine gute Erklärung für sein Handeln, nicht wahr?«, warf der ihm tatsächlich einen Rettungsanker zu, den er sofort ergriff.

»Äh ... ja genau. Hab ich, hab ich. Also ... ich ... äh ... ein Bekannter von mir, jemand aus Altusried, der hat mich also gebeten, noch schnell einen Baum bei ihm im Wald zu schlagen. Für unser ... Kinderheim. Eine milde Gabe, wissen Sie?«, log Kluftinger und zu seinem eigenen Erstaunen gewann er dadurch etwas Sicherheit zurück. Vor allem als er sah, dass Langhammer auf einmal schuldbewusst den Kopf senkte.

Im gleichen Moment fuhr ein Stoßgebet aus der Leutkircher Polizeistation gen Himmel: *Verzeih mir, liebes Christkind, dass ich an deinem Ehrentag so lügen muss!*

»... ja, und dann ... und dann hab ich mich irgendwie verlaufen. Ich hatte ja den Baum und konnte nicht schnell gehen.« Kluftinger steigerte sich immer mehr in seine Geschichte. »Die Dunkelheit brach herein. Nach langem Suchen sah ich dann schließlich Ihr Licht. Gott sei Dank.«

»Siehst du?«, sagte der Beamte schließlich, indem er seinem Kollegen auf die Schulter klopfte. »Hat alles eine logische Erklärung, Alwin!«

Und Alwin widersprach nicht, sondern zerriss das Formular, auf dem er den Fall bereits notiert hatte.

»Gut, dann packen wir's mal wieder in Richtung Heimat, oder?«, sagte Kluftinger.

Seine Frau schien nicht zu wissen, ob sie lachen oder weinen sollte.

»Ich hol schon mal den Wagen«, bot Langhammer an und verschwand aus der Tür.

Wenige Minuten später kehrte er zurück, allerdings weniger gut gelaunt als zuvor. Er wirkte sogar richtiggehend blass, fand Kluftinger.

Der Doktor blieb eine Weile im Türrahmen stehen und machte ein betretenes Gesicht. Er spielte nervös mit seinen Händen, dann sah er zu Annegret und sagte kleinlaut: »Die Schlüssel …«

Seine Frau verstand nicht, ebenso wenig wie Kluftingers und die beiden Polizisten.

»Ich … ähm«, Langhammer räusperte sich, »… also ich hab die Schlüssel wohl im Auto quasi … liegen gelassen.«

Annegret ließ sich auf einen Stuhl fallen und seufzte: »Auch das noch!«

Schnell war Langhammer bei ihr und beeilte sich hinzuzufügen: »Aber ich habe den Mercedes-Dienst schon verständigt. Die werden jeden Moment hier sein.«

»Wann?«, war alles, was seine Frau erwiderte.

Langhammer murmelte etwas Unverständliches.

»Wie bitte?«, hakte sein Frau nach.

Widerwillig wiederholte Langhammer: »In einer Stunde etwa. An Weihnachten sind sie nicht so gut besetzt.«

Es kostete Kluftinger große Mühe, sein Grinsen, das nun mit aller Gewalt ans Licht wollte, zu unterdrücken. Es war ihm, als hörte er einen himmlischen Chor »Halleluja« singen. Er hob seinen Kopf zur Decke und flüsterte: »Danke, Christkind!« Es hatte ihm die Sache mit der kleinen Notlüge also nicht übel genommen.

Doch sein Triumphgefühl hielt nicht lange an. Das Schluchzen seiner Frau holte ihn wieder auf den Boden der Tatsachen zurück.

»Was ist denn, Erika?«, fragte er besorgt und legte unbeholfen den Arm um sie.

»Na, das sind ja schöne Weihnachten. Hier auf der Polizei … Und unser Sohn ist jetzt ganz allein daheim und … und …« Der Rest des Satzes ging in einem Wimmern unter.

Kluftinger blickte zum Doktor, der ihn mit einem strafenden Blick bedachte. Offenbar gab er Kluftinger die Schuld an der ganzen Misere. Doch auch auf Langhammers Gesicht legte sich kurz darauf ein sorgenvoller Ausdruck, als Annegret, offenbar von Erika angesteckt, ebenfalls in ein herzerweichendes Jammern ausbrach.

Ratlos blickten sich die Ehemänner an. Auch die beiden Polizisten standen hilflos und von der Situation offensichtlich überfordert hinter dem Tresen.

Erika schien sich als Erste wieder zu fangen und sagte leise: »Nicht einmal einen Baum haben wir.« Dann brach sie erneut in Tränen aus.

Der Raum war sekundenlang vom Wehklagen der beiden Frauen erfüllt. Die Ehemänner versuchten vergeblich, ihre Gattinnen zu beruhigen.

Plötzlich durchbrach eine Stimme das Schluchzen der Frauen: »Das ist so nicht ganz richtig.«

Alle Köpfe ruckten herum und sahen den kleineren der beiden Polizisten an, der prompt rot anlief. Nur das Radio, in dem heute Abend unablässig Weihnachtslieder liefen, quäkte leise »Oh du fröhliche« in die gespannte Stille.

Der Polizist deutete mit dem Kopf in Richtung Ausgang. Dort stand, an die Wand gelehnt, noch immer der kleine Tannenbaum, den Kluftinger vor Kurzem gefällt hatte.

»Ich mein ja nur, wegen Ihrer Frauen«, erklärte der Beamte.

Etwa zwanzig Minuten später saßen sie zu sechst im Halbkreis um einen Schreibtisch herum, auf dem nun der Baum stand.

Sie hatten das Licht etwas gedimmt und richteten ihre Augen ergriffen auf die Tanne, deren Zweige mit einer rotweißen Flatterleine mit der Aufschrift *Polizeiabsperrung* und einigen Papierschlangen aus dem Reißwolf als Lamettaersatz geschmückt waren. Daneben brannten die Kerzen eines Adventskranzes. Und als einer der Polizisten plötzlich begann, leise eines der Weihnachtslieder im Radio mitzusingen, stimmten sie nacheinander alle mit ein: »Sti-hille Nacht, heilige Nacht, alles schläft, einsam …«

Zufrieden nahm Kluftinger wahr, wie sich seine Frau bei ihm unterhakte und ihre Wange an seine Schulter schmiegte. Sie seufzte erleichtert. Als er ihr einen Kuss auf die Stirn gab, flüsterte sie ihm ergriffen ins Ohr: »So ein schöner Baum …«

Krystyna Kuhn

Füchsleinstraße Würzburg

Er zog die Tür hinter sich zu und verharrte einen Moment. In der Straße war es ruhig. Und genau das brauchte er, eine Zeit der Stille, eine Phase der Besinnung.

Er war nicht der Einzige. Ganz sicher nicht. Die Dunkelziffer der Menschen, die von einem Ausbruch aus der geschlossenen Abteilung ihres Alltags träumten, war hoch. Höher, als ihr reibungslos ablaufender Alltag vermuten ließ. Thomas wusste das, denn er hatte es immer wieder in vielen Gesprächen erfahren. Und es war diese Verzweiflung hinter der Fassade der Lebendigkeit, die ihn davon überzeugte, das Richtige zu tun. Er sollte seine Entscheidung als Chance, als Geschenk betrachten. Immerhin war es nur wenigen vergönnt, für den Bruchteil einer Sekunde ein klares Bewusstsein der eigenen Existenz zu erlangen. Solche Erleuchtung fanden seiner Erfahrung nach allenfalls indische Gurus, buddhistische Priester und vielleicht noch auserwählte orthodoxe Mönche in ihrem Felsenkloster.

Er atmete tief durch und wandte sich nach rechts. Unwillkürlich mied er den Weg über die Domstraße, ging vielmehr hoch zur Residenz und schlug von dort über den Berliner Ring den Weg zu seinem selbst gewählten Exil ein.

Noch war die geschlossene Abteilung, in die Julies Stammkunde gerade zurückgekehrt war, hell erleuchtet. Als Pfleger im Endstadium beschrieb Julie ihn gegenüber Kolleginnen. »Genauso gut könnten wir verheiratet sein. Jedenfalls habe ich ihn so satt wie einen Ehemann.«

Es war Mittwochabend, kurz vor zehn Uhr. Vorabend zu einem dieser Feiertage, an dem neunzig Prozent von Julies Kunden (von denen wiederum neunzig Prozent Familienväter waren) mit ihren zu neunzig Prozent im falschen Moment an Migräne leidenden Hausfrauen und ihrer Brut auf dem Rücksitz die Stadt verließen, um zu einem Kurzurlaub aufzubrechen. Der nördliche Stadtring, der unterhalb der Brücke Richtung Europastern führte, war den ganzen Abend verstopft gewesen. Tausende von Menschen wurden von diesen in regelmäßigen Schüben auftretenden Panikattacken überfallen, die sich grundsätzlich im Mai in scheinbar harmlosen Wochenendausflügen entluden.

Julie hatte einen Job ohne Anspruch auf Urlaub. Sie flog nie in den Süden, sie legte sich nie an den Strand, sie hatte das Meer noch nie gesehen. Der einzige Weg, den sie zurücklegte, war der von der Elefantengasse in der Innenstadt zu den Kliniken in Grombühl.

Ein Licht nach dem anderen in dem Gebäude wurde gelöscht. Die Pfleger schleppten Zwangsjacken und Psychopharmaka, die von völlig überarbeiteten Ärzten angeordnet wurden, durch endlose Flure und die Patienten vegetierten in ihren Zimmern auf den Stationen dahin mit der Aussicht auf ein Wochenende, das sich ziehen würde wie der langjährige Marathon ihrer Depressionen. Ihnen war die Flucht verwehrt – wie Julie.

Julie hieß eigentlich Dagmar Bötsch und war zehn Kilometer von Würzburg entfernt auf einem Bauernhof in Rottendorf aufgewachsen. Mit drei Hühnern, zehn Stück Rind, fünf Schweinen und einer Großmutter, die man nicht aus den Augen lassen konnte, weil sie mit siebzig begann, Stecknadeln zu verschlucken.

Abend für Abend stand Julie angestrahlt von der Straßenlaterne vor dem Tor und wartete. Hier war ihr Stammplatz, hier hatte das Leben sie hingestellt in einer Aufmachung, die auf Männer wirkte wie ein rot blinkendes Signal. Und wie vor einem Bahnübergang machten die Männer vor ihr Halt. Angespannt, ungeduldig, fieberhaft. Nur einen Gedanken im Unterleib – hoffentlich bald freie Fahrt!

Die Festung und die Kuppel des Doms, auf die sie von der Brücke hinabblickte, waren nur als Silhouette erkennbar.

Denn seit Julie ihren Platz in der Füchsleinstraße eingenommen hatte, regnete es. Der aufdringliche Nieselregen durchfeuchtete ihr nicht gerade wetterfestes Outfit. Sie fühlte sich klamm und modrig. Sie ging einen Schritt nach vorn auf die Straße, kickte mit der Spitze des Stöckelschuhs die Zigarettenkippe in den Gully und hoffte, dass der Regen anhielt. Vier Tage lang. Europaweit. Damit die Familienväter in ihren Kurzurlauben litten. Litten, dass ihnen die Galle hochkam, die Aggressionsschübe sich stauten, die Wut im Innersten sich auf den Siedepunkt erhitzte.

Doch was hatte sie – Julie – davon?

Nichts, außer dass sie doch wieder zu ihr kamen, um sich zu befreien.

Sich befreien! Aber richtig! So für immer!

Einfach den Fuß auf die Fahrbahn setzen und die Straße entlanglaufen Richtung Sonnenuntergang, der nie stattfand. Sie war drauf und dran tatsächlich loszugehen, als ein Mann die Rimparer Straße hochkam. Mit langsamen, schweren Schritten lief er Richtung Klinik. Endogene Depression im 3. Stadium! Wieder einer, der verzweifelt war und Hilfe suchte. Heute schon der vierte. Immer am Abend, immer im Schutz der Dunkelheit, immer am Wochenende, immer an Feiertagen.

Seit ihre Großmutter in der Füchsleinstraße mit Elektroschocks behandelt worden war, interessierte Julie sich für psychiatrische Erkrankungen. Diagnostizierte sie bei den Patienten. Manchmal fragte sie auch die verschiedenen Ärzte aus, die sie in ein Hotel in der Veitshöchheimer Landstraße oder der Juliuspromenade mitnahmen, um nach sechsunddreißig Stunden Schichtdienst für kurze Zeit abschalten zu können. Um alles, was sich angestaut hatte, bei ihr in dem gemieteten Zimmer loszuwerden, bevor sie nach Hause zurückkehrten und Normalität spielten.

Der Mann blieb vor dem Tor stehen, schaute das Gebäude hoch, verharrte. Er war jung, hatte Idealgewicht, war noch im Vollbesitz seiner Haare. Julie ging ihm entgegen. Der junge Mann war eine Gelegenheit. Ihre Stöckelschuhe, deren

Metallabsätze spitz waren wie ein Stilett, klapperten gleichzeitig geschäftstüchtig und verheißungsvoll auf dem Asphalt.

Klick, klack, klick, klack.

Der junge Mann drehte sich zu ihr um.

Er war nicht nur jung, er war auch schön.

Die blonden Haare! Das glatt rasierte Kinn! Die geraden Gesichtszüge! Und die Augen braun und glänzend wie das Glas einer Ray-Ban-Sonnenbrille.

Einer zum Küssen! Aber Küssen war verboten. In ihrer Welt waren Küsse heilig und genau deswegen dachte sie daran, als sie dem jungen Mann ins Gesicht sah.

Aber er beachtete sie nicht. Vielmehr trat er höflich einen Schritt zur Seite, um ihr Platz zu machen. Julie wartete ab. Sagte erst nach einer Weile den üblichen Spruch: »Na, so alleine unterwegs?«

Er antwortete nicht, schien sie aber nun wenigstens wahrzunehmen. Wenn der mit ihr ging, konnte der Arzt aus der Forensik, der nach Dienstschluss rammelte wie ein Hase und ihr vor seinem Maifeiertagswochenende mit Sicherheit noch einen »Kurzen«, dreißig Euro das Stück, besorgen wollte, seine Haken woanders schlagen.

Wieder einmal Sex in einer Form, wie man ihn hat, wenn man noch jung und unschuldig ist. Wenn man Männerkörper noch attraktiv findet und sie nicht mit schnaufenden Dieselloks gleichsetzt. Wenn man Männerschweiß noch riechen kann und nicht kotzen möchte. Wenn man das Gestöhne noch als Fremdsprache der Lust übersetzt und nicht als primitiven Brunftgesang. Wenn ein Kuss ein Versprechen ist und die Liebe – Sehnsucht in ihrer reinsten Form.

Doch Julie hatte nicht viel Zeit. Rambo würde bald auf seinem Kontrollgang erscheinen. Eile war geboten. Also ging sie dicht an den schönen Mann heran und sagte: »Du bist aber süß.«

Er zuckte zurück.

»Na, wer hat denn hier Angst?« Sie lachte kurz auf. Erfreut, nicht spöttisch.

Er schaute sie nicht an.

»Ich hätte gerade Zeit für dich!«, sagte sie schließlich, um schneller auf den Höhepunkt zu kommen. Schließlich konnte Rambo jeden Moment auftauchen. »Hat es dir die Sprache verschlagen?«

Julie wusste nicht, dass sie mit dieser Frage ins Schwarze traf, sodass ihr Gegenüber die Begegnung als göttliches Zeichen deutete, als Wende zu einem irdischen Schicksal.

Er räusperte sich und krächzte: »Ja.«

»O Gott«, sagte Julie ehrlich, ohne dieses falsche Mitleid, wie sie es bei den Patienten draufhatte, die der Pfleger ihr brachte. »Du klingst ja furchtbar.«

»Heiser«, flüsterte der junge Mann. »Ganz plötzlich.«

»Wie heißt du?«, fragte Julie.

»Thomas.«

»Thomas«, wiederholte Julie. »Thomas. Und was machst du hier, Thomas?«

»Ich weiß nicht«, krächzte er und drehte sich unwillkürlich in Richtung Eingangstor.

Julie hob sich auf die Zehenspitzen, obwohl sie mit ihren Stilettschuhen so groß wie er war, und flüsterte: »Frag mich.«

Ihm wurde heiß, denn ihre Zunge streifte langsam sein Ohr. Unabsichtlich oder mit Absicht? Er wusste es nicht. Aber jedenfalls war diese Zunge der Auslöser, dass er plötzlich überhaupt keine Luft mehr bekam. Er atmete schwer. Nur noch ein Röcheln kam aus seinem Mund.

Julie verstand das als gutes Zeichen. Dieser Chorknabe vor ihr schrie nach Berührung. Sie strich zärtlich über seine Hand. Wieder zuckte er zusammen.

Wenn ihn schon ein einziger Zungenschlag aus der Fassung brachte, dann würde ein Kuss, ein Kuss zärtlich und dennoch mit Tiefgang, ihn zu Fall bringen.

Langsam und vorsichtig setzte sich ihr Kopf in Bewegung, näherte sich seinem Mund, ihr Atem streifte seinen, ihre Lippen öffneten sich und wieder hoben sich die Stöckelschuhe, als sie den Mund auf den seinen legte. Julie spürte, wie seine Zunge automatisch reagierte. Sie wollte sich schon zurückziehen, als sich plötzlich seine Hand in ihren Nacken legte, sein Mund sich unaufhörlich, sehnsüchtig, verzweifelt an ihren Lippen festsaugte. Sie lehnte sich an seine Schulter, wurde weich in den Knien, bis ihr Rambo erschien. Mit der ausgestreckten Hand.

»Stopp«, sagte sie. »Nicht so schnell. Wir müssen verhandeln.«

»Ich habe kein Geld«, sagte Thomas mit einer Stimme, die plötzlich erstaunlich klar war.

»Dann musst du warten. Bis Rambo weg ist.«

»Wer?«

»Rambo«, antwortete Julie, riss sich zusammen, ging einen Schritt zurück und sagte entschieden: »Mein Zuhälter.« Und weil sie Thomas im Lichte eines Retters sah, fügte sie hinzu: »Ein Schwein. Er hat ein Einfamilienhaus in Gerbrunn, wo er den liebevollen Familienvater und Ehemann spielt. Niemand weiß von seinem Nebenjob. Ganz ohne Gewerbeschein, keine Steuern, vorbei am Finanzamt. Aber immer im Dienst am Bürger.«

Sie schwiegen beide eine Zeit lang. Der Regen wurde heftiger. Schritt für Schritt rückten sie einander näher.

»Warum bleibst du bei diesem ... Rambo?«, fragte Thomas schließlich. Er war in seine alte Heiserkeit verfallen, kein Wunder, denn aus seiner Frage sprach brennendes Interesse.

Julie lachte: »Warum? Warum?« Sie wurde angetrieben, aufgestachelt von seiner Unschuldsmiene, seiner Naivität. »Aus demselben Grund, weshalb eine Frau, die von ihrem Ehemann geschlagen wird, nicht geht. Weshalb Töchter ihre Eltern nicht verlassen, obwohl der Vater jede Nacht in ihr Bett kommt. Aus solchen Gründen ... was weiß ich. Vielleicht sollte ich durch dieses Tor dort gehen, die Psychiater da drinnen, die wissen vielleicht, warum, können es erklären ... Obwohl es dieselben sind, die mich einmal die Woche, einmal im Monat, einmal im Jahr hier draußen suchen. Alle suchen nach mir. Ausnahmslos.«

»Schlägt er dich?«, fragte Thomas. Plötzlich hatte er denselben Tonfall wie ein Sozialarbeiter. Ein verzweifelter Versuch, sich hinter der einzigen Rolle zu verstecken, die er beherrschte.

Wieder lachte Julie. Er hatte offenbar im Leben nicht aufgepasst, wichtigen Unterricht versäumt, warum auch immer. Er benötigte dringend einige Lektionen.

»Er schlägt mich, er kassiert die Hälfte von meinem Lohn, er gibt mir abgezählte Kondome und will sie gebraucht zurück. Damit er abrechnen kann. So hat er mich unter Kontrolle. Er fährt hier Streife, er droht mir, vergewaltigt mich, er hat seine Spitzel in der Klinik. Verstehst du, er weiß, wo ich zu finden bin. Und diese Stadt ist klein, oder? Würzburg ist nicht Berlin, nicht einmal Hamburg oder München.«

Thomas nickte. »Ich weiß«, sagte er und wiederholte: »Ich weiß.« Und seine Stimme klang schon viel besser als noch vor einigen Minuten.

»Und du?«, fragte Julie. Sie presste sich mit dem ganzen Körper an ihn. Die Brüste rieben sich an seinem Brustkorb. Sie roch nach etwas Süßem, wie Weihrauch. »Was treibt dich umher?«

»Ich«, antwortete Thomas ausweichend, »ich gehe nur spazieren.«

»Nur spazieren?« Julies Kichern verriet, dass sie ihm kein Wort glaubte. »In der Füchsleinstraße? Hier geht niemand spazieren.«

Bevor Thomas ihr antworten konnte, bemerkten beide, dass sich aus der Schistlstraße ein großer Wagen langsam näherte. Seine Lichter leuchteten die nasse Straße aus wie Suchscheinwerfer der Wasserschutzpolizei die Fahrrinne eines Flusses.

»Da kommt er«, sagte Julie. »Und sucht mich.«

Thomas bewegte sich nicht. Er blieb neben ihr stehen, als gehöre er zu ihr.

Ein weißer Mercedes hielt genau neben ihnen. Das Fenster öffnete sich mit leisem Surren.

Julie ging zu dem Wagen und beugte sich hinunter.

»Nicht viel los«, sagte sie.

»Nur dieser kleine Wichser da? Du willst mir doch wohl nicht sagen, dass du hier schon seit Stunden Maulaffen feilhältst.« Sein Dialekt war breit wie sein Hintern. (Willst mo wohl nid soch, dass de scho said Stunde Mauloffe failhäldsd.) Und Julie fragte sich zum ersten Mal, warum sie jemanden, der solchen Dialekt sprach, überhaupt ernst nahm, geschweige denn Angst vor ihm hatte.

Die Nähe zu Thomas beflügelte sie. »Jetzt«, antwortete sie in reinstem Hochdeutsch. »Die Zeit ist gekommen. Ich sage dir überhaupt nichts mehr. Ich steige aus.« Sie riss das Päckchen Kondome aus der roten Herztasche und schmiss es auf den Beifahrersitz. »Hier!«, schrie sie. »Fick in Zukunft deine Kunden selbst.« Dann drehte sie sich um, nahm Thomas am Arm. »Gehen wir.«

Thomas folgte ihr. Oder besser: Er wollte ihr folgen. Doch aus den Augenwinkeln sah er, wie der selbst ernannte Würzburger Rambo aus seinem weißen Mercedes stieg. Sein rundes Gesicht war rot vor Wut. Wie die untergehende Sonne über der Festung. Er war plötzlich hinter ihnen. Und er hatte ein Messer in der Hand. Er hatte es Julie einmal vorgeführt. Ein FBI-CLIP-Knife, blitzschnell zu bedienen, bei einem amerikanischen Soldaten gekauft, der in der Kaserne im Frauenland stationiert war.

Die Klinge aus chirurgischem Stahl fuhr hervor. Rambo hielt das Messer leicht in der Hand. Dann warf er es in die andere Hand. Hin und her. So spiele ich mit eurem Leben.

Julie schrie los. Im Grunde war das außer ihren Stöckelschuhen die einzige Waffe, die sie hatte. Ein gellender Aufschrei, der zu der roten Herztasche passte, zu dem schwarzweiß karierten Lederrock, der blonden Perücke, den falschen Wimpern.

Thomas, noch vor zwanzig Minuten heiser aus Verzweiflung und Einsamkeit, müde der Selbstbeherrschung seines Körpers, die er seit frühester Jugend eingeübt hatte, Thomas holte mit dem rechten Arm aus und schlug Rambo das Messer aus der Hand. Irgendwann, erinnerte er sich plötzlich wieder, irgendwann in meinem ersten Leben war ich unterfränkischer Meister im Ju-Jutsu. Das war, bevor mein Geist begann, sich in meinem Körper auszubreiten wie ein Geschwür. Thomas neigte zur Dramatik.

Das Messer flog in hohem Bogen aus Rambos Hand und landete direkt vor Julies Füßen.

»Danke«, sagte sie, bückte sich, hob es auf und hielt es in Rambos Richtung.

»Nein«, krächzte Thomas, nun wieder stärker heiser, und nahm die Waffe in seine Obhut. Das Messer fühlte sich kalt an, schwer und hatte die Ausstrahlung dessen, was es war. Eine gefährliche Waffe, die ihm der Zufall, das Schicksal, eine falsche oder richtige Entscheidung – in diesem Moment wusste er es noch nicht – in die Hand gespielt hatte.

Verwundert, ungläubig starrte er es an und diesen Moment nutzte Rambo, um ihm die Faust ins Gesicht zu rammen. Es krachte laut. Das Blut strömte aus allen Poren, rann die Kehle hinunter, schmeckte bitter, trat aus dem Mund, lief das Kinn herab.

Automatisch schnellte Thomas' Bein nach vorn, fuhr zwischen Rambos Oberschenkel, schwang sich um dessen Schienbein. Es war ein Reflex. Gelerntes Verhalten seines Körpers in frühester Jugend. Es war der 1. Dan, der aus ihm sprach.

Rambo fiel zu Boden, lag vor ihm im Matsch, ächzte, stöhnte, schrie.

Das Licht in der Notfallambulanz der Psychiatrischen Klinik Füchsleinstraße ging an. Von Weitem war das Martinshorn zu hören.

»Schnell«, sagte Julie.

Was meinte sie damit – schnell? Schnell verschwinden?

»Noch nicht«, antwortete Thomas und war plötzlich wieder nicht mehr heiser. »Ich bin noch nicht fertig mit dem hier.« Was rede ich da, fragte er sich gleichzeitig. Wovon spreche ich nur? Was denke ich?

Rambo rührte sich bereits wieder und gleich würde der Krankenwagen kommen.

»Schnell«, sagte nun auch Thomas zu Julie. »Pack an.«

Gemeinsam zogen sie den schweren Mann, verborgen

durch eine Reihe parkender Autos, nach rechts. Sie verschwanden genau in dem Moment hinter dem Gebüsch, als der Krankenwagen mit Blaulicht vor dem Tor hielt.

Thomas und Julie hielten den Atem an, nur Rambo schnaufte laut und keuchend auf dem nassen Boden.

»Schnauze!«, befahl Thomas und Julie trat mit der scharfen Spitze ihres Stöckelschuhs direkt und zielgenau ins rechte Auge. Leichter Widerstand war zu spüren. Sie bohrte das Stilett des Absatzes tiefer in die Höhle. Der Augapfel gab nach. Rambo schrie lauter und Julie zog den Schuh wieder heraus. Sie nahm ihn vom Fuß und wischte ihn mit den Blättern der Büsche sauber. »Gott sei Dank ist es dunkel«, sagte sie.

»Danke nicht Gott«, antwortete Thomas mit klarer Stimme, »sondern der Nacht.«

Sie konnte nicht fragen, wie er das meinte, denn Rambo brüllte nun. »Bring ihn zur Ruhe ... er soll ruhig sein ...« Und als Rambo nicht aufhörte, sagte Julie im Dialekt ihrer Kindheit: »Moch's dod.« Es war ihre Mutter, die das zu ihr gesagt hatte, wann immer eine Ratte aus dem Schweinefuttertrog gehüpft war.

Und Thomas fand selbst, dass die Sache sauber zu Ende gehen musste. Er wusste nicht, wie lange ein Mensch mit einem durchstochenen Auge weiterleben konnte. Es war wie mit den Tieren. Wenn sie zu sehr litten, musste man sie töten, ihnen Gnade gewähren.

Und daher stach er zu.

Eine strahlend rote Sonne hing über der einsamen Bucht Cala Bella Dona. Langsam und lautlos, wie in Zeitlupe, fiel der Feuerball am Horizont ins Meer. Wenn man sich bei einem Sonnenuntergang etwas wünschen könnte wie bei einer Sternschnuppe, wären die Wünsche groß und mächtig. Doch Julie und Thomas waren auch so wunschlos glücklich. Sie lagen im warmen Sand. Fünf Tage waren vergangen, seit sie in das Flugzeug nach Mallorca gestiegen waren. Das hatte Julie sich gewünscht und ihr Wunsch war Thomas heilig.

»Denn ein Leben nach dem Tod kann man sich nicht aussuchen«, sagte er, »aber das Leben davor.«

Julie genoss diese Sätze, sie hatten etwas sinnlos Luxuriöses an sich. Aber bisher hatte sie diese Äußerungen nicht verstanden, genauer gesagt bis zu diesem Moment. Denn wie jeden Tag seit fünf Tagen öffnete sie am Abend die Zeitung, um mehr darüber zu erfahren, was passiert war, nachdem man in der Füchsleinstraße in Würzburg die Leiche des Polizisten im Gebüsch gefunden hatte. Die Tür seines weißen Mercedes hatte aufgestanden. Er hinterließ eine Frau und vier Kinder in tiefer Trauer, mit denen er über Fronleichnam in die Alpen hatte fahren wollen. Doch heute war es nicht die Berichterstattung über die Beerdigung, die Julies Interesse fesselte *(tausende Beamte gedachten des getöteten Kollegen)*, sondern eine andere Überschrift:

STUDENT SPURLOS VERSCHWUNDEN.

Die Polizei in Würzburg bittet um Mithilfe bei der Suche nach dem vermissten Thomas Streit. Von dem 25 Jahre alten Studenten der Theologie fehlt seit Mittwochabend jede Spur. Nach einem letzten Gespräch mit dem Regens des Priesterseminars am Mittwochnachmittag ist Thomas Streit von niemandem mehr gesehen worden. Ein Selbstmord wird ausgeschlossen. »Je länger wir ermitteln, umso besorgter sind wir«, sagte der Polizeisprecher Peter Wild. Wie der Regens erklärte, sollte Thomas Streit am nächsten Tag im Dom seine Priesterweihe erhalten. Er habe diesem Ereignis voller Vertrauen in Gott entgegengesehen. Ein Verbrechen kann daher nicht ausgeschlossen werden, teilte die Polizei weiter mit.

Horst Eckert

Servus Oberpfalz

Gut fünfhundert Kilometer bis Pressath in der Oberpfalz. Tobias Dollinger erreichte die Auffahrt zur Autobahn. Sein Herz klopfte, als er die rechte Hand hinüber auf die Tasche legte, nur noch mit der Linken steuernd. Zum wiederholten Mal stellte er sich vor, mit welchem Krach der Schwindel auffliegen würde, wenn er das Geld nicht spätestens am Monatsende wieder auf die Konten fließen lassen würde, von denen er es gestohlen hatte.

Die Bank würde ihn vermutlich nicht anzeigen, um keinen Skandal zu riskieren. Aber man würde ihn feuern und dafür sorgen, dass er in dem Beruf, den er gelernt hatte, keinen Fuß mehr auf den Boden bekäme. Es wäre sein sicherer Ruin.

Vor dem Kreuz Düsseldorf-Süd floss der Verkehr zäh. Die Autos vor ihm wirbelten Dreckwasser hoch und die Scheibenwischer verschmierten es. Wieder und wieder drückte Tobias den Hebel, doch die Düsen der Sprühanlage waren offenbar zugefroren. Minusgrade, zu wenig Frostschutzmittel.

Nur im Rückspiegel hatte er perfekte Sicht. Als er ein Martinshorn vernahm und auf der Standspur von hinten ein Blaulicht heranraste, befürchtete er für einen Moment, es gelte ihm.

Es dauerte eine Weile, bis Tobias endlich die erste Raststätte erreichte. Er stellte seinen Astra hinter der Tankstelle ab und betrat den Shop.

Frostschutzmittel war ausverkauft.

Im schneidenden Wind vor den Toiletten standen ein Dutzend Leute Schlange. Ein Angestellter der Tankstelle gab gratis heißes Wasser aus. Bibbernde Autofahrer griffen hektisch nach den dampfenden Eimern und schütteten den Inhalt über die Düsen ihrer Scheibenwaschanlagen.

Tobias stellte sich ebenfalls an.

»Da schau her, der Mike«, sagte sein Berater am anderen Ende der Leitung. »Woher der plötzliche Sinneswandel, fünf Tage vor dem Spiel?«

Michael Dollinger blickte aus dem Fenster. Alles war weiß, ein wunderschöner Wintertag. Rechts das Tal mit den zugefrorenen Fischweihern. Gegenüber das Wäldchen, in dem er als Kind gespielt hatte, wenn kein Training gewesen war. Der Garten des Elternhauses war der ideale Baugrund für seinen Bungalow gewesen. Groß genug und wunderschön gelegen.

»Ganz einfach«, antwortete er. »Ich brauch das Geld.«

»Das hättest du dir eher überlegen müssen.«

»Wieso?«

»Der Deal ist längst gelaufen.«

Michael überlegte, wen Hanke an seiner Stelle bestochen hatte. Im Verein vertrat er seines Wissens nur ihn. Vielleicht wollte der Spielerberater auch nur den Preis drücken.

Draußen stapfte Michaels Vater durch den Schnee die Straße hinunter. Gebeugter als sonst. Den Kragen des schwarzen Mantels hochgeschlagen, die Fäuste tief in den Taschen vergraben. Sein Vater hatte nur noch ihn, überlegte Michael. Tobias war weggezogen ans andere Ende der Republik.

Ihm kam eine Idee. »Um das Spiel verlässlich zu schieben, brauchst du …«

»Spinnst du, Mike? So was sagt man nicht am Telefon!«

»Einer genügt jedenfalls nicht. Willst du es richtig machen oder nicht?«

»Erst machst du einen auf empörte Jungfrau, dann drängst du dich auf, als hinge sonst was davon ab. Wie kommt's?«

»Frag nicht so blöd.«

Der Vater verschwand aus seinem Blickfeld. Seltsam, dachte Michael. Sonst nimmt er für jeden Schritt seinen Mercedes.

Für einen Moment war Stille in der Leitung. Dann fragte Hanke: »Wo steckst du gerade?«

»Zu Hause.«

»In Bayerisch-Sibirien? Okay, ich ruf dich in zehn Minuten zurück.«

Alfred Dollinger erreichte den Friedhof gerade rechtzeitig zum Ende der Beisetzung. Stefan, sein alter Klassenkamerad, Flüchtlingskind und evangelisch. Sie waren gemeinsam nach Weiden aufs Gymnasium gegangen und hatten sich gegenseitig ihre Freundinnen ausgespannt. Ein großes Drama, fast vierzig Jahre war das her.

Der Totengräber hatte ganze Arbeit geleistet, fand Dollinger. War sicher nicht leicht, im gefrorenen Boden eine Grube auszuheben.

Aus sicherer Distanz beobachtete er Barbara, die Beileidsbekundungen entgegennahm. Sie wirkte gefasst. Immer noch eine attraktive Frau. All die Jahre hatte Alfred in dem Bewusstsein gelebt, dass Stefan das bessere Los gezogen hatte.

Barbara verließ die Grabstätte als Letzte. Alfred passte sie ab. Sie blickte ihn mit großen Augen an – nicht die Spur eines Lächelns.

»Dollinger, was machst du hier?«

Jenseits der Straße ratterte mit hoher Geschwindigkeit ein Zug vorbei. Vielleicht ein Armeetransport, der für die US-Garnison in Grafenwöhr bestimmt war.

»Ich muss in letzter Zeit oft daran denken, dass alles auch ganz anders hätte laufen können.«

»Sag mir lieber dein Beileid«, antwortete Barbara schroff.

Tobias goss das heiße Wasser über die Düsen der Scheibenwaschanlage, brachte den leeren Eimer zum Toilettenhäuschen zurück und bedankte sich. Dann fiel ihm ein, dass er den Astra nicht abgeschlossen hatte. Neunzigtausend Euro ohne Aufsicht. Passanten auf dem Weg zum Restaurant verdeckten die Sicht auf sein Auto.

Er stürzte los, glitt im Matsch aus, rappelte sich hoch und sprintete mit schmerzendem Knie zum Wagen. Schwer keuchend ließ er sich hinter das Lenkrad sinken. Er sollte abnehmen, mindestens fünfzehn Kilo. Einmal Kicken pro Woche genügte nicht.

Seine Hand glitt in die Adidas-Tasche auf dem Beifahrersitz. Erleichtert fühlte er die Geldbündel. Er fragte sich, ob sie den Geruch seiner Sportklamotten annehmen würden, die er sonst in der Tasche transportierte. Neben Job und Familie galt dem Fußball seine Leidenschaft, wenn er es auch nicht zum Profi gebracht hatte wie sein Bruder.

Seine Qualitäten lagen woanders.

Vater würde Augen machen, dachte Tobias. Die Sorgen um *Werner-Bau* hatten ein Ende. Von wegen kleine Klitsche, die nicht mithalten konnte. Er war sich sicher, die Summe rechtzeitig zurückzubekommen. Inklusive der Zinsen, Tantiemen und Dividenden, die Ende des Monats ebenfalls auf den Konten sein mussten.

Mit sauberer Scheibe setzte Tobias die Fahrt fort. Als er eine Lastwagenkolonne überholt hatte, bemerkte er, dass das heiße Wasser nicht viel genutzt hatte. Der Sprüher war noch immer zugefroren und der Dreckfilm vor Tobias' Augen wurde undurchsichtiger, je weiter er fuhr.

Mit schlappen sechzig Stundenkilometern hielt er sich auf der rechten Spur. Er schaltete das Licht ein, damit man ihn wenigstens sah. Ein Unfall wäre das Letzte, was er jetzt gebrauchen konnte.

Alfred begleitete Barbara zu ihrem Auto. Sie vermieden allzu persönliche Worte. Der Wind trug fernes Geknatter herüber. Der Truppenübungsplatz.

Barbara fragte: »Stimmt es, dass du die neuen Häuser für die Amerikaner bauen wirst?«

Dollinger schüttelte den Kopf. Eigentlich wäre es eine bombensichere Investition. Die im sieben Kilometer entfernten Grafenwöhr stationierten US-Einheiten wurden verstärkt und brauchten Wohnraum. Dem Investor garantierte die Bundesregierung die Mieteinnahmen auf Jahre. Doch es scheiterte an den Erschließungskosten, die Alfred nicht aufbringen konnte.

»Ich baue gar nichts mehr«, sagte er. »Die Bank verweigert mir die Bürgschaft und will, dass ich die *Werner-Bau* verkaufe. Wetten, dass der Filialleiter mit meiner Konkurrenz unter einer Decke steckt? Die Wölfe wittern das fette Schaf.«

Und zu allem Überfluss saß ihm auch das Finanzamt im Nacken. Tatsächlich hatte er die Steuer betrogen und etwas Schwarzgeld beiseite geschafft. Doch es genügte nicht, um in das Geschäft mit den Amerikanern einsteigen zu können.

»Du hättest die Gesichter meiner Söhne sehen sollen, als ihnen klar wurde, wie es um die Firma steht. Die denken auch nur an ihr Erbe.«

»Kann Tobias dir nicht helfen? Arbeitet er nicht auch bei einer Bank?«

»Als kleines Würstchen einer unbedeutenden Abteilung. Für die Kreditvergabe ist er jedenfalls nicht zuständig.«

»Und warum gibst du nicht nach und verkaufst die Firma?«

»Geht nicht. Meine Frau hat das verhindert.«

Barbara blickte verwundert, fragte aber nicht nach. Stattdessen bemerkte sie: »Immerhin gibt es sie.«

»Wen meinst du?«

»Na, deine Jungs.«

»Mike und Tobi? Der eine dick, der andere doof.«

»Aber sie werden dir beistehen, wenn du einmal in Not sein solltest.« Barbara schloss die Tür ihres Wagens auf. »Ich hab mir immer Kinder wie deine beiden gewünscht.«

Alfred hielt die Tür auf, während sie einstieg: »Glaubst du eigentlich an ein Leben nach dem Tod?«, fragte er. »So etwas wie eine zweite Chance?«

Michael stellte seinen Geländewagen in der Bürgermeister-Prechtl-Straße ab und lief durch Weidens hübsch renovierte Altstadtgassen auf den Unteren Markt zu. Hankes Porsche war nicht zu übersehen: Protzig parkte er im Halteverbot vor der Gaststätte.

Der Spielerberater saß im hintersten Eck und ließ sich von der Bedienung gerade Bratwürste und ein Hefeweizen bringen. Die üblichen Utensilien hatte er bereits vor sich aufgereiht: Handy, Filofax aus Krokoleder und die Armbanduhr, die signalisieren sollte, wie knapp und wertvoll die Zeit eines ehemaligen Bundesligaprofis war, der heute Vereine und Fußballer in ganz Europa zu seinen Kunden zählte.

In nur zwei Stunden hatte Hanke es nach Weiden geschafft. Nicht schlecht. Aber Michael verstand nicht, warum sie sich immer hier treffen mussten. Als sei sein Haus in Pressath nicht zu finden.

»Hallo, Mike«, grüßte ihn die Bedienung.

Michael bestellte schwarzen Tee mit Zitrone und setzte sich an den Tisch.

»Hast du's dabei?«, fragte er seinen Berater.

Hanke hievte eine Puma-Tasche auf den Stuhl neben sich. »Sag mal, warum wohnst du eigentlich immer noch am Arsch der Welt?«

»Weil es der schönste ist, den ich kenne.«

»Mindestens eine Stunde Fahrtzeit bis zum Training. Mamas Rocksaum, was?«

»Meine Mutter ist vor zwei Jahren gestorben.«

»Weiß ich, Mike. War nur so 'ne Redensart. Du musst endlich raus in die Welt. Ich hätte dich schon längst in die erste Liga vermitteln können. Bielefeld, Kaiserslautern. Wie lange willst du noch warten? Du bist nicht mehr der Allerjüngste!«

Die Bedienung brachte den Tee und warf Hankes Rolex missbilligende Blicke zu.

»Danke, Evi«, sagte Michael.

Als sie gegangen war, fragte der Berater leise: »Es ist doch nicht wegen *ihr?*«

Michael ignorierte die Bemerkung und lugte zu Hankes Tasche hinüber. Mit der Summe, die sie enthielt, würde Vaters Firma über die Runden kommen. Michael fühlte Stolz, weil er dem Alten endlich helfen konnte. Es wurde immer schlimmer mit seinen Macken und Depressionen.

Neulich hatte er schon über den Tod und das Leben danach gesprochen.

Michael streckte die Hand nach der Tasche aus.

»Lass uns erst über deine Zukunft reden«, bestimmte Hanke.

»Da gibt's nicht zu bereden. Nie und nimmer wechsle ich nach Kaiserslautern.«

Tobias hielt an jeder Raststätte zwischen Köln und Frankfurt. Nirgends gab es noch Frostschutzmittel. Dann entwickelte er eine neue Taktik. Er kurbelte das Seitenfenster herunter und schüttete Mineralwasser aus einer Flasche auf die Windschutzscheibe, zugleich den Wischer betätigend. Ganz links erzeugte er auf diese Weise eine durchsichtige Stelle. Er musste sich zwar verrenken und die eisige Zugluft ließ seine Ohren schmerzen, aber es funktionierte.

Tobias fühlte sich nun sicher genug, um etwas mehr Gas zu geben. Ein Schild huschte vorbei. *Willkommen im Freistaat Bayern.* Fast die Hälfte der Strecke hatte er schon geschafft.

Plötzlich beschlichen ihn Zweifel, ob sein Vater das Geld rechtzeitig zurückzahlen würde. Er überlegte, was sein Bruder am Telefon über das Geschäft mit den Amerikanerwohnungen erzählt hatte, und kam zu dem Schluss, dass er sich keine Sorgen zu machen brauchte. Die Erschließungskosten waren Voraussetzung für die Baugenehmigung. Sobald der Alte das Papier der Verwaltung in der Tasche hatte, würde er überall kreditwürdig und nicht mehr auf die dämliche Hausbank angewiesen sein.

Letztlich war alles die Schuld seiner Mutter. *Werner-Bau* – benannt nach ihrem Vater, der die Firma einst gegründet hatte. In ihrem Testament hatte sie verfügt, dass das Unternehmen nicht verkauft werden durfte. Andernfalls würden die Biber erben.

Tobias stellte fest, dass die Fahrbahn trocken wurde. Kein Schmutzwasser mehr, das gegen seine Scheibe wirbelte. Er leerte die Flasche und beschleunigte auf hundertsechzig.

Zufrieden tätschelte er die Sporttasche.

»Und wie soll ich es anstellen?«, wollte Michael wissen.

»Frag nicht so blöd.« Hanke blickte sich um. Dann rückte er näher an den Tisch, beugte sich vor und senkte die Stimme. »Da ergibt sich immer etwas. Du köpfst den Eckstoß des Gegners nicht raus, sondern ins eigene Tor. Oder du verursachst einen Elfer. Mensch, Mike, dich plagen doch nicht schon wieder Skrupel?«

Letztlich war alles die Schuld der Biber, überlegte Michael. In der gesamten Oberpfalz hatten die Scheißviecher sich breit gemacht. Im Waldnaabtal, sogar an der Haidenaab. Und seine Mutter hatte einen Narren an ihnen gefressen. Wenn sein Vater die Firma verkaufen würde, ginge das Geld an den Biberschutzbund.

Hanke rückte Rolex und Handy zurecht. »Es ist wichtig, dass Cottbus erst in der zweiten Hälfte die Tore macht, verstanden?«

»Wieso?«

»In Malaysia und Singapur gibt's reiche Chinesen, die wetten auf die absurdesten Dinge.«

»Findest du ein Zweitligaspiel absurd?«

»Wenn man auch in der ersten Liga spielen könnte, ist es das. Aber du lebst ja lieber freiwillig in diesem Hinterwäldlerkaff.« Er machte eine Handbewegung, die alles einschloss. Das Lokal, den Marktplatz vor dem Fenster, das alte Rathaus gegenüber.

»Du hast keine Ahnung«, widersprach Michael.

»Bitte?«

»Ich leb nicht in Weiden, sondern in Pressath. Das liegt zwanzig Kilometer von hier. Und so abgelegen, wie du tust, ist es auch nicht. An der Autobahn Regensburg–Hof steht immerhin ein Schild, auf dem Pressath erwähnt ist.«

Hanke blickte seinen Schützling lange an, dann packte er die Armbanduhr, legte sie um sein Handgelenk und steckte Handy und Filofax ein. Die Zeit war um.

»Egal«, sagte er. »Du bist ein guter Kerl, Mike. Und denk dran: Cottbus schlägt Greuther Fürth erst nach Rückstand in der Halbzeitpause.«

»Ich hab's kapiert.«

Michael sicherte sich die Puma-Tasche. Damit würde er *Werner-Bau* retten und seinen Vater aus den Depressionen reißen. Er, der unterbezahlte Zweitliga-Abwehrspieler mit Hauptschulabschluss. Nicht sein Bruder, der studierte Banker im fernen Rheinland.

Draußen dämmerte es. Das letzte Stündlein in dieser Welt, dachte Alfred Dollinger. Er saß am runden Stammtisch der Gaststätte in der Bahnhofsstraße, ein Herz-Solo in der Hand, das er gewinnen würde. Zwanzig Cent pro Nase war das Spiel wert.

Seine Mitspieler warteten darauf, dass er die erste Karte ausspielte. Er wählte die grüne Sau, um Kontra zu provozieren, doch die anderen fielen nicht darauf herein.

Die Gespräche der Runde drehten sich um die geplante Umgehungsstraße, mit der es Pressath bereits auf die Liste der unsinnigsten Verwaltungsausgaben Deutschlands geschafft hatte.

Alfred brachte den letzten Stich nach Hause und strich den Gewinn ein. Drei Münzen, die kaum etwas wert waren in dieser Zeit der Globalisierung. Jeder gegen jeden, einer schluckt den anderen. Und dann auch noch dieses Testament, das ihm die Hände band. Erst nach seinem Tod würden sich die Söhne von der Firma trennen und frei über den Erlös verfügen können.

Der Wirt brachte Getränkenachschub und fragte nach den Aussichten des FC Bayern München in der Rückrunde. Die zweite Liga war kein Thema, erkannte Alfred. Schon gar nicht der Frankenverein, in dem sein jüngerer Sohn spielte.

Er zahlte seine Zeche.

»Der Gallhuber-Stefan ist heut beerdigt worden«, sagte der Wirt. »Im Schlaf gestorben, heißt es.«

»Woran?«

»Die Leber.«

»Respekt«, murmelten die Mitspieler und stießen mit den frischen Gläsern an.

Alfred machte sich auf den Weg.

Auf der Höhe des Bauerndorfes Grub verließ Tobias die Bundesstraße, die weiter nach Weiden führte. Das Einkaufszentrum passierend, rauschte er auf Pressath zu. An beiden Seiten der Straße türmte sich der beiseite geschobene Schnee mehr als einen Meter hoch.

Schon weit vor der Brücke über die Haidenaab begann der Stau. Die Schranken des Bahnübergangs waren geschlossen. Ganz vorn blinkten Blaulichter. Polizei und ein Ambulanzwagen. Leute waren ausgestiegen, rauchten und unterhielten sich. Es begann zu schneien.

Tobias rief aus dem Fenster: »Was ist da los?«

»Zerbröselt hat's einen«, antwortete eine Frau.

In diesem Moment hoben sich die Schranken und die Leute stiegen in ihre Autos. Es ging weiter.

Im Vorbeirollen erkannte Tobias den Geländewagen seines Bruders, der dicht am Schneewall abgestellt war. Tobias trat auf die Bremse, die Sporttasche rutschte vom Beifahrersitz in den Fußraum.

Er stieg aus. Diesmal vergaß er nicht abzuschließen.

Der Zug war in der Kurve hinter dem alten Sportplatz des TSV zum Stehen gekommen. Ein Dieseltriebwagen des Regionalverkehrs. Tobias trottete die Gleisanlage entlang. Schotter knirschte.

Michael kam ihm entgegen, blass und sichtlich aufgewühlt. »Geh nicht weiter!«

»Wieso?«

»Der Papa! Der Zug hat ihn voll erwischt.«

»Das kann nicht sein ...«

»Doch. Ich hab ihn an seinem Mantel erkannt und an der schwarzen Krawatte, die er sich heute Vormittag umgebunden hat, als er zur Beerdigung ging. Schau ihn dir lieber nicht an. Der Zug hat ihn völlig zerfetzt und zermatscht.«

Tobias riss sich los und lief zur Spitze des Triebwagens. Die Schneeflocken wirbelten dichter.

Das Telefon schellte. Michael ging ran. Wieder ein Nachbar, der Beileid wünschte. Michael bedankte sich und legte auf.

»Das war kein Selbstmord«, sagte Tobias. »Das war Mord! Seine Bank hat ihn umgebracht, indem sie *Werner-Bau* ruiniert hat.«

»Scheiß auf die Firma. Von mir aus hätten die Biber alles kriegen können.«

»Und ich kann mich eigentlich gleich vor den nächsten Zug schmeißen.«

»Was ist los, Tobi?«

»Ich muss nicht nur das Geld zurückbringen, sondern auch jede Menge Zinsen und Tantiemen.«

Michael stellte seine Puma-Tasche auf den Tisch neben die von Adidas. »Nimm dir, was du brauchst. Ich kann meinen Deal eh nicht rückgängig machen. Die Chinesenmafia kennt keinen Spaß, sagt mein Berater.«

»Mir kommt da eine verrückte Idee, Mike.«

»Was denn?«

»Wie wär's, wenn wir alles auf einen Sieg von Cottbus wetten?«

Das Telefon klingelte erneut. Keiner ging ran. Michael vergrub den Kopf in seinen Armen. Hätte der Alte nicht ein bisschen warten können?

»Es war Mord«, wiederholte sein Bruder und sah aus dem Fenster. Dann fügte er hinzu: »Scheißbiber.«

Michael räusperte sich. »Warst du schon mal in Kaiserslautern?«

Tobias schüttelte den Kopf.

»Soll ich Ihnen die Tasche abnehmen?«, fragte die Stewardess im blauen Kostüm.

»Nein, danke.«

Alfred Dollinger nahm die Nike-Tasche von seinem Schoß und stellte sie zu seinen Füßen ab. Seine ganze flüssige Habe war darin. Das bisschen Bargeld, das er in den letzten Jahren vor den Klauen des Finanzamts gerettet hatte.

Er schloss den Sitzgurt. Dann schnupperte er noch einmal an seinen Fingern.

Zuletzt hatte er sie auf der Flughafentoilette gewaschen –

minutenlang mit Flüssigseife aus dem Spender und heißem Wasser. Dennoch glaubte er, dass der Geruch der Verwesung an ihnen haftete. Vielleicht würde er ihn niemals mehr loswerden.

Der Flieger war gestartet und legte sich schräg in eine weite Kurve. Alfred beugte sich zum Fenster, um nach unten zu spähen. Nur spärlich flimmerten Lichter. Servus, Oberpfalz, dachte Alfred.

Er spürte ein Ziehen in den Schultern. Harte Arbeit war er nicht mehr gewohnt. Die Zeiten, da er auf seinen Baustellen noch selbst angepackt hatte, waren lange vorbei.

Alfred musste niesen. Wahrscheinlich hatte er sich zudem eine Erkältung eingefangen, denn beim Ausgraben von Stefans Leiche hatte er fürchterlich geschwitzt. In völliger Dunkelheit die Kleidung des Kerls auszutauschen, war auch nicht einfach gewesen. Danach hätte er besser nicht in der Kälte auf den Zug warten, sondern gleich mit seinem Mietwagen nach Nürnberg verduften sollen.

Immerhin hatte er jetzt Gewissheit, dass sein Plan aufging.

Für das Finanzamt war er nun tot. Für das dämliche Testament seiner Frau auch. Die Jungs würden lernen, ohne den Vater zurechtzukommen, der alles regelte.

Vielleicht würde er ihnen eines Tages eine Karte schreiben.

Und er würde Barbara anrufen. Sie war schon immer gern gereist.

Angela Eßer

In Merching leben Tote länger

Irgendwann, als alles vorbei war, sind der Gustl und ich einen trinken gegangen und haben festgestellt, dass wir die ganze Geschichte eigentlich schon ganz gern mal erzählen würden.

»Des glaubt uns doch koa Sau net«, hat der Gustl einfach nur gemeint und damit hat er wohl Recht. Aber was hätten wir denn damals machen sollen? Alles an die große Glocke hängen? Dann wär's genau so gekommen, wie wir's grad nicht wollten. In Merching sollte alles beim Alten bleiben. Ganz einfach.

Das war klar, von Anfang an – ohne große Worte.

Gefährlich war da gar nichts, zu keiner Zeit, weder für uns noch für die Merchinger. Aber das wussten eben auch nur wir. Na ja, wir und … Harry.

»Guad, dass der uns noch ei'gfoin is«, meinte der Gustl und grinste in sein Glas.

»Gut, dass der *dir* eingefallen ist«, hab ich geantwortet, aber der Gustl hat mich gar nicht ausreden lassen.

»Passt scho.«

Nach dem nächsten Weizen kam noch »Sakradi, a Rua is jezat«, und damit war das Thema für ihn erledigt.

Aber wenn in der Nacht damals der Gustl nicht vorbeigekommen wäre, dann wär's im Dorf mit der Ruhe vorbei gewesen.

Die Nacht, in der ich nicht schlafen konnte und durch Merching gewandert bin. Vollmond halt. Die Hauptstraße rauf und runter, am Sportplatz und dem Bahnhof vorbei und dann wieder zurück.

»Mehra gibt's eh net«, hat der Gustl festgestellt und war mittlerweile beim dritten Weizen.

Statt weiter zur Staustufe zu laufen, die jetzt Mandichosee heißt, bin ich zu diesem gottverlassenen Gewerbegebiet. Warum, das weiß ich heute nicht mehr.

»Is eh wurscht«, meinte der Gustl, »war halt amoi so.«

Eine Straße rein, eine Riesenringstraße mitten auf dem Acker, ein Haus und Schluss. Direkt hinter *Toms Reifenservice,* dem einzigen Haus im neuen Gewerbegebiet, lag er dann. Genau vor meinen Füßen mit einem Messer im Rücken. Bevor ich schreien konnte, stand schon der Gustl neben mir, der konnte auch nicht schlafen.

Gewerbegebiete will eigentlich keiner haben, aber dann sind sie doch überall, mit Tankstelle inklusive Waschstraße, Disco und Supermarkt.

Genauso ist es mit den Verbrechen. Keiner will sie haben, außer den Verbrechern, den Rechtsanwälten und der Presse natürlich. Egal ob nun Entführungen, Diebstähle oder Banküberfälle. Und Morde, die will erst recht keiner haben, vor allem nicht auf dem Dorf und am allerwenigsten vor der eigenen Haustür.

Interessiert? Wir kümmern uns um Sie! Im Auftrag der Gemeinde Merching, steht bis heute auf dem Baucontainer am Lerchenberg. Ohne den Hinweis wär der Gustl wahrscheinlich gar nicht auf die Idee gekommen, den Harry anzurufen.

Ob Sie's glauben oder nicht, den Hol-den-Wagen-Harry.

Genau den.

Sie werden jetzt sicherlich denken: So ein Quatsch, woher soll der denn die Telefonnummer haben. Gustl hat sie aber, denn Harry hat hier Verwandte sitzen. Ich glaub, der Cousin wohnt in Mering, also direkt nebendran. Und der Gustl kennt nicht nur den Cousin, sondern Gott und die Welt, also auch den Harry. Was anderes ist uns nicht eingefallen und was hätten Sie denn getan? Mitten in der Nacht finden wir hier am Lerchenberg, um genauer zu sein: in der Finsterbachstraße einen Toten. Bis dahin wusste ich nicht, dass die Straße da so heißt. Auf jeden Fall hatte ich genauso wenig wie der Gustl Lust auf das ganze Remmidemmi mit Polizei und Presse.

Und wen hätten wir sonst anrufen sollen? In Merching gibt es keine Polizeistelle, da hätten wir schon die in Friedberg informieren müssen und die hätten dann die Augsburger geholt. Da sitzt die Mordkommission. Denn einen Mord, den hatten wir nun mal hier. Messer im Rücken ist ja wohl im Normalfall keine natürliche Todesursache. Die Augsburger wären dann mit Sack und Pack angerückt, hätten die freiwillige Feuerwehr aus dem Bett geholt, damit für die Spurensicherung auch überall alles hell erleuchtet ist. So wie in der letzten Sylvesternacht. Und dann wäre, wie in der Nacht damals, wieder halb Merching auf den Beinen gewesen und am nächsten Tag hätten RTL, ZDF und sonst wer auf der Matte gestanden.

Nein, das hat uns schon beim ersten Mal gereicht und musste nicht nochmal sein. Mein Haus war damals in der BILD-Zeitung im Maßstab von 2:1 abgedruckt und ... Stellen Sie sich das vor, Freunde haben mich aus Griechenland angerufen, was denn bei mir und in Merching los sei. Tagelang habe ich mich nicht getraut, mit meinem Auto durch's Dorf zu fahren. Meine liebevoll aufgeklebten Einschusslöcher konnte und wollte ich nicht abmachen, die gehörten nun mal zu mir.

So richtig schlimm war es, wenn ich irgendwo telefonisch meine Adresse angeben musste.

»Merching«, bekam ich dann immer zur Antwort, »ist das nicht da, wo ...« Ja, verdammt, da wo sich die zwei jungen Polizisten, die gar nicht von hier stammten, erschossen hatten. War ich froh, als endlich der Daniel Arnold Gold in Athen holte, dann konnte ich endlich kontern.

»Genau«, habe ich ab da geantwortet, »das liegt genau zwischen Augsburg und München. Sie wissen doch, da wo der Goldmedaillen-Gewinner herkommt.«

Sollten die sich doch die Finger bei Google wund tippen und rausfinden, womit der die Goldmedaille gewonnen hat. Das Thema war damit jedenfalls vom Tisch.

Und jetzt der da.

Ein paar Tage vorher hatte in der *Friedberger Allgemeinen* der Spruch des Tages gelautet: *Wenn Gott dir ein Geschenk machen will, verpackt er es als Problem.* Na prima, das hier war ja wunderbar verpackt.

Problem auspacken und lösen, und zwar ohne die Augsburg Cops, das stand für den Gustl und mich sofort fest. Die haben doch von nix eine Ahnung und den ganzen Tag sowieso nur die nächste Leberkässemmel im Hirn. Ich weiß, manche sagen sogar, das Beste an Augsburg ist der Zug nach München. Aber extra in München in der Ettstraße anrufen wollten wir jetzt nun auch wieder nicht. Die würden uns da sowieso nur abwimmeln, nicht ihr Zuständigkeitsbereich oder so.

Also eben Harry. Und ich sag Ihnen, der kam prompt. Hatte alles dabei. Von Spurensicherungskoffer über Taschenlampe, Video, Overall ...

Einfach alles. Profi eben.

Was wichtig war, haben wir eingesammelt, wobei wir in den weißen Overalls erstaunlicherweise niemandem aufgefallen sind. Für mich immer noch unglaublich. Aber wer schon mal auf einem Dorf erlebt hat, was nachts so alles veranstaltet wird, von Erdbeerbowle-Festen bis zu Mähdreschern, die die ganze Nacht über die Felder fahren, den wundert das nicht. An dem Abend haben auch keine Halbstarken auf dem kaum bebauten Gelände ihre ersten Fahrübungen veranstaltet. Genauso wenig, wie es Geknutsche im Auto gab.

Wir konnten also in aller Seelenruhe eintüten. Zweimal ist sogar ein Polizeiauto vorbeigefahren, eines mit Fürstenfeldbrucker Kennzeichen und eines aus München. Angehalten hat allerdings keines.

Nach zwei Stunden waren wir fertig und Harry hat Derrick angerufen. Wir konnten ihn zwar fast bis nach Merching maulen hören, in Den Haag war es ja genauso früh wie hier, aber er hat in Sekundenschnelle begriffen, um was es ging und die weiteren Schritte festgelegt. Die Proben sollten sofort zu ihm ins Büro von Europol gebracht werden und er wollte sie dann an die richtigen Stellen weiterleiten. Die ersten achtundvierzig Stunden sind die wichtigsten, das weiß ja mittlerweile jeder, sonst ist die Spur kalt. Also ist Harry sofort mit den Proben losgefahren und der Gustl hat angefangen, das Loch zu buddeln.

Knapp zwei Tage lag der Kerl dann da drin und Derrick war in der Zeit in Merching. Wir hatten uns im *Aumiller* verabredet und ich sag's Ihnen, erkannt hat den keiner. Warum? Ganz einfach, was sich keiner vorstellen kann, das gibt's eben auch nicht. Und ein Derrick kann nun mal nicht beim Bier im *Aumiller* sitzen. Hat er aber und da haben wir alles Weitere besprochen. Ich sollte zu den dorfstrategisch wichtigsten Punkten wie Bäcker, Friedhof, Aldi, Müllstelle gehen und mich umhören. Gespräche unter Müttern halt. Na ja, und Derrick ging zur Bürgermeisterin, natürlich unter absoluter Geheimhaltung. Hat alles prima funktioniert und der Fall war in null Komma nix aufgeklärt. Irgend so ein Immobilienhai aus München hat sich mit einem Geschäftspartner am Lerchenberg getroffen und die zwei waren in Streit geraten. Ich habe mir zwar nicht so ganz vorstellen können, warum einer der beiden unbedingt ein Messer zu diesem Gespräch mitnehmen musste, aber was weiß denn ich, was bei solchen Gesprächen alles üblich ist. Meine Welt ist das nicht. Und dem Gustl seine auch nicht. Der hat nur den Kopf geschüttelt, als ich ihm die Sache erklärt habe. Er ist aber trotzdem gekommen, als die den Typen wieder ausgegraben haben. Da kam kein Leichenwagen, der wäre aufgefallen, vor allem an der Stelle. Weit und breit wäre der zu sehen und sicherlich das Tagesgespräch im Dorf gewesen. Die Gerüchteküche hätte gebrodelt, nicht auszudenken, was den Leuten so alles eingefallen wäre. Also kein Leichenwagen, sondern ein Laster mit vier als Bauarbeiter getarnten Polizisten.

Einfach klasse. Profis eben.

Der Lastwagen hat links hinter dem Reifenzentrum neben dem Erdhügel geparkt. Kein Mensch hat was gemerkt. Selbst die im Reifenservice oder die Typen in dem dazugehörigen Bistro haben nicht das Leiseste mitgekriegt. Da sind einfach zwei von den verkleideten Polizisten rein, haben eine Halbe getrunken und fertig.

Keine merkwürdigen Fragen, kein Interesse.

Der Fall war erledigt.

Ich merk schon, Sie kaufen mir die Sache mit dem Derrick nicht so ganz ab. Da kann ich nur sagen, fragen Sie doch den Gustl. Oder besser, erinnern Sie sich noch an den Fall Moshammer? Haben Sie sich da nicht auch gewundert, dass einen Tag nach dem Mord eine zwanzigköpfige Soko den Fall bearbeitet hat und nochmal einen Tag später waren es auf einmal fünfundzwanzig? Ganz einfache Erklärung. Das weiß ich übrigens vom Harry und ich erzähl's Ihnen ganz im Vertrauen.

Also, die DNA-Geschichte ist nur ein Teil der Wahrheit. Klar haben die den Täter damit letztendlich überführt, genauso wie bei unserem Toten in Merching, aber die, die die richtige Denkarbeit dabei gemacht und die Arbeiten verteilt haben, das waren eben richtige Spezialisten. Die in München haben den Derrick bei Europol angerufen, logisch, Koordination Europäische Fahndung, BKA und LKA. Den Harry mussten die sowieso holen und die anderen drei, also, das ist doch auch klar, das waren der Ivo Batic, der Franz Leitmayr und der Carlo Menzinger, unsere Tatort-Experten.

Ohne den Carlo, der die ganze Nacht vorm PC gesessen hat, wär gar nix gegangen und der Batic und der Leitmayr haben sich die Hacken abgelaufen. Ich glaub, die wollten auch noch den Bullen von Tölz anrufen, aber der war grad in Urlaub auf Kuba. War auch nicht weiter dramatisch, denn die andern haben das ja prima hingekriegt. Zwei Teams, die über dreihundert Mordfälle in je neunzig Minuten lösen, auf die kann man sich eben verlassen.

Sie haben bis heute nix von dem Fall gehört? Ist doch kein Wunder. Absolut kurzer Prozess.

Der Geschäftspartner sitzt, ich glaub, in Aichach. Ach ja, und dieser Immobilienhai, also der Tote, der lebt bis heute.

Zumindest auf dem Papier.

Nix für ungut.

Thomas Kastura

Bamberg, Schleuse 100

Raupach knöpfte seine dunkelblaue Jacke zu und ging weiter am Ufer der Regnitz entlang. Die Kollegen aus Bamberg hatten ihm den Weg erklärt. Bewusst legte er das letzte Stück zu Fuß zurück. Es war einer jener Novemberabende, an denen sich die Dämmerung zwischen die schrägen, vornübergebeugten Häuserzeilen klemmte und unter die Dächer der Eingangstüren kroch, als wollte sie dort den Winter über verharren.

Der Fluss teilte sich an der Stadtgrenze in zwei Arme. Der rechte war breiter, er wurde von der Binnenschifffahrt genutzt, während der linke durch die bildhübsche Altstadt floss. Die Strecke war bei Bootswanderern beliebt. Aufgrund eines Wehrs mit Turbinen zur Energieerzeugung war sie jedoch nicht vollständig befahrbar. An einer Abzweigung konnte man sich zum Alten Kanal schleusen lassen.

Man konnte vorher anrufen, damit der Schleusenwärter auch sicher anwesend war und seinen Dienst versah. Oder man klingelte auf gut Glück an dem hölzernen Gatter, hinter dem das Schleusenwärterhaus zu erkennen war. Es lag ein paar Bootslängen vom Uferweg entfernt, umgeben von Himbeersträuchern, knotigen Apfelbäumen und verwilderten Gemüsebeeten. Spaziergänger warfen stets begehrliche Blicke auf das Anwesen. Es wirkte wie eine Villa, in der man ein besinnliches Leben führen konnte. Doch es war kein Privathaus, es gehörte der Stadt. Das Mietrecht war untrennbar mit der Bedienung der Schleuse 100 verbunden. So lautete die offizielle Bezeichnung dieser Vorrichtung, die sich am nördlichen Ende des ehemaligen König-Ludwig-Kanals befand. Da die Funktion der Wasserstraße aus dem 19. Jahrhundert längst von dem modernen Rhein-Main-

Donau-Kanal übernommen worden war, stellte Schleuse 100 nur mehr ein kurioses Relikt dar.

Dies alles wusste Raupach nicht, als er zwischen den Latten des Eingangstores hindurchspähte. Auf der Terrasse stand eine Gruppe von Figuren, unvollendete Skulpturen aus Sandstein, wie er vermutete. Sein Ziel war das Schleusenwärterhaus am Mühlwörth. Hierher hatte ihn die Ermittlung geführt, hier hoffte er einen Mordfall aufklären zu können, der im Kölner Stadtteil Marienburg seinen unangenehmen Ausgang genommen hatte. Unangenehm deshalb, weil Raupach die tragischen Hintergründe des Falles kannte. Sie steckten in seiner Jackentasche.

Er war nach Bamberg gekommen, um einen Traum zu zerstören. Das behagte ihm nicht.

Mitternacht, hatten sie einst vereinbart. Melissa war zu früh gekommen, siebeneinhalb Stunden zu früh. Sie hatte auf der kleinen hochklappbaren Brücke vor der Schleuse gestanden und sich umgesehen wie ein verirrtes Kind. Er hatte lange auf diesen Augenblick gewartet. So lange, dass ihre Unpünktlichkeit den ersten Missklang in die ersehnte Zusammenkunft brachte.

Schon als sie vor zehn Jahren ihr Gelöbnis ablegten, hatte sie sich nicht an die Zeit gehalten. Sie kam zu spät. Als sie ihren Kombi vor dem versteckt gelegenen Barock-Hotel parkte, hatte Wolf noch die Gewissheit, dass sie ein magisches Wochenende erleben würden.

Sie hatte das Hotelzimmer betreten und ihren Mantel von den Schultern gleiten lassen. Alles sollte nach seinen Wünschen sein, diese Illusion war sie ihm schuldig. Niemand betrachtete sie wie Wolf. Er sah sie mit vielen Augen, in jedem erdenklichen Licht. In seiner Anwesenheit wurde Melissa bewusst, welche ihrer Seiten dem Herzen am nächsten waren. Er strich über ihren nackten Rücken und schloss die Tür. Sie vergaßen die Zeit.

Am späten Abend hatten sie einen Spaziergang über den Bamberger Domplatz gemacht. Zu dieser Stunde wirkte er wie ausgestorben, sie hatten die leere Fläche zwischen den angestrahlten Bauwerken ganz für sich.

Es war gewesen, als breite sich die Zukunft vor ihnen aus: Mehrere Straßen führten von dem Platz weg. Sie verschwanden hinter der nächsten Biegung dieser an Kurven und Verzweigungen reichen Stadt. Plötzlich dröhnte ein Taxi über das Kopfsteinpflaster und durchschnitt die Stille. Es hinterließ ein hässliches Echo.

Melissa holte tief Luft. Dann eröffnete sie Wolf, dass sie sich trennen mussten. Ihr Mann habe Verdacht geschöpft. Henning habe all die kleinen Zeichen gedeutet, die zu tilgen sie nicht im Stande gewesen war. Er sei hilflos ohne sie. Seine Anwaltskanzlei hielt sich nur dank ihrer Kontakte über Wasser.

Melissa senkte ihren Kopf und presste ihn gegen Wolfs Schulter. Er hatte die Einmündung betrachtet, in der das Taxi verschwunden war. Sie erschien ihm wie ein erloschenes Kaminfeuer. Er wünschte sich einen Schürhaken, um die Glut neu zu entfachen.

»Wir werden warten«, sagte sie. »Bis die Kinder erwachsen und aus dem Haus sind.«

Er drückte ihre Hand so fest, dass es schmerzte. Melissa hatte sie nicht weggezogen.

Die Eingangstür quietschte in den Angeln. »Schon wieder zurück?«, rief sie vom Küchentisch.

Die Rotweinflasche war halb leer. Das Meiste hatte sie selbst getrunken. Wolfs Reaktion auf ihre Nachricht war anders gewesen, als sie erwartet hatte. Rasch war sein Argwohn erwacht, gefolgt von Skepsis und Fassungslosigkeit. Klamme Minuten waren verstrichen, bis er sich wieder gefangen hatte.

»Was wird aus uns?«, hatte sie gefragt. Seine Antwort hatte aus Zahlen bestanden. Vor Überraschung hatte sie kein Wort hervorgebracht. Daraufhin war er in den nahen Stadtpark gegangen. Sie brauchten beide Bedenkzeit.

Raupach war gespannt auf ihren Blick. Er kannte die Augen von Melissa Brandt aus mehreren Gesprächen, die Schwere ihrer Lider. Sie verbarg etwas, das lag auf der Hand. Er betrat die Küche.

Das Erscheinen des Hauptkommissars machte ihr schlagartig klar, dass ihre Affäre mit Wolf Schwaiger kein Geheimnis mehr war. Sie starrte ihn an, als begegnete ihr ein Gespenst. Schon Wolf war ihr wie jemand vorgekommen, der nicht an diesen Ort und im Grunde nirgendwohin gehörte. Er war auf merkwürdige Weise verblasst in all den Jahren, mit seiner grauen Haut, den struppigen Haaren, seinen geisterhaften Bewegungen. Er wollte nichts mehr zu tun haben mit den Angelegenheiten der Lebenden, ihren Freuden und Kümmernissen, die er nur noch vom Schleusendienst kannte.

Raupach wirkte auf eine ähnliche Art lautlos, abwartend. Mit dem Unterschied, dass dieses Auftreten zu seinem Beruf gehörte. Er blieb im Türstock stehen und musterte die gut angezogene Frau. Sie saß kerzengerade auf der Küchenbank.

Ihre Verblüffung wich einer Resignation, die schwer einzuordnen war. Sie fühlte sich nicht ertappt. Ein großer Überdruss lag in der Art, wie sie den Blick durch den Raum wandern ließ und dann auf die gegenüberliegende Wand heftete. Als sei der Kommissar nur ein weiteres ihrer unlösbaren Probleme.

Er nahm Platz und legte das Bündel Briefe auf den Tisch. Melissas Interesse erwachte. Behutsam entfernte er ein violettes Seidenband und breitete die Umschläge aus. Wolfs Absender war deutlich zu erkennen. Die Poststempel waren zehn und mehr Jahre alt. Raupach hatte beim Lesen oft innegehalten. »Was Wolf da geschrieben hat«, sagte er, »können nur wenige Menschen in Worte fassen.«

»Henning konnte es nicht.« Ihre Stimme war bitter. Sie deutete auf die Briefe. »Woher haben Sie die?«

»Aus der Yacht Ihres Mannes. Der Kasten unter dem Kompasshäuschen.« Ein logisches Versteck, dachte Raupach, vorausgesetzt, man kannte Hennings Leidenschaft fürs Segeln. Sein Tod lag erst zwei Tage zurück, die Ermittlungen standen eigentlich noch am Anfang. Wenn Raupachs Assistentin Photini Dirou nicht so schnell geschaltet hätte, würde er noch im Dunkeln tappen.

»Henning wusste also von Wolf und mir«, stellte sie fest und betrachtete die Maserung der Tischplatte. »Dann ist er mit diesem Wissen in den Tod gegangen.«

»Hat er Sie nicht zur Rede gestellt?«

»Nein. Ich hatte die Briefe in meiner Schmuckschatulle aufbewahrt. Sie verschwanden erst vor einer Woche.« Ungläubig schüttelte sie den Kopf. »Warum auf der Yacht? Warum nicht in seinem Schreibtisch?«

»Vielleicht war ihm das nicht sicher genug«, mutmaßte Raupach.

»Die Briefe haben seine Depressionen sicher verstärkt. Er war leicht aus der Bahn zu werfen.«

»Ist das ein ausreichender Grund, sich umzubringen?«

»Sie meinen, auf die eigenen Schwächen gestoßen zu werden?«, erwiderte sie kalt.

»Und von der Untreue seiner Ehefrau zu erfahren.«

»Einer lange zurückliegenden Untreue«, verteidigte sie sich, blickte auf die Briefe und schlug plötzlich die Hände vors Gesicht. »Das ist unverzeihlich. Er hätte es nicht erfahren dürfen, nicht auf diese Weise.«

Raupach fragte sich, ob ihre Bestürzung Hennings Tod galt – oder der Entdeckung des belastenden Materials. Er hielt einen der Umschläge hoch. »Ihr Mann hatte allen Anlass zu glauben, dass Sie ihn am heutigen Tag verlassen würden. Um Mitternacht, so hatten Sie und Wolf es sich damals geschworen, so steht es in seinem letzten Brief. Aus Ihrem Kalender geht hervor, dass Sie dieses Wochenende lange im Voraus geplant hatten.«

»Ja, um Wolf wiederzusehen.« Melissa richtete sich auf und gewann ihre Fassung zurück. »Wie Sie wissen, stand die Kanzlei vor dem Ende. Siegfried machte Henning ein gutes Angebot, aber er schlug es aus. Er wollte sich nicht helfen lassen.«

»Das ist die gängige Erklärung, wenn jemand vom Balkon stürzt«, bestätigte Raupach. »Sie haben Siegfried Luhr erwähnt, den Teilhaber Ihres Mannes.«

Sie nickte. »Er hat versucht, Henning zu überreden, etwas ganz Neues anzufangen. Wir kennen uns seit der Uni.«

Raupach rief sich den Tatort in Erinnerung. Ein schmiedeeiserner Balkon, die Altbauwohnung in Köln-Marienburg. Ein als psychisch labil geltender Rechtsanwalt vor dem Bankrott, von einem unerwarteten Fund in höchste Selbstzweifel gestürzt. Es gab keine Hinweise, ob er gesprungen war oder ob er gestoßen wurde. Hatte Melissa nachgeholfen, die kurz davor stand, ihre große Liebe zu verwirklichen? Oder Wolf, der seinen Nebenbuhler nach Jahren des Wartens endgültig beseitigt hatte? Oder beide? Bamberg lag nur ein paar Zugstunden von Köln entfernt. Melissa hatte kein Alibi. Wolf galt als Einsiedler.

»Haben Sie Ihren Mann umgebracht?«, fragte Raupach.

Das erste Jahr war am schlimmsten gewesen. Zu nah die Erinnerung. Gerüche, Gefühle, all die gemeinsamen Gedanken. Dann hatte Wolf Würzburg verlassen, war nach Bamberg übergesiedelt und hatte sich im Schleusenwärterhaus eingemietet. Weitere Briefe waren seit dem Gelöbnis tabu. Also ließ er sich dort nieder, wo die Wiedervereinigung stattfinden sollte. Er wollte sie nicht verpassen, lebte all die Jahre darauf hin. Das Einzige, was sie beide ihr Eigen nennen konnten, war das Wissen um den Tag X. Datum und Uhrzeit.

Es waren zehn Jahre der Sehnsucht und der Wachträume gefolgt. Sie war mit ihrem Mann und ihren Kindern nach Köln gezogen. Die Kinder gingen ihrer Wege, wie Melissa es vorhergesagt hatte. Am Ende hatte nur noch Henning zwischen ihnen gestanden, Henning, der seit zwei Tagen tot war. Wolf glaubte nicht an Zufälle. Er glaubte, Melissa habe ihre gemeinsame Zukunft durch ein Verbrechen vergiftet.

Es regnete, seit er das Bootshaus des Rudervereins passiert hatte. Das Laub auf dem Uferweg dämpfte seine Schritte. Ein einzelner Jogger trotzte dem Wetter. Er hielt Abstand, als er Wolf überholte, eingemummt in einen dicken Schal.

Seine Anschuldigungen hatten Melissa verletzt. Andererseits verstand er die Tat bis zu einem gewissen Grad. Es war ein außergewöhnlicher Beweis ihrer Liebe. Wolf hatte Angst vor dieser Begegnung gehabt. Konnte der bedingungslose, jede Faser erfüllende Gleichklang wieder erwachen? Er hatte ihre Gestalt oft herbeifantasiert und in Gedanken ausgehärtet wie eine empfindliche Skulptur, die man zu diesem Zweck mit einer speziellen Schutzschicht überzieht. Das war riskant. Durch die Konservierung konnte eine Statue ihr Eigenleben verlieren.

Wolf hatte Melissa nicht wieder erkannt. Der Stein atmete nicht. Noch nicht, dachte er und trat in eine Pfütze, ohne es zu bemerken. Der Mord war nicht rückgängig zu machen. Vielleicht würde die Statue erst allmählich zum Leben erwachen. Jedem Gestein wohnte ein eigenes Zeitmaß inne.

Der Jogger vor ihm verlangsamte den Schritt. Er stützte die Hände in die Hüfte und blieb stehen, als schöpfte er Atem.

Der Regen wurde stärker.

Melissa kauerte mit angezogenen Knien auf der Küchenbank. »Niemand glaubt mir«, flüsterte sie. »Wirke ich so … unerbittlich?«

Konfrontation mit der Tat war eine brutale und nicht immer zielführende Vorgehensweise, doch Raupach musste den Druck erhöhen. »Wenn Sie mir weiter ausweichen, wird Ihnen der Staatsanwalt vor Gericht die gleichen Fragen stellen. Sie sind die Hauptverdächtige.«

»Sogar Wolf ist überzeugt, dass ich es gewesen bin«, brach es aus ihr hervor.

»Hat er das gesagt?«

»Laut und deutlich.« Sie vergrub den Kopf in den Händen.

Wenn das stimmte, würde es Wolf entlasten. »Und was bedeutet das für Ihre Beziehung?« Es widerstrebte ihm, diese leidenschaftliche Liebe anzutasten. Aber sie war ein starkes Motiv, das stärkste, das er kannte.

»Hennings Tod war das Schlimmste, was passieren konnte«, antwortete sie. »Er wirft einen Schatten auf alles.«

Melissas Verzweiflung schien echt zu sein. Raupach stand auf und blickte sich in der Küche um. Neben der Tür befand sich ein altertümliches Stehpult. »Was wäre, wenn aus Mangel an Beweisen keine Anklage zu Stande käme?«, fragte er. »Was würden Sie beide tun?«

»Ich weiß nicht, ob es ein ›beide‹ noch gibt.«

Sein Blick fiel auf ein Foto auf einem Wandbord. Es zeigte Henning und Melissa Brandt. Sie posierten auf dem Deck eines Segelboots, flankiert von Wolf Schwaiger, der sich neben Henning an der Reling festhielt, und von Siegfried Luhr, der hinter dem Steuerrad stand. »Wusste jemand von Ihrer Affäre?«

»Was für eine Rolle spielt das jetzt noch?«

»Ich versuche, eine Vorstellung davon zu bekommen, für wen diese Briefe von Bedeutung sind.«

»Keine Ahnung«, sagte sie widerwillig.

»Ich verstehe, dass Sie sich in einer entsetzlichen Lage befinden. Sie stehen vor dem Nichts. Aber Sie verschweigen mir etwas. Vielleicht weil Sie denken, ich würde es gegen Sie verwenden.«

Er machte eine Pause und schaute durch ein Fenster nach draußen. Die Schleusentore lagen im Dunkeln. »Wolf hält Sie für die Täterin«, fuhr er fort und drehte sich zu ihr um. »Fühlt er sich Ihnen nicht verpflichtet?«

»O ja, das tut er«, seufzte sie. »Er bietet mir Geld.«

»Ist er denn vermögend?«, fragte Raupach überrascht.

»Eine Auslandsanleihe mit zehn Jahren Laufzeit. Morgen wird die Summe fällig.«

»Wie viel ist es?«

Sie zögerte. Noch nie hatte sie sich so verlassen gefühlt. »Zu viel«, gab sie schließlich zurück. »Es macht alles kaputt.« Dann fing sie an zu erzählen.

Die Silhouette des Joggers war nicht, wie sie sein sollte. Ein langer, schmaler Gegenstand ragte über seinem Kopf empor.

Wolf wich im letzten Augenblick aus. Der Hieb ging ins Leere und der Mann kippte nach vorn. Mit einem Fußtritt brachte Wolf ihn zu Fall. Er kniete sich auf den Rücken des Unbekannten und entwand ihm die Waffe. Es war ein ausziehbares Metallrohr, mit dem man jemandem mühelos den Schädel einschlagen konnte. Wolf klemmte es unter das Kinn des Mannes und riss ihm den Schal vom Gesicht. Im Schein einer Laterne erkannte er Siegfried.

Wolf wollte Gewissheit. Er war nicht zimperlich. Es ging um den wichtigsten Tag seines Lebens. Es ging um das Vertrauen, das er Melissa entzogen hatte. Es ging um Verrat, den er verachtete. Um Heimtücke, Schuld und die Konsequenzen, die daraus zu ziehen waren.

Er drückte seinem Jugendfreund die Luft ab, bis dieser unter Drohungen und Schlägen redete, keuchend, schluchzend, die Nase im Dreck.

Es gab keine Auslandsanleihen. Das Geld war weg, denn Siegfried hatte es dazu benutzt, sich in Hennings Kanzlei einzukaufen. Und für einiges andere mehr, immer mit dem Vorsatz, doch noch eine entsprechende Summe für Wolf beiseite zu legen. Dazu war es nie gekommen.

Henning hatte Siegfried vor zwei Tagen zur Rechenschaft gezogen. Wie es weitergehen solle, nachdem Siegfried den letzten Großkunden vergrault hatte. Dass er seine eigenen Fälle abwickele, ohne die Kanzlei zu beteiligen. Ob er ihn ruinieren wolle. Purer Verfolgungswahn, versicherte Siegfried und stellte Hennings Tod als Unfall dar. Sie hatten sich auf dem Balkon gestritten, es gab ein Handgemenge. Das Geländer war niedrig, der Fall tief. Melissa war hinzugekommen, zu spät, um einzugreifen. Sie war damit einverstanden gewesen, Siegfried zu schützen. Ein zerstörtes Leben sei genug.

Wolf fragte sich, was an dieser Geschichte wahr sein mochte. Er verstärkte den Druck auf Siegfrieds Kehle, bis dieser auf die Briefe zu sprechen kam. Die er Hennings

Schreibtisch entnommen und auf dessen Segelyacht versteckt hatte, damit sie erst später gefunden wurden. Nach dem heutigen Tag, dachte Wolf, das war wichtig. Damit der Verdacht auf ihn fiele, ihn und Melissa. Aus diesem Grund hielt sich Siegfried in Bamberg auf. Um seinen Plan zu vollenden. Wenn er sie beide beseitigte, würde man von zwei weiteren Selbstmorden ausgehen. Ein Liebesdrama. Unwillkürlich lockerte Wolf seinen Griff.

Mit einer schnellen Drehung befreite sich Siegfried und stieß Wolf den Ellenbogen ins Gesicht. Er sprang auf und machte einen Schritt nach hinten. Der Boden fiel zum Ufer hin ab, Siegfried verlor das Gleichgewicht, seine Hände suchten nach Halt. Dann stürzte er die Böschung hinunter, krachte durch das Unterholz und prallte gegen etwas Hartes. Mit dem Gesicht nach unten blieb er im Wasser liegen.

Wolf richtete sich auf. Ob Siegfried noch lebte? Die Luftblasen neben seinem Kopf deuteten darauf hin. Es bedurfte eines kräftigen Stoßes, damit der Körper sich löste und in die Mitte des Flusses trieb.

Die Strömung der Regnitz nahm an dieser Stelle zu. Weiter vorn war das Wehr mit den Turbinen. *Lebensgefährlich* stand auf Warnschildern, die Siegfried jetzt nicht mehr lesen konnte. Der Sog war gewaltig.

Wolf stand völlig durchnässt im Türrahmen. Er sah, wie Raupach sich Notizen machte, und erfasste die Situation. Es erschien ihm gerecht, dass die Sühne der Tat auf den Fuß folgte. Die Frage war: Sühne für welche Tat?

Auf dem Küchentisch lag ein Buch. Wolf hatte die Seiten eigenhändig beschrieben. Dadurch würden sie zumindest ein paar Stunden gewinnen, Ersatz für eine Zukunft, die es jetzt nicht mehr gab.

Er wischte sich den Regen aus dem Gesicht und legte ein Geständnis ab. Dabei übernahm er Teile von Siegfrieds Schilderung, improvisierte. Die Konfrontation zweier Männer, die ihr Schicksal an dieselbe Frau gebunden hatten. Hennings Sturz, als die Auseinandersetzung eskaliert war. Schwer zu sagen, wie kräftig er Henning tatsächlich gestoßen hatte. Totschlag oder Mord, Wolf würde jeden Schuldspruch akzeptieren. Melissa legte – viel zu spät, wie sie annahm – ihre Finger auf seinen Mund.

Ein Aufschub, dachte Raupach, eine weitere Wartezeit, damit das Gelöbnis nicht seinen Zauber verlor. »Ich weiß von der Anleihe, die Siegfried Luhr für Sie gezeichnet hat«, sagte er. »Wir werden ihn in Gewahrsam nehmen.«

Wolf nahm Melissas Hand. »Ich verzichte auf das Geld«, sagte er.

»Möglicherweise hat Luhr die Briefe auf der Yacht versteckt. Wen wollen Sie in Schutz nehmen? Frau Brandt steht nicht mehr unter Verdacht.«

Sie küssten sich.

»Sie haben ein Alibi«, fuhr Raupach fort. »Die Zeugen, die es bestätigen können, stehen mit Namen und Adresse im Schleusenbuch.« Er wies auf den großformatigen Band, den er in dem Stehpult gefunden hatte. Wolf hatte zur Tatzeit vier Kanuwanderer vom Alten Kanal in den linken Regnitzarm geschleust und den Vorgang penibel verzeichnet.

»Sie haben Henning nicht getötet«, beharrte Raupach.

Wolf wandte sich ihm zu. »Es besteht keine Fluchtgefahr. Kommen Sie morgen wieder.«

Raupach hob die Hände. Er hatte nichts gegen die beiden in der Hand. Melissa hatte ihm eine neue Version des Falles dargelegt. Warum sie Luhr angeblich gedeckt hatte. Das würde Wolf nicht gefallen. Aber Raupach teilte es ihm nicht mit, das war nicht seine Aufgabe. »Haben Sie Wolfs Briefe jemals beantwortet?«, fragte er Melissa aus reinem Interesse.

»Das war nicht nötig.« Melissa zog Wolf an sich. »Er wusste, was ich empfand.«

Vom anhaltenden Regen war die Regnitz angeschwollen. Raupach ging den Uferweg zurück. Zu seiner Linken erhob sich das Wasserschloss Concordia. Es war in gelbliches Scheinwerferlicht getaucht wie viele historische Gebäude dieser Stadt.

Auf einem hölzernen Steg blieb er stehen und stützte sich auf das klobige Geländer. Der Fluss wälzte sich über ein Wehr, zu Raupachs Füßen bildeten sich mächtige Strudel, offenbar nutzte man die Wasserkraft mithilfe einer Turbinenanlage.

Während er weiterging, dachte Raupach an Wolf und Melissa. Er hatte ihren Traum nicht zerstört. Das war ein Trost. Am nächsten Morgen würde er mehr in Erfahrung bringen.

Sabina Naber

Die Putzfrau vom Tegernsee

Die Putzfrau hatte den Toten gefunden. Und jetzt lehnte sie an ihrem Wagen und ließ die rosafarbenen Gummihandschuhe durch die Hände gleiten. Der Blick von Chefermittlerin Straubinger wurde immer wieder von diesen Handschuhen angezogen. Die Frau hielt sie mit der rechten Hand, ließ sie in die linke fallen und zog sie dann nach unten weg. Fallen lassen. Wegziehen. Ihre Bewegungen waren ruhig und erhaben, ihr Gesicht spiegelte eine Ausgeglichenheit wider, die nicht zu der Situation passte. Es erinnerte Straubinger an die Zufriedenheit eines strengen Lehrers, der gerade die Strafe mit dem Rohrstock vollzogen hatte.

Die Putzfrau bemerkte Straubingers Blick, stoppte die Bewegung und ließ die Mundwinkel hängen, als würde sie gleich zu weinen beginnen. Das passte nun viel eher zur Situation, jedoch nicht zu der Frau. Straubinger zwang sich wegzusehen. Analysierende Ermittlungsarbeit war gefragt, keine Intuition. Sie durfte sich keinen neuerlichen Fauxpas leisten, indem sie die falsche Person verdächtigte.

*

Helga öffnete die Zugtüre und atmete durch. Die klare, reine Luft ihrer Heimat. Sie schien ihr noch klarer und reiner als bei ihren spärlichen Besuchen während der letzten zwanzig Jahre. Endlich wieder daheim, in ihren heiß geliebten bayrischen Bergen, am See der Seen – eine gepresste, herrische Stimme, Helga sattsam von diversen Kreuzfahrten bekannt, quengelte in undefinierbarem Hochdeutsch hinter ihrem Rücken, sie möge doch endlich aussteigen. Das ebenfalls sattsam bekannte Chanel N° 5 verdrängte die bayrische

Luft. Helga wandte sich angewidert in Richtung Gang, wo ihr ein junger Mann seinen Rucksack in den Rücken stieß.

»Kannst du nicht aufpassen?«

»Konnst net auf'd Seitn gehn?«

»Konnst bloß bled daherredn oder a an Koffer tragn?«

Helgas reflexartiger Rückfall in ihren Mutterdialekt ließ den Burschen aufstrahlen. Er packte Helgas Gepäckstücke und schwang sie mit Leichtigkeit aus dem Zug. Sie blieben stehen und starrten der Parfumwolke hinterher, die trotz sündteurer Reiterstiefel den Bahnsteig entlangtrippelte, wobei ihr ebenfalls teurer Lodenmantel mit der überbreiten Quetschfalte gegen den kleinen Handkoffer aus Schlangenleder schlug. Die Feder auf ihrem Trachtenhut zitterte bedrohlich, als sie vor einem Mann in älplerischen Lederhosen und mit maximilianischem Schnurrbart Halt machte.

»Fast gestorben bin ich in dem Gestank, nur weil du 'nen Gipsfuß …«

Unabgesprochen folgten Helga und ihr Helfer dem Pärchen vor das Bahnhofsgebäude von Tegernsee, wo ein Mercedes der E-Klasse die beiden aufnahm.

Helga lachte auf. »Wia b'stellt.«

Sie sah sich um. Es war alles vertraut. Die Häuser mit ihren Holzbalkonen und ihren seit Jahrhunderten tradierten Malereien um die Fensteröffnungen herum, die Kulisse der Berge, die Geschäfte und Lokale. Die Luft.

»Mei Muatta. Sie hat gmoant, dass jetzt so vui Zuagroaste da san. Dass nix mehr so is, wie's amoi gwesen is. Des is ja klar. Nix bleibt stehn. Und des is a guat so. Sonst würd ma ja no in die Höhl'n rumwuseln.«

Helga lachte, ihr Helfer nicht. Er schulterte seinen Rucksack, strich sich über die gegelte Igelfrisur, verharrte. Dann streckte er ihr die Hand entgegen.

»I bin der Schupfinger-Edi. Wennst was brauchst, woaßt, wo du mi findst.«

Helga nahm seine Hand.

»Bäringer-Helga.«

»Wird Zeit, dass d' deiner Muatta huifst.«

Er wandte sich ab.

Helga ging ihm nach. »Was moanst denn damit?«

Der junge Mann winkte ihr über seinen Rücken zu, ohne sie anzusehen. Wichtigtuer.

Eine Bierwerbung leuchtete ihr entgegen und Helga bekam schlagartig Hunger. Irgendetwas Deftiges als Willkommensgruß wäre jetzt genau richtig – doch das Wirtshaus am Eck war nun ein Italiener. *Monte Alba.* Sie bremste ihren Laufschritt und studierte die Speisekarte. Kalbsmedaillons auf Steinpilz-Jus und Goldbrassen mit Mangold-Wickel, die billigste Pizza um sechs Euro, als Mittagsmenü eine popelige Rindssuppe mit Nudeln und läppische Spagetti Carbonara um sieben Euro fünfzig. Oh, nein! Sie hatte sich so auf den Schweinsbraten des früheren Wirts gefreut. Mussten denn auf einmal überall neumodische Lokale aus dem Boden schießen?

Helga stützte sich auf den Kofferbügel und fixierte das hellblaue Rathaus. Eine Viertelstunde daheim und sie dachte schon genau so hinterwäldlerisch wie die, die sie immer bekämpft hatte. Dabei war sie vor dieser dumpfen Miefigkeit Ende der Siebziger in die Tourismusbranche geflohen. Nun war der Tegernsee endlich an die Welt angeschlossen. Das war doch wunderbar. Überkandidelte Italiener, Japaner und Türken hatten das Recht, Bayern zu erobern. Schließlich gab es auch immer noch Weißwurst, Sulz und Griebenschmalz. Endlich hatte man Auswahl. Der Tellerrand war jetzt zumindest der Rand des Präsentiertellers. Und damit ließ es sich leben. Besser leben als in dieser Schickimicki-Welt der Nobelhotels, Kreuzfahrtriesen und Wellness-Oasen. Helga packte den Bügel ihres Koffers und schleppte ihn die letzten Meter bis zu ihrem Elternhaus.

Sie schob die Türe zu, drehte den Schlüssel herum und ließ ihn stecken. Wie es ihre Mutter immer gewollt hatte.

»Ziag an Schlüssl aussi!«

Die Stimme ihrer Mutter war schrill. Automatisch tat

Helga, wie ihr geheißen. Erst als sie den Schlüssel wieder in ihre Handtasche steckte, fragte sie sich, warum. Ihre Mutter hatte immer mit Vehemenz darauf bestanden, Türen und Fenster verriegelt zu wissen, wenn sie außer Haus waren. Und wenn sie daheim waren, musste der Schlüssel jedes Mal in eine bestimmte Stellung gebracht werden, damit ihn niemand von außen mit einem Dietrich aus dem Schlüsselloch drücken konnte. Der Spott der gesamten Dorfbevölkerung hatte sie deswegen getroffen, denn es war einfach nicht üblich gewesen, die Häuser abzusperren. Jeder wusste von jedem, ein Dieb wäre sofort gefasst worden. Nicht wie in der Hauptstadt. Doch Helgas Mutter, die Bäringer-Mitzi, hatte unbedingt nach München schauen und dort ihr Glück versuchen müssen, hatte sich dort einen Bankert anhängen lassen. War eben mit einem verhuschten Hirn zurückgekommen.

Sie hatten ihre Mutter geschmäht. Deshalb war ihr auch nichts anderes geblieben, als ihre Leidenschaft zu ihrem Beruf zu machen. Die Bäringer-Mitzi war Putzfrau geworden. In Helgas Augen das Letzte vom Letzten. Sklavenarbeit. Und doch das Wichtigste von allem, wie sie schnell mitbekommen hatte. Denn so wusste ihre Mutter bald von sämtlichen Leuten jedes noch so gut verborgene Geheimnis. Deswegen waren die Schmähungen irgendwann nur mehr hinter vorgehaltener Hand dahergekommen. Die Bäringer-Frauen wurden zu allen Festen eingeladen, hatten getanzt und gelacht. Nur Weihnachten und Sylvester waren sie beide immer allein gewesen. Und an den Geburtstagen.

Helga lehnte sich an die Wand. Der Schmerz ihrer Kindheit überrumpelte sie. Wieso war sie zurückgekehrt? Sie hatte doch ein gutes Leben gehabt. Ja, es gab auch im Tourismus Menschen, die meinten, alle Bediensteten seien ihre Sklaven. Sollten sie! Sie bezahlten genug dafür und gegen Ausschreitungen gab es Vorschriften und die Gewerkschaft. Es war doch alles nichts als Marktwirtschaft. Die einen zahlten, die anderen vollführten. Punkt. Zum Vollführen gehörte eben auch, dass man die Launen des anderen ertrug. Dafür hatte Helga Geburtstagsfeiern erlebt. Und Weihnachtsfeiern und Sylvester. Mit vielen lieben Menschen. Sie hatte ihr Leben gelebt. Im Licht. Nicht im Halbschatten wie ihre Mutter. Wieso war sie zurückgekehrt?

Helga legte den Kopf an die Seite und roch das alte Mauerwerk. Der Geruch war wohltuend vertraut. Sie sah auf das leere Schlüsselloch und betrat die zweite Türe links.

Der Raum war gerammelt voll mit Bauernmöbeln, Jugendstilstühlen und IKEA-Ausstellungsstücken. Das ehemals gemütliche Wohnzimmer musste als Lagerhalle für den kompletten Hausrat herhalten. Mittendrin lag ihre Mutter auf dem klobigen Nachkriegsklotz von Ehebett. Sie atmete lang gezogen und pfeifend.

»Hast an Anfall, Mama?«

Ihre Mutter schüttelte den Kopf. »Is allweil so.«

»Des muaß net sei. I hab dir doch alles gschickt.«

»Hast Asthma, dann hast Asthma.«

Helga würgte den Bügel ihres Koffers, um der Mutter nicht an die Gurgel zu springen. Diese Fatalität! Genau das hatte sie damals vertrieben. Ihre Mutter, die immer glaubte, es wäre gottgegeben, dass sie Außenseiterin sei. Die ihren Husten und ihre Atemnot als weitere Prüfung ansah und nicht als eine therapierbare Krankheit. Warum akzeptierte ihre Mutter nicht, dass man nur dem Tod ausgeliefert war, aber sonst gegen alles kämpfen konnte?

Und weshalb wollte sie, dass Helga den Schlüssel abzog? Wieso waren alle Möbel des Hauses in dieses Zimmer gestopft? Die Antwort ihrer Mutter zog Helga den Boden unter ihren Füßen weg. Nicht dass Vermieten etwas Außergewöhnliches gewesen wäre. Es war nur bislang für ihre Mutter unvorstellbar gewesen, fremde Leute im Haus zu haben. Helga wollte die Hintergründe wissen, aber ihre Mutter drehte den Kopf zur Seite und schwieg.

Als Helga ihr ehemaliges Zimmer betrat, stiegen ihr Tränen in die Augen. Die Höhle ihrer Kindheit war ein unpersönliches Fremdenzimmer geworden. Ihre Mutter hatte doch in den Briefen versichert, es werde immer einen Platz für sie geben!

Helga sah durch die offene Tür in den Gang, der nur mehr ein Vorplatz war. Denn einen Meter neben Helgas Zimmer prangte eine Mauer mit Eingangstür und Gegensprechanlage. Die neuen Mieter waren keine Pensionsgäste, sondern Hausparteien. Wie hatte ihre Mutter das nur zulassen können?

Joschi, der beste Freund ihrer Mutter, drückte Dellen in den frischen tönernen Jesus-Kopf und strich sie wieder glatt.

»D' Muatta bessert si bloß die Pension auf. Die Reichen, die bringen a saubers Geld.«

Mehr war aus ihm nicht herauszukriegen. Helga attackierte ihn. Er wich ihrem Blick aus. Quasselte von grundlegenden Veränderungen. Sie betrachtete den Steinfliesenboden, der aufgrund der Fußbodenheizung wohlige Wärme verbreitete. Ihr Blick wanderte zum Fenster, durch das sie das große Schwimmbecken im Garten erkennen konnte. Joschi war kein gelittener Dorfkünstler mehr, der sich mit Gelegenheitsarbeiten über Wasser hielt. Seine Skulpturen wurden von den vielen neuen Reichen am Tegernsee gekauft wie warme Semmeln. Sie galten als urtümliche Kunst, erklärte er. So wie seine Figuren hatte die Heilige Familie auszusehen. Den bei der Bergpredigt dozierenden Jesus, den er gerade modellierte, hatte er schon achtundzwanzig Mal hergestellt. Trotzdem reüssierten seine Skulpturen noch immer als authentische Einzelstücke eines Einheimischen. Als Eingeborenenkunst sozusagen.

Helga betrachtete das Kreuz im Herrgottswinkel, ein Frühwerk von Joschi, und die sieben identischen Jesus-Köpfe, die auf ihre Bemalung warteten. Sie sprang auf und schmiss einen der Köpfe gegen die Wand. Grußlos verließ sie das Haus.

Das *Guggemos* bot neben der Bratensülze mit Remouladensauce und Bratkartoffeln den vertrauten Leberkäs an. Doch

Helgas Hunger wollte sich nicht wieder einstellen. Sie schlenderte die Hauptstraße entlang und machte vor dem Aushang des Tegernseer Volkstheaters Halt. Gebracht wurden *Der Jäger vom Winkel* und *Die Eheprobe*. Sie studierte die Inhaltsangabe und stellte fest, dass es dieselben reaktionären Widerlichkeiten wie vor über zwanzig Jahren waren. Helga atmete auf, es hatte sich doch nichts groß verändert. Gut, Joschi hatte sich kaufen lassen. Das passierte nun einmal. Und ihre Mutter war wehleidig wegen ihrer Krankheit.

Ihr Blick fiel auf die Besetzungsliste. Lediglich zwei Namen, jener des Dorftrottels und jener des Souffleurs, waren ihr vertraut.

»Wuist dir des wirklich odoa?«

Helga drehte sich lächelnd zu ihrem Gepäckträger um. Edi klärte sie auf, dass die Zugezogenen sich mittlerweile die besten Rollen gekrallt hatten. Dass der Regisseur ein verhinderter Theaterstar von München war und überhaupt die meisten Zuwanderer aus der Landeshauptstadt kamen oder zumindest dort ihren Lebensmittelpunkt hatten. Der Tegernsee lag einfach zu günstig. Mitten in den Bergen und verdammt schnell mit dem BMW zu erreichen. Oder mit dem Audi TT. Die Marken waren austauschbar, Hauptsache, die Karre war über dreißigtausend Euro wert, erklärte ihr der Schupfinger-Edi, wobei er seine gegelte Igelfrisur glatt strich und sich gegen die Auslage des Juweliers lehnte. Mit einer großen Bewegung forderte er Helga auf, sich die Schmuckstücke anzusehen. Es gab keinerlei Uhren oder Eheringe, sondern nur Pretiosen wie Rubinketten, Bernsteinarmbänder und Ohrringe aus Bergkristall. Alle in einem kitschigen traditionellen Design wie Souvenirs in einem Wallfahrtsort. Edi stieß sich ab und stolzierte die Straße hinunter zum See. Laut sang er: *Money makes the world go round.*

Endlich schwieg Edi. Sie sahen auf das Wasser, dessen Oberfläche vom Nebel vertuscht wurde. Darüber knallte die Wintersonne, die die volle Pracht des Sees zur Geltung brachte. Der Raureif auf den Waldbäumen ringsum machte die Märchenstimmung perfekt. Edi malte mit einem frisch gedrehten Joint die Umrisse der Landschaft nach.

»Wega dem da kimmt koana von da weg.«

»Wega dem kemma so vui da her.«

Edi nickte und schwieg.

Dreiundfünfzig Wellen später schnippte er den Rest der Entspannung in den See. Helga fühlte sich nach dem Kraut wie eine großzügige Göttin. Warum sollten andere den Tegernsee nicht auch genießen? Sie sprang auf und schritt entschlossen Richtung Schloss. Sie wollte das Stammlokal ihrer Kindheit riechen. Dabei kam sie an einem überdimensionalen Werbeplakat vorbei, das versprach: *Löwenbräu. Ein Bier wie Bayern.* Zu sehen war ein Bergbauernhof mit einer verschneiten Wiese davor, auf der ein Mann mit Christbaum und Sohn marschierte. Das Kind hielt eine Laterne.

Helga meinte für den Bruchteil einer Sekunde, im falschen Jahrhundert zu sein. Sahen sich die Bajuwaren wirklich so? Oder degradierten sie sich für die Zuwanderer zu Alpendeppen?

Sie stoppte mitten auf der Wiese vor dem Schloss. Schon zum zweiten Mal seit ihrer Heimkehr stieg in ihr eine Aggression gegen die Veränderungen auf. Warum? Es musste mit Edi zu tun haben. Er war frustriert. Weil er noch immer daheim wohnte und den Absprung nicht geschafft hatte.

Ihre Nackenhaare glätteten sich, als sie im *Großen Bräustüberl* Weißwürste aß. Sie waren vom Metzger Walch aus Kreuth und so gut wie in ihrer Erinnerung. Ihre Stimmung hellte sich noch mehr auf, als der alte Mann ihr gegenüber sie als Tochter der Bäringer-Mitzi erkannte. Er hieß sie willkommen. Am Nebentisch ließ sich ein ehemaliger Schulkollege nieder, der Karglinger-Peter. Dem großen Hallo folgte ein sehr kurzer Bericht über sein Leben. Zuerst hatte er den Bauernhof seiner Frau überlassen, dann musste auch sie arbeiten gehen. Er war Croupier in Bad Wiessee, sie Kellnerin hier im *Bräustüberl,* allerdings Tagschicht. Das Mittagessen war eine der wenigen Gelegenheiten, wo sie einander sahen. Außer im Urlaub natürlich, den sie sich jetzt auch endlich leisten konnten, und zwar ausgiebig und weit weg.

Helga hatte endlich das Gefühl, nach Hause zu kommen.

Am Tisch rechts hinter ihr nahmen der Mann vom Bahnhof und ein Pärchen Platz. Ihr lächerliches und aufdringliches Pseudoalpenoutfit brachte Helga zum Grinsen. Die drei machten ihrerseits Witze. Helga hörte mehrmals das Wort ›Tourist‹ und kapierte, dass sich das auf sie bezog. Sie betrachtete ihre Jeans und ihren dicken Pullover. Was? Musste sie sich jetzt ein Jopperl umhängen, um als Einheimische durchzugehen?

Helga versenkte sich in die Hauszeitung, um das Gekichere nicht mehr hören zu müssen. Da sprang ihr ein Artikel ins Auge. Er war wohl witzig gemeint, denn der Wirt erklärte darin, dass man Weißwürste nur am Vormittag aß. Und wer es zu anderer Uhrzeit tat, war mit ziemlicher Wahrscheinlichkeit ein Tourist. Es war kurz nach zwei am Nachmittag. Deshalb also lachten diese Affen. Helga rief Edi an, der es vorgezogen hatte, beim nahe gelegenen Asiaten zu essen. Was ihr jetzt gar nicht mehr so abwegig vorkam.

Sie parkten beim *Hotel Bachmair.* Zwischen all den silbernen und schwarzen Limousinen wirkte der alte orangefarbene Golf von Edis Schwester wie eine Provokation.

Schweigend schlenderten sie den Uferweg entlang. Nach ihrem Heimatort mochte Helga diesen Teil von Rottach-Egern am liebsten. Den Malerwinkel. Das Ost- und das Westufer bildeten eine Bucht, die wie das Reich von Seebewohnern wirkte, speziell im Morgen- oder Abendnebel oder wie jetzt, wo die Sonne von herabsinkenden Wolken verdeckt wurde.

Helga blickte auf ein Haus, gebaut in inhaltsloser Holzschnitzerei-Tradition. Das Holz strahlte so jungfräulich in die Welt, als ob es schrie: Bitte dreht die Zeit schneller, damit ich bald passend alt wirke. Sie schleuderte einen Stein auf einen der Balkone und dirigierte Edi zum Friedhof. Vertraute Namen wie Reither, prominente wie Guido Graf

Henkel Fürst von Donnersmarck. Dann erzählte ihr Edi von den neuen Herren.

Die Erzählung brauchte ihre Zeit. Sie endete erst bei der Frauenskulptur unweit des Casinos von Bad Wiessee. Sie hockten auf dem Podest des Kunstwerks und starrten einmal mehr in die sanften Wellen. Helga verweigerte den Joint.

»Du übertreibst.«

Gut, die angestammten Einheimischen waren zwischen den Zugereisten und den Touristen kaum mehr auffindbar. Aber waren Zu- und Abwanderung nicht das Lebenselixier von jedem Landstrich? Im schwachen Schein der Glut wirkte es beinahe bedrohlich, wie Edi den Kopf schüttelte.

»Die leben net da, die flüchten in a Museum.«

»Sie bringen Geld.«

»Ja, aber nur für si selba.«

Edi blockte jeden weiteren Einwand genauso harsch ab. Für ihn war die Situation klar. Er wusste nur nicht, wie er sie ändern sollte. Plötzlich empfand Helga die kritische Einstellung von Edi als Mieselsucht. Sie ging zurück zum Parkplatz. Das Casino war hell erleuchtet, was ihm Majestät verlieh, obwohl es ein schmuckloser Bunker war. Daran waren wohl die wenigen Fenster schuld. Die Außenwelt hatte keinen Zugang. Helga machte mit ihrem Handy ein Foto, denn das Spielerparadies sollte schon bald in einen prächtigeren Bau übersiedeln.

Der Parkwächter eilte zu ihr. Fotos seien streng verboten. Hier gab es zu viele Menschen, die etwas zu verbergen hatten. Etwa, dass sie hier in Begleitung ihrer Freundin und nicht ihrer Frau waren. Das Wort ›verbergen‹ hallte aufdringlich in Helga nach.

Der Atem ihrer Mutter beruhigte sich langsam. Sie schlief ein. Endlich hatte Helga sie überreden können, das neue Präparat zu probieren. Das Gesicht ihrer Mutter war mit Falten übersät. Kein Wunder, sie hatte nie versucht, mit

Cremes oder Lifting ihre Jugendlichkeit zu bewahren. Und sie hatte immer körperlich schwer gearbeitet.

Um jetzt in einem voll geramschten Raum zu sitzen, weil sie sich mit ihrer kleinen Pension allein die überteuerten Preise im Supermarkt nicht leisten konnte. Von Gasthäusern gar nicht zu reden.

So war das also. Die Geschäftsleute aus München und sonstwo hatten sich hier eingekauft. Schnell hatten ein paar gewiefte Einheimische gemerkt, dass man denen mehr Geld als üblich abknöpfen konnte. Schnell hatten Gastronomen und andere Dienstleister aus München und sonstwo bemerkt, dass sie an den Tegernsee mussten, um ihre Schickeria weiter ausnehmen zu können. Der See der Seen war zum Speckgürtel degeneriert. Ihre Heimat hatte sich zur Schlafstadt gewandelt. Und ihre Bewohner hielten hysterische Folklore für ländliche Kultur.

An der Eingangstür wurde heftig geklingelt und geklopft. Helga wunderte sich einen Moment, dann fiel ihr ein, dass sie den Schlüssel hatte stecken lassen. Das Pärchen, das im Bräuhaus gemeinsam mit dem Lederhosenmann vom Bahnhof über sie gelacht hatte, stürmte herein.

»Sie wohnen hier doch nicht allein! Wer sind Sie überhaupt?«

Als Helga sich zu erkennen gab, drohte ihr die Frau lautstark mit Konsequenzen, sollte Helga noch einmal das ganze Haus in Beschlag nehmen wollen. Damit schwebten die beiden in ihre Wohnung im ersten Stock.

Helga war nun endgültig grantig. Die Mutter rief sie ins Zimmer. Sie wollte ihre Tochter über etwas aufklären.

Wie eine Drogensüchtige zappte Helga von einem Kanal zum nächsten, um in irgendwelche Reisesendungen eintauchen zu können. Doch weder die schönsten Meeresbilder noch das zweite Bier beruhigten sie. Es war die absolut blödeste Idee des Jahrhunderts gewesen, zurückzukehren. Hier war nicht mehr ihr Zuhause. Sie hatte keine Lust, sich mit präpotenten Neureichen herumzuschlagen.

Edi hatte schon Recht mit seinem jugendlichen Anarchismus. Der ganze Tegernsee gehörte ausgemistet. Na ja, man musste vielleicht nicht alle vertreiben, der eine oder andere Neue war sicher ganz nett. Aber die Verbrecher, die sich hier eingenistet hatten, die sollte man loswerden. Wie diesen Gangster, der ihrer Mutter das Darlehen für den Umbau gegeben hatte, nur um sich dann mit juristischen Tricks das ganze Haus unter den Nagel zu reißen. Dieser Lederhosenträger mit dem maximilianischen Schnurrbart, der seine windigen Freunde hier in diesem Haus einquartiert hatte. Man munkelte sogar, er wolle sich die Tegernseer Bierproduktion einverleiben.

Helga nahm das dritte Bier aus dem Einkaufssack. Wenn an diesem Gerücht etwas dran war, dann musste sie sich jetzt noch ausführlich dem Genuss hingeben. Denn das Bier von diesem Lederhosenheini würde sie nicht mehr trinken. Da ging sie lieber auf Saison. Nur wohin? Inspiration war gefragt. Sie zappte weiter und blieb beim Bayerischen Rundfunk hängen, denn sie traute ihren Augen nicht.

Der Lederhosenheini wurde als Geschäftsmann des Jahres gefeiert, weil er eine monströse Firmenübernahme getätigt hatte. Ein Mann um die fünfzig durchbrach die Security und protestierte gegen die verlorenen Arbeitsplätze. Er wurde von einem Pulk von Fotografen niedergetrampelt, die die Lücke in der Absperrung nutzten. Das folgende Blitzlichtgewitter war eines Stars würdig, die Karosse des Lederhosenheinis auch. Ein silberner Jaguar. Jaguar? Helga suchte auf ihrem Handy das Foto vom Casino-Parkplatz. Es war dasselbe Kennzeichen.

Nach drei weiteren Bieren rief Helga Edi an. Und am nächsten Tag den Karglinger-Peter, noch bevor er seinen Dienst im Casino antrat. Er musste ihr im Paradies der Reichen einen Job als Putzfrau beschaffen. Dann warf sie ihren Laptop an. Sie brauchte ein paar Informationen aus dem Netz.

*

Der Tote war zwar übersät mit Einstichwunden, das hatte allerdings keine Relevanz, erfuhr Chefermittlerin Straubinger vom Gerichtsmediziner. Der Ausweis im Portemonnaie und die Platzierung der Einstiche bezeugten, dass der Mann mit dem überdimensionalen Schnurrbart Diabetiker gewesen war. Und er war nicht irgendein Toter, wie nun der Leiter des Casinos ausführte. Ein Geschäftsmann. Straubinger dämmerte, dass sie vor ein paar Wochen einen Fernsehbeitrag gesehen hatte, in dem dieser Mann gefeiert worden war. Einer von denen, für die es nur Aktienkurse gab. Der mit seinen Geschäften an der Grenze zur Legalität schrammte, wie Straubinger von ihren Kollegen in der Abteilung für Wirtschaftsverbrechen wusste.

War er eines natürlichen Todes gestorben? Hatte ein Konkurrent nachgeholfen? Oder ein Betrogener? Die Lösung des Falls würde schwierig werden. Denn bei Kranken konnte man Manipulationen an der Medikation durchführen, die nicht so leicht nachzuweisen waren. Straubinger entdeckte in sich eine beschämende Unlust, diesen Fragen allzu genau nachzugehen. Ein Mistkerl weniger auf der Welt. Das war ein verbotener Gedanke.

Ihr Blick fiel wieder auf die Putzfrau, die nun von einem jungen Burschen mit gegeltem Haar beruhigt wurde. Sie hielten die Köpfe nahe beieinander. Lachten sie?

Christian Ude

Outdoorbiking?

Wenn man im fernen China das Fahrrad kennt und schätzt und massenweise nutzt und auch in New York Radlkuriere durch die Wolkenkratzerschluchten fetzen und die Niederlande ein einziges Fahrradparadies sind, dann müsste man eigentlich überall wissen, was das ist: ein Fahrrad. Stimmt. Man weiß es überall. Rund um den Globus. Bei Radlfreunden und Radlhassern. Wirklich überall. Außer im Fahrradfachhandel.

Sie glauben mir nicht? Dann versuchen Sie einmal, ein Fahrrad zu kaufen. Und zwar in einem Fachgeschäft! Sie werden einen Lebensabschnitt der Erniedrigung durchmachen müssen. Wie ich, nachdem mir im vorletzten Sommer mein Rad gestohlen worden war. Also ging ich in ein renommiertes Geschäft und äußerte unbedacht den Wunsch, ein neues Fahrrad zu erwerben. Der Verkäufer starrte mich an wie eine exotische Erscheinung, sein Blick wechselte zwischen Überheblichkeit und Mitleid: »Was wollen Sie?«

»Ein Fahrrad«, wiederholte ich unbelehrbar.

»Outdoorbiking?«, fragte er ungeduldig zurück.

Nein, an so etwas Modisches hatte ich eigentlich nicht gedacht, also schüttelte ich den Kopf. Das hätte ich lieber sein lassen. Denn der Verkäufer führte mich an einer Reihe durchaus akzeptabel wirkender Räder vorbei in einen Nebenraum voller seltsamer Geräte, die unter der Kategorie ›Indoorbiking‹ versammelt waren. Es begann mit eher bescheidenen Strampelmaschinen, mit denen man hübsch auf der Stelle treten konnte, steigerte sich dann aber zu Hightech-Apparaturen, die über dem Lenkrad einen großen Farbbildschirm präsentierten, auf den man die unterschiedlichsten Landschaften zaubern konnte. Auf los, erklärte der

Verkäufer, geht's los: Mitten durch eine rheinische Burgenlandschaft (man kann aber auch das Voralpenland wählen oder die Sahara) schlängelt sich eine Radrennstrecke, ich bin der Rennfahrer mit dem gelben Trikot, und wenn ich munter strample, überholt mich keiner, andernfalls aber zieht einer mit blauem oder rotem Trikot an mir vorbei und macht mich zum Verlierer am eigenen Gerät, das schon für ein paar tausend Mark – billiger als ein Auto – zu haben ist. Das also, hatte ich gerade gelernt, ist Indoorbiking. Ich sollte, meinte er allen Ernstes, den Kaufpreis berappen und dann immer wieder im Hobbykeller oder sonstwo strampeln wie ein Verrückter, damit der Rennfahrer mit dem gelben Trikot nicht überholt würde. Dies sei ein großer virtueller Leistungsansporn und außerdem ein geselliger Sport, da man ja mit anderen, deren Leistungsstärke man vorher einstellen könne, in Wettbewerb trete ...

Das mit dem Wettbewerb am Bildschirm war mir neu, die Aussicht auf kleine Rennen mit Konkurrenten, deren Leistungsstärke ich vorher auf das Niveau asthmatischer Greise einstellen könnte, hatte auch durchaus etwas Verführerisches. Andererseits kam Indoorbiking grundsätzlich nicht infrage, schließlich hatte ich schon oft genug Hohn und Spott verbreitet über jene Zeitgenossen, die sich morgens beim Frühstücksfernsehen schweißtreibend abstrampeln und damit wieder gutmachen wollen, dass sie jede Rolltreppe benutzen oder sogar nachträglich einen Aufzug in ihr Treppenhaus eingebaut haben, um nie mehr eine Stufe erklimmen zu müssen, und selbst zum Zigarettenautomaten mit dem Auto fahren, weil jeder Schritt zu Fuß ein Schritt zu viel sei ...

»Was hatten Sie mir vorher angeboten?«, fragte ich den Verkäufer, »bevor wir in diese Indoorabteilung kamen? Ich glaube, Outdoorbiking. Das liegt mir wahrscheinlich doch etwas mehr!«

Jetzt kann nichts mehr schief gehen, dachte ich. Im Freien radeln, natürlich; das war's doch, was ich wollte.

Um den verstörten Verkäufer wieder etwas zu motivieren, sagte ich: »Wissen Sie, ich fahre gerne im Freien!«

Das hätte ich aber auch lieber sein lassen. Denn er antwortete sofort beflissen: »Verstehe! Offroadtrekking!« Und schon ergriff er ein Gerät aus 7005 Aluminium mit verstellbarer Federgabel.

»Ach nein«, seufzte ich, doch er deutete das blitzschnell als Genörgel an der Ausstattung. Also hob er ein zweites Rad aus der Halterung, ein Damen-und-Herren-Trekking-Rad mit 27-Gang-Schaltwerk und Powermodulator-V-Brakes.

Aber ich wollte doch nur Rad fahren. Also schüttelte ich den Kopf.

»Ich verstehe«, eiferte der junge Mann, »es soll etwas Besonderes sein. Zum Beispiel dieser ›Moonraker‹ mit Mamba-Air-Doppelbrückenfedergabel und Rock-Shox-Sid-adjust-Federbein sowie Scheibenbremsen, allerdings ohne Pedale.«

»Ohne Pedale«, fragte ich, »was kostet denn dieses unvollständige Gerät?«

»3578,53«, murmelte er.

Das schlug denn doch dem Fass die Krone ins Gesicht! »Jetzt kostet dieser Gnom von einem Fahrrad über dreieinhalbtausend, warum dann noch dreiundfünfzig Pfennige?«

Damit war es mir erstmals gelungen, den Spieß umzudrehen und den Verkäufer in Verlegenheit zu bringen: »Nicht Mark«, stammelte er, »Euro!« Und dann: »In Mark ist das eine ganz glatte Summe, 6999 Mark!«

»Sehr glatt!«, höhnte ich und drehte mich weg.

»Wenn Sie etwas Preiswerteres haben wollen«, setzte er mit einem leicht tadelnden Unterton nach, »hätten wir auch dieses Modell mit Doublebutted-Tubing, Manitu-SX-LT-Federgabel und Freeride-Klickpedalen – 3699, und zwar Mark!«

»Verstehen Sie denn nicht«, wurde ich jetzt schon ein wenig grantig, »ich brauche keinen Manitu und keine Doppelbrückenfedergabel, sondern nur ein Rad, einfach zum Radeln.«

In einem schwachen Nachzugsgefecht wollte er mir noch klar machen, dass München praktisch von Voralpen und Endmoränen umstellt ist, sodass man dringend ein Mountainbike brauche, aber dann lenkte er doch ein: »Ach so, Sie wollen alles Sportliche vermeiden, nur so ein bisschen im Flachland hin und her, da schauen wir uns mal das Angebot ›Town and Country‹ an.« Sprach's und deutete auf ein Sonderangebot für nur 999 Mark mit kugelbestahltem, polyesterbeschichtetem Oversize-Rahmen und ergometrisch geformtem Lenkerbügel. »Wenn Ihr Einkommen auch größere Sprünge erlaubt«, wurde er jetzt richtig süffisant, »hätten wir hier noch für 1199 Mark das ›Country‹ von Peugeot mit profiliertem Drop-Shape-Unterrohr und Rapid-Fire-Schaltgriffen sowie geösten Aluminium-Hohlkammerfelgen.«

Wissen Sie, geneigter Leser, wie man Felgen öst? Sie werden es auch nie erfahren, jedenfalls nicht von mir, denn ich habe mich nicht getraut, danach zu fragen – nach all den vorangegangenen Blamagen.

»Wie ich schon sagte«, schaltete ich jetzt auf stur, »ich will eigentlich nur in der Stadt herumfahren und brauche deshalb kein Country-Rad und verzichte auch auf geöste Felgen!«

Nur in der Stadt herumfahren! Jetzt hatten wir uns gefunden! »Ach so, ein City-Comfort-Rad soll es sein!« Da hatte er tatsächlich eines vorrätig, mit industriegelagerter Schwinge und 6-Gang-Nabenschaltung, »für rückenschonendes, entspanntes Fahren«. Welche Feinfühligkeit der Werbefritzen, dass dieses Rad ›City-Comfort‹ hieß und nicht ›Seniorenschaukel‹.

Ich hatte mich schon des Namens wegen mit dem Modell angefreundet, da unternahm er einen letzten Versuch, mir eine standesgemäße Cityrad-Variante aufzuschwätzen: »Passender wäre natürlich für Sie das Modell ›Prestige‹ mit 48-Zähne-Kurbel und 27-Gang-Schaltwerk sowie geösten Aluminium-Hohlkammerfelgen ...«

Da waren sie schon wieder, diese verfluchten und geösten Hohlkammerfelgen!

Ich verließ das Geschäft und behaupte seither, dass am wirklich erschreckenden Anstieg der Fahrraddiebstähle auch der Fachhandel mit seinen Beratungsgesprächen ein gerüttelt Maß Mitschuld trägt.

Barbara Krohn

Sein oder Nichtsein in Regensburg

1.

ICH bin ein friedliebender Mensch! Vom großen Zeh (der sich zu Recht groß nennt, denn immerhin trage ich Schuhgröße fünfundvierzig) bis unter die Kopfhaut, ja bis in meine noch immer natürlich blonden Haarspitzen hinein! Ich, Lorenz Ott, ledig, Kriminalschriftsteller und Turmherr, bin überzeugter Pazifist.

Meine Mutter hat mich so erzogen. Eine Wasserpistole war das höchste der Gefühle. Zugeständnis an den heißen Sommer in dem Jahr, als ich zwölf wurde. Ansonsten gab es von klein auf nur pazifistisches Spielzeug, also waren Pistolen, Pfeil und Bogen, Plastikpanzer, Minisoldaten, Handschellen und dergleichen mehr tabu, auch an Fasching. Die Verwandten mütterlicherseits wurden zu Weihnachten und an den Geburtstagen entsprechend instruiert (die Verwandten väterlicherseits haben vermutlich nie ein Sterbenswörtchen von meiner Existenz erfahren).

Man muss nicht aus jedem Jungen einen potenziellen Mörder machen, pflegte meine Mutter zu sagen. Dabei hatte sie persönlich gar keine schlechten Erfahrungen mit Mördern gemacht. Meines Wissens ist niemand aus ihrer Familie jemals einem gewaltsamen Tod zum Opfer gefallen, auch nicht in einem der beiden Weltkriege. Insgeheim, so glaube ich, wollte sie mit ihrem verbissenen Kampf für den Pazifismus gegen meinen Erzeuger zu Werke gehen (beziehungsweise gegen seine Gene, die ja im Verborgenen zu wirken pflegen), ohne den ich aufwuchs und der, wie ich erst vor ein paar Jahren herausfand, damals einen Schießbudenstand auf der Regensburger Dult besaß, ansonsten von einem Jahrmarkt zum nächsten zog und zweimal eine Gefängniszelle von innen erlebte.

Ich bin ein friedliebender Mensch – aber ich bin ein Freund der Messer, das lässt sich nicht verhehlen, das will ich auch gar nicht verbergen. In meiner kleinen Küche hoch über den Dächern von Regensburg lagert ein wahrer Schatz an Messern, ein kleines Vermögen. Wenn ich zwei-, dreimal im Jahr meine Freunde zum Essen einlade, kommt jedes Messer frisch geschliffen zum Einsatz (sodass manche Zwiebel, manche Kartoffel von mehreren Messern zerteilt wird, damit es auch unter Messern gerecht zugeht). Denn Messer waren in meiner Jugend erlaubt: Ein richtiger Junge brauchte ein Taschenmesser, um im Bayerischen Wald einen Apfel zu schälen, einen Stecken zu schnitzen – aber natürlich, Gott bewahre, keine Pfeile. Nichts, womit er jemanden bedrohen oder verletzen könnte. Nichts, womit er sich wehren könnte. Zumal meine Mutter das Taschenmesser, das ich von meinem Großvater zur Kommunion geschenkt bekam, vor dem ersten Einsatz kurz entschlossen geköpft, sprich die lebensgefährliche Spitze abgefeilt hatte.

Dennoch war ich meinen Altersgenossen keineswegs hilflos ausgeliefert und konnte ich mich gegen sie sehr wohl zur Wehr setzen. Nur eben anders. *Der Junge hat ein großes Maul*, hieß es oft, meiner Meinung nach zu Unrecht. Denn wer ein großes Maul hat, reißt es bei jeder Gelegenheit auf, ist ein Aufschneider, ein Großmaul eben. Ich hingegen war eher schüchtern. Aus meinem Mund kamen ganz einfach nur Worte. Keine Beschimpfungen, nichts Unflätiges. Die Worte waren meine Waffen. Und durch und durch pazifistisch. Ich war also als Kind nicht ins Abseits gedrängt und ausgeschlossen, keineswegs: Beim Indianerspielen übernahm ich die Rolle des Medizinmanns, beim Fußball war ich Schiedsrichter und Radiokommentator in einem, bei anderen Spielen, in denen es um Bandenkriege ging, wurde ich als Botschafter eingesetzt.

Wahrscheinlich wäre das genau der richtige Start für eine spätere Karriere im Auswärtigen Amt gewesen – aber damals konnte oder wollte ich die Zeichen der Zeit nicht sehen. Ich verschlang Zeitungen, Zeitschriften, Bücher, lümmelte mich im Fernsehsessel, las von Jerry Cotton bis zu Agatha Christie sämtliche Krimis, die ich in die Finger bekommen konnte, wurde zum Tatort-Fan der ersten Stunde und beschloss mit ungefähr dreizehn Jahren, entweder Detektiv oder aber Kriminalromanschreiber zu werden. Dass ich Letzteres geworden bin, habe ich meiner Halsstarrigkeit und meinem Pazifismus, also indirekt ebenfalls meiner Mutter zu verdanken.

Die im Übrigen schockiert sein wird, wenn sie sieht, dass dieser Bericht mit einem großen ICH beginnt. Denn auch das hat sie mir beigebracht: Zurückhaltung, Bescheidenheit und dass man nie ein Schreiben mit dem ersten aller Personalpronomina beginnt. Aber meine Zurückhaltung hat spätestens heute ein Ende. Ich, Lorenz Ott, werde bedroht. Ich, ich, ICH und kein anderer!

2.

ICH habe es weder mit dem Glauben noch mit dem Aberglauben, aber dass ich ausgerechnet am ersten Oktober diesen unfrankierten, nicht signierten, per Computer verfassten und mit feinem Tintenstrahl ausgedruckten Drohbrief erhielt, hat mich dann doch ein wenig aus der Fassung gebracht: Denn der erste Oktober ist mein Geburtstag, in diesem Jahr noch dazu ein runder, nämlich der vierzigste. Ich bin nicht nur friedliebend, sondern auch ausgeglichen, Sternzeichen Waage eben, und dass mir am Tag meines Wiegenfestes mein baldiges Ableben angekündigt wird, ist nicht nur dreist, sondern leider auch beängstigend: Der goldene Oktober als letzter Monat meines Daseins? Wer auch immer diesen Brief geschrieben hat, musste mich kennen. Musste meinen Geburtstag kennen, meine Anschrift, ja meinen Nistplatz im Leben!

Aber selbstredend bin ich ein Meister der Verstellung, das hat mich die Bekanntschaft mit den vielen Romanfiguren gelehrt. Also verhielt ich mich am Abend unauffällig, heiterer und entspannter denn je. Ich hatte Freunde zu einem Festessen eingeladen und alle Messer gewetzt, wir saßen zu acht um den ausklappbaren Tisch auf der Dachterrasse, hatten an diesem milden Altweibersommerabend besten Blick auf die Sterne und die Domtürme und spachtelten uns bei Kerzenschein durch einen riesigen Donauwaller.

Der Zufall wollte es jedoch, dass mein Sandkastenfreund Hubert (von klein auf ein begnadeter Zeichner, der gern in diesem Metier groß geworden wäre, stattdessen aber die elterliche Dachdeckerfirma übernehmen musste) irgendwann nach einem Stück Papier suchte, auf dem er die fröhliche Runde porträtieren könnte. Wir redeten, lachten, tranken, Hubert zeichnete, und als er sein Blatt hochhielt, um es in der Runde zu zeigen, hatte er auf der Rückseite besagten Drohbrief vor Augen …

»Wer war das?«, fragte er mit funkelndem Blick in die Runde wie ein Studienrat, der soeben einen Dummejungenstreich entdeckt hat. Und wie damals in der Schule schob sich kein einziger Finger in die Höhe … Dafür wurde ich nun von allen Seiten mit Fragen durchlöchert (wäre jede Frage eine Pistolenkugel, wäre ich längst mausetot), auf die ich keine Antworten wusste: Wem bist du ein Dorn im Auge? Wer will sich an dir rächen? Schuldest du jemandem Geld? Hast du irgendwem die Frau ausgespannt? Ist jemand scharf auf deinen Wohnturm?

Das waren selbstverständlich zu viele Fragen auf einmal, mir schwirrte bald der Kopf, die Meinungen gingen hin und her: Die einen waren der Ansicht, dass mir irgendein Witzbold einen gehörigen Schrecken einjagen wolle und der schlechte Scherz bestimmt in den nächsten Tagen aufgeklärt würde; die anderen fanden, ich sollte die Polizei einschalten. Oder einen Detektiv. Hubert, berufsbedingt ein Mann der Tat, schlug vor, einen Wachdienst zu organisieren: Ich bräuchte einen Leibwächter. Ulrike, mit der ich ein paar Jahre zusammen war, bis das Meer des Lebens uns an verschiedene Ufer spülte (sie in die Arme eines anderen Mannes nach Donaustauf, mich in meinen steinernen Turm in der Keplerstraße), kniff die Augen zusammen, schlug mit der flachen Hand auf den Tisch und rief: »Ich hab's. Da verwechselt mal wieder jemand Bücher mit dem wirklichen Leben. Wen hast du in deinen letzten Geschichten aufs Korn genommen?«

Ich zuckte die Achseln, dann rekapitulierten wir gemeinsam: Da war der Mann mit dem Köter, der seinen Haufen immer mitten auf den Gehweg vor dem Wohnturm setzt. Die Frau vom Amt, die das Reiten auf Paragrafen mit sexuellem Hochgenuss zu verwechseln scheint. Der Polizist, der den Unterhalt für seine sechs unehelichen Kinder durch Bestechungsgelder finanziert. Der Finanzbeamte, der eine Steuerhinterziehung zu viel aufgedeckt hat und von einem Vorgesetzten vorzeitig in den Ruhestand verabschiedet wird …

Aber – ich hob abwehrend die Hände, als würde jemand die Pistole auf mich richten –, aber das ist doch alles nur ausgedacht! Erstunken und erlogen! Das sind doch nur Romanfiguren! Figuren aus Wörtern statt aus Fleisch und Blut. Ein Klick auf der Computertastatur – und weg sind sie!

»Genau«, nickte Ulrike grimmig. »Genau das verwechselt jemand. Ein Klick genügt …«

3.

ICH bin ein Pazifist, ich sagte es bereits. Ich konnte schon als Kind keiner Fliege etwas zu Leide tun. Jede Spinne wird von mir eigenhändig an die frische Luft verfrachtet. Aber die nächsten Wochen waren wahrlich kein Zuckerschlecken. Ich entwickelte Misstrauen gegen jedermann: den frechen Oberschüler, der mich im Bus anrempelte, den Motorradfahrer, der dick vermummt durch die Rote-Hahnen-Gasse brauste, den Postboten, der mir meine druckfrischen Neuerscheinungen direkt an die Tür brachte (und dafür vom stolzen Empfänger jedes Mal mit einem signierten Buch entlohnt wurde). Wer zum Teufel wollte mir an den Kragen?

Der sonst so ertragreiche, sprichwörtlich goldene Oktober mit seinem langen Spätsommeratem aus Lebensfülle und

Abschied in stillere Räume missriet zu einem hektischen, gehetzten Aufbäumen vor Mister X. Ich wurde regelmäßiger Kunde beim Waffenhändler (im Messergeschäft war ich seit meiner Kommunion bekannt) und legte mir sämtliche Schießeisen zu, die ohne Waffenschein erhältlich waren. Ich schrieb mich für Karatetraining ein, kaufte eine Alarmanlage mit Überwachungskamera und wurde, als mir ein Bekannter einen entsprechenden Tipp gab, für ein paar gelbe Scheine ruck, zuck stolzer Besitzer einer waffenscheinpflichtigen Pistole, die ich unter Anleitung von Herbert, Hobbyjäger und Mitglied eines Schützenvereins, an den Wochenenden im Wald hinter dem Hesperidengarten ausprobierte. Ich schien eine gewisse Begabung zu besitzen, denn ich traf auf Anhieb mehrmals ins Schwarze (und heftete den Mitgliedsantrag für den Schützenverein sichtbar an die Pinnwand im Flur).

Ich betone: Ich bin kein Freund von Mord und Totschlag, auch wenn mir das niemand abnehmen will. Alle Welt denkt, die Fantasie eines Kriminalschriftstellers müsse notgedrungen blutrünstig sein und jedes Erwähnen einer möglichen Mordwaffe (der Eiszapfen an einer Tanne im Bayerischen Wald, das riesige Beil in einer Sammlung altertümlicher Waffen auf Burg Wolfsegg) mein Herz zum Hüpfen, meine Augen zum Leuchten, meine Finger zum Zucken bringen. Doch nichts dergleichen trifft zu. Ich lechze keineswegs nach dem nächsten Mord auf Seite vierzehn oder auf Seite hunderteins. In der Zeitung zu lesen, dass wieder irgendein Dreckskerl im Suff oder aus Eifersucht seine Frau erschlagen hat, finde ich widerwärtig und nicht reproduzierenswert. Dennoch schreibe ich Kriminalromane, vielleicht aus Bequemlichkeit, vielleicht weil es zum Diplomatendienst nicht gereicht hat. Von irgendetwas muss der Mensch ja leben. Und wer will nicht einmal in seinem Leben einen Krimi schreiben? Jedenfalls bekomme ich das von jedem zweiten Leser zu hören, als ginge es um eine Kleinigkeit wie die, einmal im Leben aus Fallobst einen Apfelkuchen zu backen. Das Bild ist nicht übel: aus Fallobst. Mein Fallobst sind die

Leute. Ihre Fantasien. Ihre Wünsche. Ihre Verfehlungen. Das reicht bis in die Bibel zurück: Muttermörder, Vatermörder, Brudermörder usw. Ich bringe nur stellvertretend zu Papier, was in uns steckt. Ich verbacke das Fallobst des Lebens mit all seinen fauligen Stellen zu Kriminalromanen. Darunter rühre ich, zum vermeintlichen Wiedererkennen, ein wenig Lokalkolorit – eine Wasserleiche unter der Steinernen Brücke, eine Verfolgungsjagd von der Gesandtenstraße bis zum Ostentor, ein Bankräuber auf dem Neupfarrplatz, eine kopflose Leiche in der Schuhkammer von Fürstin Gloria – und dann baue ich, zur allgemeinen Verwirrung, noch ein paar Gassen und Plätze ein, die meiner Fantasie entsprungen sind, dem Fallobst *meiner* Träume ...

Ich wiederhole: Ich bin kein Freund von Mord und Totschlag – aber am letzten Sonntag im Oktober schlug ich zum ersten Mal zu. Und was soll ich sagen? Es war eine Erlösung!

4.

ICH konnte endlich die Worte über Bord werfen und zur Tat schreiten! Fiktion Fiktion sein lassen und Wirklichkeit Wirklichkeit. Es war kurz nach Morgengrauen. Ich stand auf meiner Dachterrasse, hatte gerade meine Karateübungen beendet, blickte über die mittelalterlichen Dächer bis zu den Winzerer Höhen in den werdenden Tag und fühlte mich gewappnet – als eine Schar Tauben sich hinter meinem Rücken auf der Brüstung niederließ, zu gurren begann, offenbar mit dem Plan, meine Terrasse als neuen Freudenpfuhl zu adaptieren, zumindest aber als Plumpsklo ... Ich fackelte nicht lange, sechs Tauben kamen mit dem Schrecken davon, zwei aber stürzten tödlich getroffen fünf Stockwerke tief aufs Pflaster.

Damit war meine Mordlust entfesselt. Am nächsten Tag fuhr mir ein Radfahrer auf dem Eisernen Steg von hinten in die Fersen, garantiert mit dem Ziel, den gemeinen Drohbrief fristgerecht in die Tat umzusetzen. Ich schnellte herum, packte ihn, riss ihn vom Rad und schleuderte ihn hinunter in die dunklen Donaufluten. Um ehrlich zu sein, ging alles so schnell, dass ich selbst es kaum mitbekam, geschweige denn irgendwelche Zeugen. Gewiss, mir zitterten die Knie, als ich das im Kampf erbeutete Rennrad flugs in meinen Wohnturm hochtrug, und überhaupt wollte nicht die richtige Freude aufkommen. An jenem Tag (wie auch an allen folgenden) brachte ich jedenfalls keine einzige Zeile mehr zu Papier. Mir wollte einfach kein fröhlicher Giftmord, kein hinterhältiger Überfall, keine politische Schurkerei mehr einfallen. Doch das bekümmerte mich nicht weiter: Schließlich müssen auch Kriminalschriftsteller zwischendurch einmal eine schöpferische Pause einlegen.

In diesem Sinne waren die nächsten Tage, das muss ich gestehen, die schöpferischsten meines Lebens. Ich wehrte mich meiner Haut, wo ich nur konnte. Kaum signalisierte mir meine Überwachungskamera den unangemeldeten Besuch eines Journalisten, stand ich schon in den Startlöchern. Durch den Türspion beobachtete ich, wie seine Hand von innen in die Brusttasche griff, um die Waffe zu ziehen – der Rest war ein Kinderspiel. Leider musste ich feststellen, dass das Opfer nach dem Handy hatte greifen wollen, ein dummer Irrtum, der mich zudem eines meiner teuersten Messer kostete.

Zwei Tage später traute ich mich gewissermaßen in die Höhle des Löwen, nämlich zu einem Regionalligaspiel des SSV Jahn, wo tausende potenzieller Attentäter auf mich warteten. Aber ich hatte Hubert, Manfred und ein paar andere Kumpel an meiner Seite, sodass ich das 2 : 1 unbehelligt genießen konnte. Nur auf dem allein gewagten Heimweg nach dem Spiel stellten sich mir ein paar spruchgewaltige Fans der Verlierermannschaft in den Weg und wollten mir mit meinem Jahn-Schal buchstäblich an den Kragen. Was sie nicht wussten: Ich war am Stadioneingang nach mitgebrachten Trinkflaschen durchsucht worden, nicht aber nach Schusswaffen … Nachdem ich mir noch am einunddreißigsten Oktober gegen Mittag mit einem schwarzgurtverdächtigen Karatekick am Roten Herzfleck einen Parkplatz erkämpft hatte, mussten am Abend ein paar Irre dran glauben: maskierte Halloweenfanatiker, mit nichts als Wir-wollen-Spaß im Hirn. Das habt ihr euch so gedacht, dachte ich, mich als Skelett verkleidet zu Tode erschrecken. Aber nicht mit mir! Kaum lagen sie in ihrem Blute, schlug die Uhr des Rathauses drei Mal – Viertel vor zwölf. Na wunderbar. Ich stieg zurück auf meinen Turm und wähnte mich auf der sicheren Seite des Lebens: gerettet.

Welch ein Irrtum! Als ich kurz vor Mitternacht den Drohbrief in Fetzen riss und diese mit einem tarzanähnlichen Schrei wie Konfetti über die mittelalterlichen Dächer meiner geliebten Stadt segeln ließ, ahnte ich nicht, dass mein letztes Stündlein geschlagen hatte. Ich hatte einfach ignoriert, dass man Berichte nicht mit einem großen ICH beginnt. Ich hatte außer Acht gelassen, dass Gewalt nicht ungesühnt bleibt. Und ich hatte vergessen, dass erfundene Figuren sich den Gesetzen der schreibenden Zunft zufolge für maximal einen Monat unter die Lebenden mischen dürfen ... Und als sämtliche Kirchturmglocken in der näheren und ferneren Umgebung nicht ganz im Einklang, aber doch unverkennbar zwölf Mal schlugen, kehrte ich unversehens zurück an den Ort, an dem ich entstanden war und wo ich als Buchstabenleiche über den Computerbildschirm flimmerte. Ein abfälliges Grunzen, ein Klick – mein Schöpfer und Meister hatte mich gelöscht.

Autorinnen und Autoren

Nessa Altura ist ein Pseudonym. Geboren 1951, lebt und arbeitet sie in Süddeutschland; verheiratet, zwei Kinder. Sie hat Germanistik, Amerikanistik und Geografie studiert und war unter anderem als Reiseberichterstatterin und Lehrerin tätig. Seit ungefähr fünf Jahren schreibt sie literarische Texte. Veröffentlicht wurden zahlreiche Kurzgeschichten in verschiedenen Anthologien. Für ihren Beitrag in *Tatort Berg* (Vertigo 2001) wurde die Autorin mit dem ›Friedrich-Glauser-Kurzkrimipreis‹ 2002 ausgezeichnet. 2004 erhielt sie außerdem den deutsch-polnisch-russischen Prosapreis der Kulturfabrik Fürstenwalde und wurde für den ›Agatha-Christie-Krimipreis‹ nominiert. Aus ihrer Feder gibt es zwei Bände mit eigenen Erzählungen: *Die schönsten Sagen aus Mittelfranken* (Prolibris 2002) und *Nacht über Oberstdorf* (Prolibris 2003).

www.nessaaltura.de

Till Bastian, geboren 1949 in München, studierte nach dem Abitur Humanmedizin in Mainz. Nach seiner Promotion arbeitete er bis 1982 zunächst als niedergelassener Arzt in eigener Praxis, danach als freier Schriftsteller. Seit 1989 wohnt er in Isny im württembergischen Allgäu. Er ist verheiratet und hat zwei Söhne. Neben seiner Tätigkeit als Redakteur der Fachzeitschrift *Umwelt – Medizin – Gesellschaft* publizierte Till Bastian zahlreiche Sachbücher und verfasst seit 1997 auch belletristische Werke. Sein erster Kriminalroman *Eine Hand im Park* (Knaur TB) wurde im Dezember 1998 veröffentlicht. Die Folgebände dieser Reihe um den pensionierten Münchner Kriminalkommissar Gebhard Otto und seine Freunde heißen: *Sprung in die Tiefe*

(2001), *Die letzte Nacht* (2001) und *Tango Criminale* (2002, alle Verlag der Criminale).

Michael Böckler studierte Kommunikationswissenschaft und lebt in München, wo er als Journalist und Buchautor tätig ist. Seine Romane folgen einem besonderen Konzept: Sie bieten nicht nur spannende Unterhaltung, sondern fungieren gleichzeitig als Reise- und Gourmetführer: mit einem umfangreichen touristischen Anhang, mit Restaurant- und Hotelempfehlungen – und landestypischen Rezepten zum Nachkochen. Böcklers Bücher spielen auf Mallorca, in der Toskana, in Frankreich, im Veneto und in Venedig. In seinem letzten Buch *Sterben wie Gott in Frankreich* (Droemer Knaur 2003) dreht sich alles um Wein: ein Krimi als Weinführer.

www.michael-boeckler.de

Anne Chaplet wohnt in Frankfurt am Main und in Südfrankreich und veröffentlichte 1998 mit *Caruso singt nicht mehr* ihren ersten Roman. Ihr inzwischen sechster, *Russisch Blut*, erschien 2004 bei Piper (alle anderen Bücher Antje Kunstmann Verlag). Unter dem Namen, der in ihrem Pass steht, dem der promovierten Politikwissenschaftlerin und Historikerin Cora Stephan, hat sie zahlreiche Sachbücher verfasst. Für ihre Romane *Nichts als die Wahrheit* und *Schneesterben* wurde sie mehrfach ausgezeichnet, unter anderem mit dem ›Deutschen Krimi Preis‹. Sie ist Mitglied bei den ›Sisters in Crime‹ und im ›Syndikat‹.

www.anne-chaplet.de

Richard Dübell, geboren 1962, Niederbayer aus der Gnade des Geburtsorts, nahm als Teenager an zwei Kurzgeschichtenwettbewerben des Moewig-Verlags teil und gewann beide Male den ersten Preis, was ihm schließlich Arbeit als Autor, Grafiker und Redakteur für das Magazin *Capricorn* einbrachte. 1993 begann er, mit historischen Kriminalromanen zu experimentieren, aber erst sein Projekt *Der Tuchhändler* (nymphenburger Verlag 1997) stieß auf verlegerisches Inte-

resse und wurde prompt zum Bestseller. Es folgten zwei weitere Romane für den nymphenburger Verlag; die folgenden Bücher wurden im Ehrenwirth Verlag publiziert.
www.duebell.de

Horst Eckert, geboren 1959 in Weiden/Oberpfalz, aufgewachsen in Pressath, in der nordostbayerischen Provinz. Studium in Erlangen und Berlin (Diplompolitologie). Er lebt als Autor in Düsseldorf. 1995 debütierte er mit *Annas Erbe* (Grafit, wie alle seine Romane) als Kriminalschriftsteller. Für *Aufgeputscht* erhielt er von der Raymond-Chandler-Gesellschaft den ›Marlowe‹ für den besten deutschsprachigen Kriminalroman des Jahres 1997. Für *Die Zwillingsfalle* (2000) wurde er mit dem ›Friedrich-Glauser-Preis‹, dem höchstdotierten deutschen Krimipreis, ausgezeichnet. Zuletzt erschien sein mittlerweile achter Kriminalroman *617 Grad Celsius* (2005).
www.horst-eckert.de

Angela Eßer, 1960 in Krefeld geboren, studierte Theaterwissenschaft und war als pädagogische Mitarbeiterin bei der VHS München und am Theater tätig. Unter dem Titel *Mordshunger* gibt sie mörderische Kochseminare, in denen die Ess- und Trinkvorlieben von berühmten Privatdetektiven und Kommissaren aus der Kriminalliteratur aufgedeckt werden. Sie lebt mit ihrer Familie in der Nähe von Augsburg und ist Mitorganisatorin des Krimifestivals München. Mitglied im ›Syndikat‹. Herausgeberin der Krimi-Anthologie *Wein & Leichen* (Plöger Medien GmbH 2000) sowie der Geschichtensammlung *Weinleichen* (Scherz 2003) und Autorin zahlreicher Kurzgeschichten.
www.krimifestival-muenchen.de

Ottfried Fischer wurde 1953 als Sohn eines Landwirts in Ornatsröt im Bayerischen Wald geboren. Sein Jura-Studium hängte er schon nach wenigen Semestern zugunsten seiner Kabarett-Karriere an den Nagel, mit der er ab 1977 vor allem im Münchner Hinterhoftheater immer neue Erfolge feierte. Der Wiener Kabarettist Werner Schneyder holte ihn von dort 1983 in seine TV-Show *Meine Gäste und ich,* Franz Xaver Bogner verschaffte ihm eine erste TV-Rolle in seiner Serie *Zeit genug.* 1987 bekam er die Hauptrolle in der Erfolgsserie *Irgendwie und Sowieso* und die Rolle des Felix in *Zur Freiheit,* die der Startschuss war für eine Karriere über die Grenzen Bayerns hinweg. Beim *Bayerischen Rundfunk* spielte Fischer in *Der Schwammerlkönig.* Es folgten Spielfilmrollen u.a. in *Ein Prachtexemplar* (1989), *Café Europa* (1990), *Go Trabi Go* (1990), *Der Superstau* (1990), *Das schreckliche Mädchen* (1990) und natürlich in der äußerst erfolgreichen TV-Krimiserie *Der Bulle von Tölz.*

www.ottfried-fischer.de

Nina George, geboren 1973 in Bielefeld, lebt als freie Autorin in Hamburg. Sie schreibt Krimis (*Kein Sex, kein Bier und jede Menge Tote; Bube, Dame, Karo, Tod* – Schwarze Hefte), Kurzgeschichten, Sachbücher *(Der Weg der Kriegerin. Die neuen Waffen der Frauen),* arbeitet seit zwölf Jahren als Journalistin und Kolumnistin für diverse Frauen- und TV-Magazine und ist die rechte Hälfte des Literatur-Kabarett-Duos *Böses Damen Doppel* (mit Sybille Schrödter). In Augsburg lebte sie zwei Jahre, war u. a. als Statistin beim Augsburger Stadttheater tätig. Unter ihrem Pseudonym Anne West erschienen bisher vier Erotikratgeber, zuletzt *Warum Männer so schnell kommen und Frauen nur so tun als ob,* und im April 2004 der Kurzgeschichtenband *Schmutzige Geschichten.* Im Mai 2005 folgt *Erste Hilfe für Verliebte.*

www.ninageorge.de

Robert Hültner, geboren 1950 in Inzell (Chiemgau), war Regieassistent, Dramaturg und Regisseur von Kurzfilmen und Dokumentationen, bevor er mit *Walching* (1993) seinen ersten Krimi um den im München der Zwanzigerjahre ermittelnden Inspektor Paul Kajetan vorlegte. In dieser Reihe sind außerdem erschienen: *Inspektor Kajetan und die Sache*

Koslowski (1996, ausgezeichnet mit dem ›Deutschen Krimi Preis‹), *Die Godin* (1998, ›Deutscher Krimi Preis‹ und ›Friedrich-Glauser-Preis‹), *Inspektor Kajetan und die Betrüger* (2003). Aktueller Roman: *Das schlafende Grab – Türks erster Fall.* Hültner lebt in München und Südfrankreich.

Thomas Kastura, geboren 1966, lebt mit seiner Frau und seinen beiden Töchtern in Bamberg. Er studierte Germanistik und Geschichte und arbeitet seit 1993 als freier Journalist für Rundfunk und Presse. Über seine Romane *Die letzte Lüge* (Goldmann 2002) und *Der rote Punkt* (Goldmann 2004) urteilte der WDR: »Ein Meilenstein. Roadstory, Gangsterposse, Gesellschaftsportrait, Entwicklungsroman und Actionstoff zugleich.« Und die *Stadtrevue Köln* meinte: »Brillant erzählt, hervorragend angelegt und mit großartigen Charakteren – ein Krimi von internationaler Spitzenklasse.« Ein Roman über Kommissar Raupach ist in Vorbereitung.
www.thomaskastura.de

Martin Kleen, geboren 1965 in Erlangen, widmete sich nach seinem Medizinstudium fünf Jahre lang der Grundlagenforschung in München, habilitierte 2000 über experimentelle Medizin und arbeitete zunächst als Anästhesist in München. Nach einem berufsbegleitenden Aufbaustudium war er außerdem mehrere Jahre als Innovationsmanager in der medizintechnischen Industrie beschäftigt. Neben seiner Arbeit als Anästhesist und Intensivmediziner im Krankenhaus widmet er sich seit einigen Jahren dem Verfassen von Romanen. Dabei sind ihm seine beruflichen Erfahrungen in Industrie, Wissenschaft und Klinik sowie sein fast zwanghafter Bildungshunger eine unerschöpfliche Inspirations- und Stoffquelle, wie bereits sein Debütroman *Anästhesie* (Leda Verlag 2004) erkennen ließ. Im September 2005 erscheint sein zweiter Roman *Zehn Stunden* (Leda Verlag).

Volker Klüpfel, geboren 1971, und **Michael Kobr,** geboren 1973, kennen sich schon aus ihrer gemeinsamen Schulzeit.

Volker Klüpfel, der in Memmingen wohnt und Kulturredakteur der dort ansässigen *Memminger Zeitung* ist, ging zum Studium der Politikwissenschaft, Journalistik und Geschichte nach Bamberg und absolvierte mehrere Praktika in Deutschland und den USA. Michael Kobr studierte tagsüber Deutsch und Französisch auf Lehramt und abends bevorzugt die Kriminalfälle von George Simenons *Kommissar Maigret*. Michael Kobr ist heute als Realschullehrer tätig und lebt ebenfalls in Memmingen. Die Autoren debütierten 2003 mit *Milchgeld* (Maximilian Dietrich Verlag) und landeten mit dem ersten Kriminalroman um den sympathischen Kommissar Kluftinger auf Anhieb einen Überraschungserfolg. Zuletzt erschien *Erntedank* (Maximilian Dietrich Verlag 2004).

www.kommissar-kluftinger.de

Rita Knott, geboren 1951, wuchs in der Oberpfalz und in Niederbayern auf, studierte Germanistik und Geschichte und arbeitete als Lehrerin in München und Stockholm. Im Moment lebt sie im Münsterland und arbeitet bei Aschaffenburg als Realschullehrerin. Ihren ersten Kriminalroman *Karriere ins Jenseits* (Grafit) veröffentlichte sie 2001. Zuletzt erschienen von ihr *Krähenbrut* (Grafit 2003) sowie die Kurzgeschichte *Schwerter Ritter, Bauer, Dame, Tod* (in: *Mehr Morde am Hellweg,* Grafit 2004).

Ralf Kramp, geboren 1963 in Euskirchen, lebt und arbeitet als Karikaturist und Autor in der Eifel. Er schrieb zahlreiche Kriminalromane und Storys und ist Herausgeber einiger Krimi-Anthologien. Mit der Kölner ›Agentur Blutspur‹ veranstaltet er spannende Krimi-Wochenenden in der Eifel. Zuletzt erschien sein Roman *Ein kaltes Haus* (2004).

www.ralfkramp.de

Barbara Krohn wurde 1957 in Hamburg geboren. Nach dem Germanistik- und Italianistik-Studium hat sie vier Jahre als Lektorin an der Universität in Neapel gearbeitet. Ihre

ersten beiden Kriminalromane *Der Tote unter der Piazza* (1998) und *Weg vom Fenster* (1999) wurden für den ›Friedrich-Glauser-Preis‹ nominiert, *Rosas Rückkehr* (2002) wird zurzeit fürs ZDF verfilmt. Nach den Reigenerzählungen *Die Liebe der anderen* (2003) erschien der Gedichtband *Orte der Liebe* (2004). Die Autorin, literarische Übersetzerin und Seminarleiterin für Kreatives Schreiben lebt mit Mann und zwei Kindern in Regensburg.
www.barbara-krohn.de

Krystyna Kuhn, geboren 1960 in Würzburg, studierte Slavistik, Germanistik und Kunstgeschichte in Würzburg, Göttingen und Krakau. Anschließend war sie Leiterin der Handbuchredaktion eines mittelständischen Softwareunternehmens. Seit 1995 lebt sie als freie Herausgeberin, Dozentin und Autorin. Nachdem sie bereits durch mehrere Kurzgeschichten auf sich aufmerksam gemacht hatte, erschien 2001 mit *Fische können schweigen* (Kabel) ihr erster Kriminalroman, gefolgt von *Die vierte Tochter* (Piper 2003) und *Engelshaar* (Piper 2005).

Harry Luck, geboren 1972 in Remscheid, lebt seit zehn Jahren als Journalist in München. Nach dem Studium der Politikwissenschaften arbeitete er unter anderem für den *Bayerischen Rundfunk*, die Nachrichtenagenturen AP und ddp sowie die *Abendzeitung.* Er veröffentlichte zahlreiche Bücher aus dem Bereich Humor/Satire, bevor er 2003 mit *Der Isarbulle* (Emons) als Krimiautor debütierte. Es folgten *Schwarzgeld* (KBV 2004) und *Wiesn-Feuer* (KBV 2005). Harry Luck ist verheiratet, hat zwei Kinder und ist Mitglied in der Krimiautoren-Vereinigung ›Das Syndikat‹.
www.harryluck.de

Andreas Mäckler, geboren 1958 in Karlsruhe, lebt in Welden bei Landsberg am Lech. Er schreibt Kulturreiseführer, Kunstbücher, Biografien, Autorenratgeber und Kriminalgeschichten für TV- und Frauenzeitschriften. 1998 erhielt er von der **av**edition Stuttgart den Auftrag, einen Designerkrimi zu schreiben, der 1999 unter dem Titel *Tödlich kreativ* publiziert wurde und im Münchner Designermilieu spielt.

Sabina Naber, geboren 1965 in Tulln/NÖ, lebt als freie Schriftstellerin am Spittelberg in Wien. Nach dem Studium der Theaterwissenschaft war sie ab 1987 zunächst im Theater- und im Filmbereich sowie als Journalistin tätig. 2002 veröffentlichte sie den ersten Kriminalroman um ihre Hauptprotagonistin Maria Kouba, *Die Namensvetterin* (Rotbuch), dem ein Jahr später *Der Kreis* (Rotbuch 2003) folgte. Zuletzt erschien *Die Debütantin* (Rotbuch 2005). Sabina Naber schreibt außerdem Drehbücher und Kurzgeschichten.
www.sabinanaber.at

Erik Ode (1910–1983) war in den Nachkriegsjahren als Kabarettist, Sänger, Schauspieler und Regisseur tätig sowie als die deutsche Stimme von Fred Astaire und Gene Kelly bekannt. Zur Krimi-Kultfigur wurde er durch die Rolle von *Der Kommissar,* welcher seinen drei Assistenten immer eine Nasenlänge voraus war und sich von Frau Rehbein literweise Kaffee kochen ließ. Privat trank er allerdings auch gern mal einen hellen Roten in einem urigen Weinlokal an seinem letzten Wohnort in Rottach-Egern.
www.erik-ode.de
www.derkommissar.de

Michael Rossié lebt und arbeitet als Schauspieler, Coach und Autor in München. Er schrieb unter anderem Drehbücher für die Fernsehserien *Bergdoktor*, *Für alle Fälle Stefanie* und *In aller Freundschaft* sowie das Drehbuch zu *Supersingle*. Außerdem verfasste er Krimis für Zeitschriften und Anthologien. Im Herbst 2004 ist neben *Sprechertraining* auch sein Buch *Frei sprechen* (List Verlag) in der Reihe *Journalistische Praxis* erschienen. Michael Rossié ist Mitglied in der Autorenvereinigung ›Das Syndikat‹.

Frauke Schuster, geboren 1958, verbrachte den größten Teil ihrer Kindheit in Ägypten. Später studierte sie als Stipendiatin der Bayerischen Begabtenförderung in Regensburg Chemie und erhielt 1983 für ihre Dissertation den OBAG-Preis. Nach mehreren Jahren Tätigkeit für eine Chemie-Fachzeitschrift und ersten, noch vollkommen unkriminellen Kurzgeschichten gelang ihr 2002 mit ihrem ersten Roman *Atemlos* (KBV) der Einstieg ins kriminelle Milieu. Es folgten *Toskanisches Schattenspiel* (KBV 2003) und *Donaufeuer* (KBV 2004). Frauke Schuster verfasste außerdem mehrere Geschichten für Krimi-Anthologien. Die Autorin wohnt in Südbayern, schreibt auf Deutsch und Englisch und ist Mitglied der Krimiautorenvereinigungen ›Sisters in Crime‹ und ›Das Syndikat‹.

Sabine Thomas wurde bekannt als TV-Moderatorin von Musik- und Jugendmagazinsendungen(*Musicbox* u. a.). Ihre erste Krimikurzgeschichte wurde mit dem ›Walter-Serner-Kurzkrimipreis‹ des SFB ausgezeichnet, ihr erster Roman *Yaizas Insel* erhielt den Literaturförderpreis der Stadt München. Inzwischen hat sie zahlreiche Kurzkrimis veröffentlicht, zuletzt erschien ihre Anthologie *Mordsgelüste*. Außerdem hat sie Musikbildtextbände über Abba, AC/DC u. a. veröffentlicht und Drehbücher für eine ARD-Kinderkrimiserie verfasst. Sie rief die Münchner Gruppe der ›Sisters in Crime‹ ins Leben und ist Mitorganisatorin des Krimifestivals München. Sie lebt in München und in Herrsching am Ammersee.

www.sabinethomas.de

Christian Ude, geboren 1947, ist gelernter Redakteur und Rechtsanwalt. 1990 wurde er Bürgermeister, 1993 Oberbürgermeister der bayerischen Landeshauptstadt. Ebenfalls 1993 erschien das Buch *Verfrühte Memoiren* (Piper), 1999 folgte der satirische Band *Chefsache.*

www.christian-ude.de

Lust auf Hellweg-Leichen?

H. P. Karr, Jürgen Kehrer, Herbert Knorr (Hrsg.)
Mord am Hellweg
Kriminalstorys
ISBN 3-89425-271-5

Liebliche Landschaften, nette Städtchen, friedliche Menschen. Wer die deutsche Provinz kennt, kennt auch die Gegend rechts und links des Hellwegs. Doch der harmlose Schein trügt. Die Provinz ist das wahre Mekka des Verbrechens. Zwanzig namhafte deutsche Krimischreiber und -schreiberinnen drapieren Leichen in vermeintliche Idyllen, zeigen, dass der Weg von Dortmund nach Paderborn ein ›Weg zur Hölle‹ sein kann.

Die Hellwegmörder und ihre Geschichten:
Jürgen Alberts: J. B. Cool und der Todescrash vom Kamener Kreuz
Jacques Berndorf: Nie wieder Lippstadt
Horst Eckert: In Lünen stirbst du schneller
Jürgen Ehlers: Russengold am Möhnesee
Jan Eik: Letzte Ausfahrt Schwerte
Gunter Gerlach: On the road: von Lippstadt nach Unna
Birgit H. Hölscher: Anröchter Bruchstück
Reinhard Junge: Löhnen in Bönen
Edith Kneifl: Der Leichenfischer von Rünthe
Barbara Krohn: Werler Totentanz
Hartmut Mechtel: Die Beckumer Todesfalle
Michael Molsner: Hilflos am Datteln-Hamm-Kanal
Edgar Noske: Der Schlachter von Wickede
Niklaus Schmid: Die Salzleiche von Soest
Regula Venske: Die Toten von Cappenberg
Raimon Weber: Stiere, Pornos und Holzwickede
Gabriella Wollenhaupt: Kopflos in Unna
Petra Würth: Kalt ist die Nacht in Fröndenberg
Peter Zeindler: Bluthochzeit auf Haus Opherdicke
Jan Zweyer: Das Skelett von Königsborn

»... absolut lesenswert. Mehr oder minder kurze Krimis ... lassen die Region zwischen Soest und Dortmund in einem völlig anderen Licht erscheinen. Da wird munter das Messer gewetzt bzw. der Revolver gezogen.« Emsdettener Volkszeitung

»Autoren von Jürgen Alberts über Jacques Berndorf und Gabriella Wollenhaupt bis Jan Zweyer beschreiben schaurig schön das Leben und Sterben auf dem mehr oder weniger flachen Land.« Rhein-Zeitung

Noch mehr Hellweg-Leichen

H. P. Karr, Herbert Knorr (Hrsg.)
Mehr Morde am Hellweg
Kriminalstorys
ISBN 3-89425-294-4

Der Hellweg hat immer noch nicht genug vom grausamen Mord, vom witzig erzählten Totschlag und von knallharten Geschichten. Erneut hat sich daher die Crème de la Crème der deutschen Krimiszene aufgemacht und ist auf mehr Morde in den Orten rechts und links der alten Heer- und Handelsstraße gestoßen. Namhafte Autor(inn)en steigern so die Kriminalitätsrate der alten Kulturregion und bürgen zugleich für spannende Unterhaltung.

Horst Eckert: On the road: Juwelen am Hellweg
Anne Chaplet: Wem die Stunde schlägt in Königsborn
Edith Kneifl: Die schönen Toten von Kamen
Jacques Berndorf: Opherdicker Totenlegung
oder: Mutmaßungen über Hermann
Nessa Altura: Finale in Holzwickede
Rita Knott: Schwerter Ritter, Bauer, Dame, Tod
-ky: In Hagen kann man 's Morden wagen
Reiner M. Sowa: Dortmunder Deal
Carsten Sebastian Henn: Hohenlimburg stirbt am besten
Gabriella Wollenhaupt: Dortmunder Wasserleuchten
Tatjana Kruse: Die Hünen von Lünen
Nina George: Bitter Blues Bergkamen
Ralf Kramp: Vatertag auf Cappenberg
Birgit H. Hölscher: Zwei Fremde in Hamm
Reinhard Junge: Stöhnen in Bönen
Kathrin Heinrichs: Lippstädter Liebeshäppchen
Susanne Mischke: Das Blutloch von Drüggelte
Theo Pointner: Die toten Augen von Soest
Dirk Schmidt: Schützenfest in Wickede
Niklaus Schmid: Wehe, du wartest in Werl!
Steffen Hunder: Der Doppelmord von Fröndenberg
oder: Das achte Gebot
Doris Gercke: Der Richter von Unna
oder: Von Glück und Tod

»... das Potpourri der Geschichten ist originell, spritzig und spannend und offeriert eine Bestenliste von 20 namhaften Krimi-Autoren.«
Ostthüringer Zeitung, OTZ Journal

»Die kurzweilige Lektüre macht in doppelter Hinsicht Appetit: Auf die geschichtsträchtige Landschaft und auf weitere Werke der Verfasser.«
Badische Neueste Nachrichten

grafit

Und noch ein tödlicher Landstrich

Mord am Niederrhein

Kriminalstorys

ISBN 3-89425-285-5

Der Niederrhein ist platt und langweilig – so ein gängiges Vorurteil. 27 namhafte Krimiautorinnen und -autoren haben Bewohner und Orte dieses Landstrichs ganz im Westen Deutschlands genau unter die Lupe genommen und festgestellt, dass sich auch auf dem platten Land und hinter vermeintlicher Langeweile viele Leichen verstecken lassen …

An den Morden am Niederrhein haben sich beteiligt:
Nessa Altura: Kalkar kann kalt sein
Mischa Bach: Duisburger Stille
Alfred Bekker: Zweisam in Sonsbeck
Helga Beyersdörfer: Wesalia Hospitalis – Gastliches Wesel
Anke Cibach: Der Rächer von Rheinberg
Klaus Dewes: Der Klostermörder von Kamp
Horst Eckert: Bye-bye, Neukirchen-Vluyn
Jürgen Ehlers: Positiv denken in Hamminkeln
Angela Eßer: Wir treffen uns in Wachtendonk
Nina George: *Law and order* für Dinslaken
Peter Gerdes: Abgesang in Emmerich
Gunter Gerlach: Hochzeit in Voerde
Birgit H. Hölscher: Bomben auf Kranenburg
Steffen Hunder: Pilgermord in Kevelaer
Malachy Hyde: Das Vermächtnis von Colonia Ulpia Trajana
Barbara Krohn: Mord im Orientexpress – Rache ist süß
Tatjana Kruse: Elvis forever! Mord im Repelener Jungbornpark
Paul Lascaux: Uedem: Das Schweigen der Kühe
Hartwig Liedtke: Weeze: Ein Ausblick auf damals
Renate Müller-Piper: Reise nach Rees
Theo Pointner: Gehenkt in Geldern
Niklaus Schmid: Moyland – sein Hut, sein Blut
Wolfgang Schüler: Die Xanthippe aus Xanten
Reiner M. Sowa: Wahnsinn in Goch
Helge Thielking: Kalte Abreise vom Voshövel
Regula Venske: Herbstuntergang in Straelen …
Jan Zweyer: Mit Walther in Aldekerk

»Ein Story-Mix, der es in sich hat. Überwältigend der Einsatz von grimmiger Satire, sarkastischer Ironie oder urwüchsiger Komik. Spritzig und erfrischend der Ton …« Ostthüringer Zeitung

grafit